新 潮 文 庫

夏 の 闇

開 高 健 著

新 潮 社 版

3017

夏の闇

……われなんじの行為《おこない》を知る、なんじは冷《ひや》やかにもあらず熱きにもあらず、われはむしろなんじが冷《ひや》やかならんか、熱からんかを願う。

『黙示録』

その頃も旅をしていた。

ある国をでて、べつの国に入り、そこの首府の学生町の安い旅館で寝たり起きたりして私はその日その日をすごしていた。季節はちょうど夏の入口で、大半の住民がすでに休暇のために南へいき、都は広大な墓地か空谷にそっくりのからっぽさだった。毎日、朝から雨が降り、古綿のような空がひくくたれさがり、熱や輝きはどこにもない。夏はひどい下痢を起し、どこもかしこもただ冷たくて、じとじとし、薄暗かった。膿《う》んだり、分泌《ぶんぴつ》したり、醗酵《はっこう》したりするものは何もなかった。それが私には好ましかった。

旅館のすぐまえに川が流れ、木立にかこまれた寺院が対岸にある。いつ見ても川は灰黄色にどんよりにごり、数知れない小穴をうがたれ、寺院の屋根の怪獣は濡《ぬ》れしょびれている。咆哮《ほうこう》しようとして口をあけた瞬間に凝視を浴びせられた姿勢で怪獣は凍りついている。私はベッドに腰をおろしてウォッカをすすりつつ黄いろい川に輪がひろがっては消え、消えてはあらわれるのを眺めた。じっと見つめているとやがて無数の菌糸が消えて、たった一滴の雨が降っているように見えてくる。それにあきると毛布にくるまって眠りこける。さめるとパンやハムを買いに外出し、本屋にも映画館にも料理店にもよらないで帰り、ベッドのなかで食事をしてまた眠った。窓のカーテンはしめたままなので、赤い闇《やみ》がたちこめるほかは、朝とも夜ともけじめがつかない。私は形を失い、脳がとけかかっているらしく、いくら眠ってもつぎまた眠れた。

部屋は学生下宿である。古い壁紙はところどころ破れたままで、ナンキン虫をつぶしたらしい褐色の血痕《けっこん》が幾条もついている。洗面所の鏡はY字型に大きくひび割れ、浴槽があるにはあるが、湯はでたりでなかったりする。ベッド一つとテーブル一つで部屋はいっぱいで、体をよこにしなければすきまを通ることができない。麻袋のような赤いカーテンが窓にさがっている。その赤のおかげで、古ぼけたチューリップ型の豆スタンドに灯をつけると、部屋いっぱい血をみたしたようになり、荒涼が消えて、あたたかく柔らかい優しさがあらわれる。壁や天井に、崖《がけ》とか、森とか、洞窟《どうくつ》とか、空などの影ができる。トウモロコシ葉からつくった紙で巻いた、いがらっぽい塩漬の黒葉のタバコをふかしながらそれらを眺めていると、さめたばかりなのにまたうとうとしてくる。人もこず、電話も鳴らず、本もなく、議論もない。私は赤い繭《まゆ》のなかで眠りつづける。蒼白《あおじろ》い、ぶわぶわした脂肪が頬や腹でふくらみ、厚くなり、眼がさめて体を起すと、まるで面をかぶったようである。どんよりした肉のなかにこもってさまざまなこの十年間の記憶を反芻《はんすう》してみるが、いとわしいけだるさに蔽《おお》われて、苛烈《かれつ》も、歓喜も、手や足を失い、薄明のなかの遠い光景でしかない。それらは温室の蔓草《つるくさ》のようにのびるままのび、鉢からあふれて床へ落ち、自身で茎や枝を持ちあげる力もないのにはびこりつづける。私からたちのぼったものは壁を這《は》い、天井をまさぐり、部屋いっぱいになり、内乱状態のように繁茂する。ちぎれちぎれの内白や言葉や観念がちぎれちぎれのままからみあい、もつれあい、葉をひらき、蔓をのばして繁茂する。

パンを買いにでたとき、雨が小止《こや》みになったりすると、私は大通りのゆるやかな坂をのぼって、公園へいってみる。そこで一人の初老に近い男が仕事をしているのをちょっとはなれたベンチに腰をおろして眺めるのがひそかな愉《たの》しみである。ここへくると彼が健在かどうかをたしかめずにはいられない。去年もそうしたし、三年前もそうした。ここ数年間、ずっと彼はおなじ仕事をつづけてきたらしく思えるが、はじめて見かけたときにくらべると、腹が丸くなってせりだし、眼のしたに袋ができ、背がた

に見えるようにずっと洗練されたようにすずっと洗練されたよう

わんでいる。けれど生きた蛙《かえる》を呑《の》んだり吐いたりする動作はずっと洗練されたように見える。彼は木かげであらかじめ水を飲んでおいてから通行人がくるのを見ると道へでていき、口をいっぱいにひらき、大きな、厚い、黄緑がかった苔《こけ》のこびりついた舌をいきなりだらりとだしてみせる。そこへ蛙をのせ、一気にごくりと呑みこむ。眼をしばたたく。ついで右手をあげ、手刀にして、ふいに太鼓腹をはげしくうつ。口からドッと水がとびだしてあたりに散る。同時に蛙もとびだし、胃液にまみれて砂利のうえをとびまわる。男はそれをひろって金魚鉢に入れてから見物人にむかって手をさしだす。見物人はポケットをさぐって一枚か二枚の硬貨を男の手にのせ、ぼんやりしたまなざしで散っていく。ずっと男はだまったきりである。ひとことも口をきかないのだ。クスリともしないのだ。そうやって一日に何度か蛙と水を呑んだり吐いたりだけで暮していているらしい。いつか私は彼が酒場で金魚鉢をよこにおいて酒を飲みつつ主人と談笑しているのを見かけたことがあるから唖ではない。この男は戦争中も右往左往の群集に向って蛙を呑んだり吐いたりしてみせていたのではあるまいか。死ぬまでつづけるつもりなのではあるまいか。私はそう思うことにしている。その徹底的な侮蔑《ぶべつ》を眺めていると小気味いい。何となくホッとせずにはいられないのである。まだこんな方法がのこっていたかと思う。食品店でパンとハムを買って部屋にもどると、さきほど着たばかりのシャツと靴をぬいで私はベッドにたおれる。毛布には体の形の鋳型《いがた》ができていて、しっかりとくわえこまれてしまう。枕《まくら》に頰が沈むともうそこに睡気《ねむけ》が煙のようにのぼりかかっている。きれぎれのもの、柔軟なもの、形のないものがふたたび葉をだし蔓をのばし、部屋いっぱいに繁茂しはじめる。

ある朝早く、私はジャンパーを着て停車場へいった。うつろで冷たく薄暗い町角のあちらこちらに夜が去りがてに這っていた。駅の暗い構内には緑いろの大きな影がそびえ、食堂にはピンクのネオンが輝いているが壁は荒寥《こうりょう》としていて、夜と朝がひっそりとせめぎあっている。男や女の顔はコーヒー碗《わん》のふちで皺《しわ》に閉じこめられるか、靄《もや》になるかしている。食堂の入口近くに何人ものヒッチハイカーがリュックや水夫袋を枕にして眠りこけているが、長髪や首すじから足の指の垢《あか》のようなねっとりとした匂《にお》いがたちのぼり、顎《あご》を胸に落したまま水にとけそうな眼をぼんやり瞠《みは》っているところを見ると、陰毛ひげのなかへすっかり後退していて、敵を見ないうちに敗北してしまった兵のようである。私は席をとると熱くしたラムをたのんだ。熱いラムの滴《しずく》が香りをたてながらくたびれて軟らかくなった腸の皺に沁《し》みていくと、一滴一滴花がひらくようだった。よどんだ疲労のしたで期待がゆっくりうごきはじめた。それは急速にラムとまじって湯気をたてつつひろがり、背をもたげ、顔を見せないで私を蔽いはじめた。女は寝台車でくるのだが、よく眠れただろうか……

十年になる。

かれこれ、十年になる。朦朧《もうろう》としている。とらえようがない。私は人ごみのなかにいるのに繁茂しかかっている。一昨日、となりの国の小さな首府の郊外から女が電報をうってくるまでは回想がしっかりしていた。毛布のなかで声や、まなざしや、光景を並べ、何時間も私はそれらをおきかえたり、組みかえたり、ひとつだけはなして凝視したりしてすごした。ほかに何人もの女の顔が明滅するなかで、一つの顔が薄明のなかで最前面にあらわれた。それは白い咽喉《のど》をそらせて笑ったり、薄いくちびるを嚙《か》みしめて眼を伏せたり、額の髪をはらったりした。けれどいま、ラムの甘い匂いと夕バコのいがらっぽい霧のなかでは、別れた日の遠景が小さく見えるだけである。東京の郊外の駅の夜八時頃である。その日までに何度か女は食事や情事のあとで日本を捨てる決心をうちあけたのだが、暗示のようにほのめかすだけだった。決意としては語らなかったし、計画の細部も語らなかった。話そうにも話しようがなくて途方に暮れていたらしいのだと、あとになって外国から手紙がきて察しられた。それまでのあらゆる場合とおなじように私は何もいわなかった。だまって耳をかたむけてよこたわっているきりであった。女が語ろうとしないことや語りたがらないでいることにしいて私は立入ったことがない。いまでもそれは変らない。責任のわずらわしさに耐えられない自身の脆弱《ぜいじゃく》さが不安なためなのだが、あまりに自身に執しすぎる心をときに憎み、厭《いと》いながら、顔をそこからもたげることができないのである。この無気力が冷酷を分泌するのではあるまいか。汗にまみれて全身発光しながらのしかかってくる広くて白い胸とあらそいながら私は女の肩ごしに障子窓のむこうにある檜葉垣《ひばがき》を眺め、遠くの人声を聞いていた。女が絶望から力をぬきだしてその無限界さにおびえきっているのだと私はさとることがまったくできなかった。ただ牡《おす》の誇りで呼応することにふけり、自身を確認することに腐心していたようだ。なだれ落ちる髪のなかで女がきれぎれに叫び、夜半の子供のように口のなかで転生しきらない言葉をもてあましてささやく声を私は完全に誤解していた。そうと知ったのは女が声を実践してほとんど無一文のままで日本を去ったとわかってからであった。手紙を手にして私はしたたかに自身の愚《ぐ》昧《まい》を知らされた。しかし、どこかに、もう身辺に苦しむ女の眼や、声や、体重を感じなくてすまされそうになった事態を歓迎する心もうごいていたようだ。女の果敢さにうたれたのは荷が軽くなった心のたわむれではあるまいか。負担が消えてのびやかになったはずなのにその後、何度も、一人で、女といっしょに訪れて冗談や議論にふけった場所を訪れ、眼で席を求めずにはいられないということを私はしているのだが、あのさびしさはやましさのかげろうではなかっただろうか。手のなかにあるうちは玩具《おもちゃ》なのに失われたとわかるとにわかにそれを宝石と感じて心身を焦《こ》がす。あの子供の心に私はしばらくとらわれた。舌がうつろなのに心は感傷にある食事を一人で何度もかさねた。そしてかつて二人でいったときにでてきた給仕がいるあいだは彼の視線や挨拶《あいさつ》をわずらわしいと思いながらもかよったのに、その給仕がいなくなると私はその店から遠ざかった。

その後、女はいくつもの国を渡り歩き、国を変るたびに手紙をよこした。それによって私は女が日本商社のタイピストをしていることや、キャバレーのタバコ売り娘をしていることや、やがて奨学金をもらえるようになって学生にもどったこと、イギリス人の若い原子科学者に結婚を申込まれたこと、ドイツ系アメリカ人の言語学者と恋をしていることなどを知らされた。文面からするかぎり女はいつも不屈で、勤勉、精悍《せいかん》、好奇心にあふれるまま前進し、国から国へ移動し、生を貪《むさぼ》ることにふけっていた。日本にいて専攻科目の学者になろうとしても学閥に出口を制せられていることや、翻訳者になろうとしても出版社が閥学者に制せられてフリー・ハンドを持たないでいること、考えぬいたあげくルポ・ライターになろうとして新聞社のグラフ雑誌ではたらいてみたがうまくのびられなかったこと、日本にいるとき私と顔をあわすたびに痛嘆し、罵倒《ばとう》したそれらのことについて女はもうひとことも手紙でふれようとせず、自身をうけ入れてくれる機関をようやく発見したことにもっぱら熱中し、おどけたり、雀《じゃく》躍《やく》したりしているように読まれた。私は手紙をすべてうけとり、一字々々に重錘《おもり》をおろすようにして読んでいった。しかし私は私でとらえようのない渇望《かつぼう》のままこの十年間に十三回、外国へでかけ、旅から旅へ自身を追いたてて歩くことに熱中していたのだった。女からの手紙のうち何通かは外国のホテルでうけとったが、読んだあとはかねてからの約束にしたがって、こまごまに裂いて川へ投げた。激情にひしがれて茫然《ぼうぜん》となっているか、そうでなければ懈怠《けたい》でとけきっているかということがしばしばだったので、女が読まれたいと思っているように読むことはおそらく私にはできないことだった。それでいて私は女に手紙を送り、原子科学者や言語学者との恋に水をさす結果となる文章を書いたと思う。何の効果も期待できないのにそういう文章を書いたのは、はっきりわかっているが、その場にゆらめいた嫉妬《しっと》からであった。何にもできず、何の資格もないのに私は女をとどめられるものならとどめておきたかったのだ。きみは自由を知りすぎたから誰との家庭生活にも安住できないはずだ、というのが私の手紙の主旨であった。孤独に耐えられないために結婚を選ぶのなら、フランス人のいう、オムレツをつくるためには卵を割らねばならない、という諺《ことわざ》にあうが、それならば、オムレツをつくったあとでそれが不出来なためにいわれもなく卵をののしってさびしくなるということも同時にあるのではないだろうか。何回もやってみなければわからないことらしいが。女の手紙が軽快でいきいきとしていたので私はそういう返事を書いたと思う。いま私が知っているのは、女がABCも知らないでたどりついた国に六年すごして、そこの首都の大学の東方研究室で客員待遇をうけていて、秋に提出する博士論文のためにいそがしい、ということだけである。そして、タバコの霧のかなたに見える小さな遠景である。夜の郊外の駅の改札口に女が真紅のレインコートを着て佇《たたず》み、駅員が寡黙《かもく》な横顔を見せている。女が大学を卒業して二、三年にしかならない鋭い顔で毅然《きぜん》としながらおびえたまなざしで私を眺めていなかったこと、私の頭よりちょっとうしろを眺めるまなざしでいたこと、髪のうしろに小さなタバコ屋の蛍光灯があったことが、私に見える。女の顔の高い頰骨のあたりにある表情があったが、それが情事のあとの優しい疲れであるよりは諦観《ていかん》のあげくのやわらぎだったのだと、いまになって知るのだが、遠景にはけだるいが鋭いまなざしと、かつては水泳選手だったこともある白いたくましい足にピアノ線のような筋が強く走って消えている。

きた。時刻である。私はグロッグの受皿に小銭をおき、自動販売機で入場券を買い、プラットフォームへでていく。遠い北の港町で構成されて二つの国を通過してきた、頑強な緑いろの古鉄の箱が線路のぬかるみを注意深く選んで、円天井の影のしたに入ってくる。無数の蒼白くむくんだ顔やおぼろな眼が寝台車の窓を埋めてこちらを見おろしている。一輛《りょう》々々点検していくと、円天井から雨のなかにでてしまった。暗い空から雨はびしゃびしゃ容赦なく落ちかかってきた。プラットフォームもずっとはずれのほうで真紅のレインコートを着た女がスーツケースをひきずりおろそうとしているのを発見した。それをめがけて小走りにかけだしたはずみに雨が音をたててしぶきはじめ、陸橋も、車輛も、線路も、すべてが水のなかに消えた。

「……」

「……!」

女がふりかえって何か声をあげた。蒼白くて高い頰に髪が濡《ぬ》れてこびりついているが、眼がいきいきと輝き、くちびるがひらいていた。女が背を起すと微笑が顔いっぱいにひろがった。

「電報、とどいた?」

「とどいたよ」

「来てくれたのね」

「もちろんだ」

両足をひらいてしっかりと踏みしめ、女は肩をうしろにひいて私を見あげた。成熟しきって、肩も、腰も、すでに中央山塊のようにたくましく深くなった女が、まつ毛を雨にうたれるまま、

「会えたわ、とうとう」

激しかかるのをおさえて、

「会えたわよ」

といった。

「何年ぶりかしら」

「十年だね」

「そうね」

「かれこれ十年だよ」

「そうね」

「たくさんの水が流れたのさ」

ふいに女が高い声で笑い、

「橋の下をね」

といった。

緑いろの暗い構内をぬけると駅前広場にでるが、そのふちに一軒の店がひらいていたので入ることにした。駅ではもうとっくに夜が明けていたが、この店ではまだはかなく最後衛がテーブルに伏せた椅子《いす》の林のなかをさまよっているようだった。皺ばんだ白服を着た中年のバーテンダーがむっつりした顔つきでコップや茶碗を洗っている。がらんとした店のすみっこで黒人青年がパチンコ遊びをしていて、長い骨ばった指やひきしまった腰でパチンコ台をゆさぶりたてる音がときどき鋭くこだまする。それが車庫で重い道具を投げだすようにひびく。

女はミルク入りコーヒーと三日月パンを注文した。私はパスティスを注文した。乳黄色の液のなかで氷が鳴り、茴香《ういきょう》の新鮮な香りが鼻さきをしっとり濡らしてくれた。コーヒーと三日月パンを女がべつべつに食べようとするので、少しずつちぎってコーヒーに浸して食べてもいいのだと教えた。女はおとなしくそのとおりにし、寝台車でよく眠れないので車掌に不平をいいつづけたこと、眠れないまま博士論文の修正にふけって徹夜したことなど、とりとめもなく話した。訴える相手をやっと見つけたのではじけるようにはしゃいでいる気配もあったが、徹夜の憔悴《しょうすい》でうなだれそうになっている気配もあった。

コーヒーを飲みほしたあとで女は碗を受皿に伏せた。しばらくしてからそれをたて、碗の底にのこった渣《おり》をしげしげと眺める。

「占ってあげる。私はなかなかうまいのよ。研究室の連中によくほめられるの。ジプシー直伝とはいかないけれど、評判がいいんだから。これはですね、蛇だナ。三匹の蛇ですね。三匹の蛇が集って眼鏡をかけてるんだわ。眼鏡をかけた三匹の蛇がいるのよ。いったい何のことかしら」

「何だろうね」

「待って。占ってあげるから」

ふいに雨が音をたてて降りはじめた。ハンバーガーやサンドイッチの値段を白ペンキで書きなぐった大きな窓のそばにすわっていたのだが、雨はどしゃ降りひたむきに窓をたたき、舗道で白く跳ね、たちまち広場にいくつもの小流れができた。駅も広場もすべてがとけてしまった。東西南北から迫ってくるはげしい雨音のなかでここは孤島のようにひっそりとりのこされた。

「よく降るわね。夏だというのに。私のところも毎日こうだわ。いまはどこへいってもおなじなの。いやになるわね。朝日がさめたとたんに十《とお》も老《ふ》けたみたい」

「去年もおなじだったね。毎日降ったよ。洪水期の前兆じゃないかと書いてる新聞もあった。新氷河期がぼつぼつ来かかってるんじゃないかというんだ。真剣な口調なんで、笑うわけにもいかなかったけど」

「私がそうかもしれない。すっかり老けちゃって。いい年をして学生の仲間入りして追いつき追いこせでやってきたけど、どうかしたはずみにガックリすることがあるの。外国でつんのめるのは、人格剝離《はくり》が起るのは、つらいわ。一日も二日も寝こんじゃってただぼんやりしてるのよ。その日その日の運勢を腕で見ることにしてるの。私の腕はいいのよ。朝目がさめると、こう、のばして、表返しにしたり裏返しにしたりする。すると、白磁みたいに白いなかに血が青く沈んで、しっとり脂《あぶら》がのってるようだけど透明に澄んだ感じがするときがあるの。そういう日は元気がでるわ。何かいいことがありそうでね。コーヒー渣よりはたよりになるわよ。この十年私は腕だけがたよりだったわ」

「昔もそういってたよ」

「昔はほかにもあったの。肘《ひじ》とか。肩や足なんかもね。御自慢だったの。だけどもうダメ。腕しかないわ。よくわかってるの。これで赤い帽子に青い制服を着たら救世軍よ。ときどき男の子で悪口をいうやつがいる。憎いったらないんだけど、ひっぱたいてやろうと思ってるうちにふとうなずいちゃったりして。だらしないったらないわ」

「おれはもっとひどいよ。腕すらないいな。きみがうらやましいくらいだよ。ぶくぶくしちゃって、ものおぼえがわるくなって、首に筋ができたね。眼もあてられない。朝からごろごろ寝てばかりでね。とめどなく眠れるな。競争にでたいくらいだ。どうしてこう眠いのか」

「はげましていただくのはうれしいけど、あなた、変ってないわよ。うらやましいわ。自信持っていいわよ。手紙ではもっとひどいことを想像してたんだけど、ホッとしたわ。白髪《しらが》もないようだし」

「マジックをぬってきたのさ」

「明るいところがつらいわ」

「……？」

「顔を見られたくないの」

女は静かに、ひくく、いいすてた。ちらっと私を見て、顔を伏せ、タバコに手をのばした。雨を散らし頭をそらせて輝いていたさきほどの昂揚《こうよう》が消え、強健な肩に成熟があらわれていた。聡明《そうめい》な眼に悲しみがあった。重そうな腕をゆっくりとテーブルにおいているところは船首のように堂々としているが、にがにがしげにコーヒー碗《わん》を眺めるくちびるのわきや眼じりに見慣れない傷のようなものが、細いが鋭いものが、どう消しようもないものがあらわれていた。そむけた女の眼に映った自分を私はまざまざと読んだような気がした。肥厚し、膨脹《ぼうちょう》し、どこもかしこもすりへって丸くなり、手のつけようなく崩れ、残酔でむくみきっている四十歳をそこに見たと思った。女がきざまれたのなら私は崩れてしまったのだ。十年はやはりあったのだ。ふいに圧倒的な気配が店の冷暗のあらゆる箇所からたちのぼってのしかかってきた。

だまってグラスをとりあげ、はげしい雨音を聞きながら、私はきつい茴香の匂《にお》いのうごく冷たい液を、一滴、二滴、すする。

「それ、ウーゾ?」

「似たようなものだよ」

「いいお酒ね」

「むしむしした夏の夕方にはいいよ」

「ギリシャで飲んだことがあるの。何年前になるかしら。オリエント専攻の連中といっしょにいったのよ。アガメムノンの墓の近くだったと思うわ。道ばたの小さな飲み屋で。ハエの糞《ふん》のいっぱいついたコップだったわ。みんなはコークだったけど、私はウーゾを飲んだの」

「夏?」

「ええ。夏。ギリシャのよ」

「それはよかった」

いたましいだけだった女の顔にふいに晴れやかな微笑がひろがった。女はテーブルに体をのりだすと、じっと私の顔を見つめ、いきなり眉《まゆ》をあげて眼をいっぱいに丸くした。それからいきなり眉をよせ、眼をくしゃくしゃに細くした。丸くしたり、細くしたり、だまって何度かそれをくりかえした。私たちは声をたてずに笑った。

部屋に入ると女はスーツケースをすみっこにおき、赤い闇《やみ》のなかを歩きまわった。ドアのノブをひねったり、掛金をいじったり、洗面所に入って水道栓を開閉したり、旅慣れた熟練のまなざしで点検していった。私の荷物がベッドのしたにおしこんだリユック一つしかないとわかると女は両手を腰にあて、咽喉《のど》をそらし、若い声で高笑いした。指紋や、ニコチンや、アルコールや、パン屑《くず》などでいっぱいの繭がいきいきとゆさぶられ、ふいに顔が変り、あの繁茂がどこにも感じられなくなった。女がたのむので灯を消すと赤がしりぞき、穴だらけのカーテンに早朝の灰いろの光が射《さ》して粉のように閃《ひら》めいた。しばらくしてある気配にふりかえると、女が全裸になって佇んでいた。おぼろな薄明のなかに橋脚のようにたくましい太腿《ふともも》が青銅の蒼白《あおじろ》さで輝いている。女は両腕をさしかわしてたわわな乳房をかかえ、掌《てのひら》で顔を蔽《おお》い、低くおずおずと、

「私、まだ見られる？」

とたずねた。

指のすきまからこちらを見ている。

「もちろんだ。おいで」

ふいに重量が走った。

女は暗がりをかけ、ベッドにとびこむと、声をあげてころげまわった。朝の体は果実のように冷たくひきしまり、肩、乳房、下腹、腿、すべてがそれぞれ独立した小動物のようにいきいきと躍動し、ぶつかりあい、からみついてきた。広い胸に鼻を埋めようとすると女が長い腕をあげてはげしく抱きしめた。冷たい、しっとりした膩《あぶら》のしたから熱が放射され、それが爽《さわ》やかな湯のように私の胸にしみとおった。私は女の腕をゆっくりときほぐすと、ベッドに膝《ひざ》をついて体を起した。昔いつもそうしていたように女の手をベルトにみちびいた。女はぶるぶるふるえながらはずそうとしたが、途中でやめてしまい、

「待ってた。待ってたの」

うめいてたおれた。

雨はまだ何日かつづいた。

ずっと私は部屋にこもったままですごした。たいてい窓にカーテンをおろしたままで、ベッドのなかで寝たり起きたりし、食品の買出しは女がした。女は四カ国語が自由に操れるようになっていたが、この国の言葉はできないので、新聞紙やノートのはしに簡単な店頭の挨拶《あいさつ》や品物の単語を書いたのをわたすと、女はそれを持って町にでかけ、雨のなかを平底靴で歩きまわって、いわれた物はきっと買ってきた。そして外出から帰るたび、アリのように小さいが勤勉な字で明細書を書いてテーブルのはしにおいた。それは徹底的に細密で、地下鉄の割引乗車券一枚の値段までが落すことなく書きこんである。私はテーブルに金をばらまいたままにしておき、女が買物にでかけるとき自由に持っていくようにといってあるのだが、女はきっと明細書を書いた。それが二枚、三枚とたまる。

「そんなに気を使わなくていいんだよ」

「お金はお金よ。ハッキリしとかなくちゃ。私はいずれ決算してフィフティ・フィフティ、おたがい貸借なしにしようと思ってるの。お金のことでこじれるのはいやだわ。これまでにずいぶん苦しめられたのよ。ずいぶんイヤな思いをした。だから気にせずにはいられないの。それはそれ、これはこれよ。こうしたほうがいいのよ。友情が永続きできるの。あなたに甘えたら、はじめはかわいいけど、いずれイヤがられる。それがわかってるから、だから」

「初心忘るべからずか」

「孤独な女のかなしい知恵だわよ」

「観察と覚悟がいいといってるんだよ」

「どうでしょうね」

女はつぶやいて、晴朗に微笑し、堂々としたしぐさで明細書をテーブルにおき、ネグリジェ姿になると椅子に正しく腰をおろす。眼を丸くしたり、細めたりして私を眺めてから、ふいに凝縮して、部厚い論文の草稿に鼻をつっこむ。指を髪につっこんでくしゃくしゃに掻《か》きまわすが、広い額に冷智《れいち》と意志があらわれ、左手につまんだボール・ペンを外科医のピンセットのように操って原稿のあちらこちらにすばやく走らせたり、とめたりする。欧文も和文も左から右へ、かけるようにして書きこんでいく。そのすばやさに私はしたたかな知力の堆積《たいせき》を感じさせられる。

窓とカーテンがあるとしても部屋はとだえることのないエンジンのにぶい唸《うな》りにとりかこまれ、ときどきその潮騒《しおさい》のかなたで鋭い歯ぎしりが起る。雨が壁や窓をうち、無数のひめやかな、小さな拳《こぶし》の気配がたちこめる。私はうとうと眠ってはさめ、さめては眠った。そして体表の繊毛のどこかがそよぐと女をベッドにさそった。いつ、どのようなときにさそっても、女は眼鏡をはずすようにしてボール・ペンをおいて椅子からたちあがり、ベッドにネコのように肩をすぼめてしのびこむ。そして全身で応じて果てたあと、ときにひくく苦笑の声を洩《も》らしながら、蒼白い額を髪にかくされたまま、手と腰で這《は》うようにして、テーブルのほうへよっていくのだった。足を踏みしめ踏みしめベッドからおりて蒼白い光の射す、荒寥《こうりょう》とした浴室に入って、剝《は》げたコンクリート壁のしたでおたがいの体を洗いあったり、しゃぶりあったりするが、ベッドにもどると、ふたたび私は飲んで、抱いて、眠り、女は抱いて、眠って、勉強した。数知れない声と、垢《あか》と、脂がしみこんでいるはずの古くて頑強な壁は何を叫んでも声を外に洩らす気配はなく、厚い石の防禦材《ぼうぎょざい》というよりは、何かの厚くて柔らかい肉質のように感じられた。形も顔も見えない何かの巨獣の厚い脂肪膜に保護された体腔《たいこう》のどこかに私はそうではない、そうではないと感じつつも、いるらしかった。私は女の腋《わき》毛《げ》に鼻を埋め、なだらかなぶどう酒の酔いのどこかでふとおぼえる甘い嘔気《はきけ》をおぼえ、けだるいままにほどけ、ふくらむままにふくらんではびこる。匂いが熟れすぎて、鼻孔や顔いちめんをみっしりした花粉のようなものに蔽われてくると、ときどき窓とカーテンをあける。ひょっとしてそれが深夜だったりすると、対岸の寺院や、スズカケの並木道のあたりからわきたったらしい、ぴりぴりひきしまった、青い空気が流れこんでくる。それは優しくてあざやかだけれど緯度の高い国の峻烈《しゅんれつ》の気配も含んでいて、ベッドや、静物の群れを、カミソリで削《そ》ぐようにこそいでいく。私たちの指にふれたために生じた無数の菌のようなもの、茸《きのこ》のようなものを、ことごとく削ぎとり、もとの形にもどし、室内を一巡して靴のなかまで洗ってから、余力をかってふたたび窓外へ去っていく。この鋭い微風に一撫《ひとな》でされたあとでは花粉にまみれてくにゃくにゃになったはずのシーツが、皺《しわ》はそのままなのに、いつのまにか、とつぜん糊《のり》でパリパリに仕上げられたばかりのように感じられる。風には、ときどき、笑う人声や、グラスの砕ける音や、野良《のら》ネコのくぐもってはいるが傲然《ごうぜん》とした恫喝《どうかつ》などが、含まれている。広くて冷たい空谷をあちらこちらと迷ってわたってきたはずなのに風にはさまざまの兆候や傷痕《きずあと》がきざみこまれている。ときにはどこからか焼きたてのパンの香りが縞《しま》となってまじっていることがあって、眼のさめるような気のすることもある。

「毎年からっぽになるようだね」

「そうらしいわね」

「おれはこれが好きだね。人の姿が見えなくていいな。どこへいっても、からっぽで、清潔で、腐るものがなくて、まるで動物園のマッコウクジラの骨みたいだ。ぐにゃぐにゃしなくてすむ」

「あいかわらず人間嫌いね」

「御明察だ」

「だけど私たち、ヘンよ。こんなとこでキャンプ生活などして。御馳走《ごちそう》を食べにもでず、散歩にもいかず、穴のなかにこもったきりで、何だかヤドカリみたいだわ」

「御馳走はいずれ食べにいくよ。この季節じゃろくな店はないけれど、探せばそれなりのはあるさ。二、三軒、知ってる。だけど、もうちょっとしんぼうするんだね」

「どうして？」

「美食と好色は両立しないよ」

「そうかしら」

「どちらかだね。二つに一つだよ。一度に二つは無理だよ。御馳走は御馳走、好色は好色。どちらを選ぶかだ。二つ同時では眠くなるだけだ。もともと両方とも眠るためのものらしいけれど、味ぐらいは知っておきたいね。あとは眠るだけだ。なら、二つに一つだ」

「昔はそんなこと聞かなかったと思うわ、私。心細いことというじゃない。しっかりしてちょうだい。昔は理窟《りくつ》ぬきに、あなた、ひどいばかりの一点張りだったわよ。変ったわね。私、うけてたちます」

「たしかに昔はそうだった。そうだったらしいと思うね。しかし、あの頃、どうだろう、力はあったが、味は知らなかったのじゃないか。どれか一つの味、それとも二つどちらもの味、何も知らなかったのじゃないかな。眠くなるほど知るすべがなかったのじゃないか。おなじ眠るにしてもマヒして眠るのと、マヒしないで眠るのと、たいそう違いがあるだろうよ」

「小理窟のような気もするわね」

「そうかな」

「チャプスイが食べたいな、私」

「もっといいのを御馳走するよ」

「でも私、チャプスイ、好きなんだもの。オカキなら〝柿《かき》の種〟よ。こないだ日本から石油罐にいっぱいとりよせたの。コーヒーも飲まないでお金を貯《た》めたのよ。あれさえあったら、私、たいていのことに耐えられそうね。ほかのやつらがどうなろうと独立排除的に幸福でいられるな、私。今度くるとき、ビニール袋にいっぱいつめてきたの。見せたげましょうか」

女は鋳鉄製の窓わくから艶《つや》やかな胸を波うたせてひくと部屋のなかへ足早に入って

いった。薄いネグリジェから乳房や陰毛がすけて見えるのもかまわずしゃがみこんでスーツケースから女は大きなビニール袋をひきずりだし、高くかかげてみせた。

「ほら、こんなにあるの」

白い手でひとにぎりつかみだし、

「独立排除的に幸福だわよ」

咽喉をそらせて哄笑《こうしょう》すると、ベッドにころがり、子供のように足をばたばたさせながら歯のあいだで気持よい音をたててみせた。こみあげる笑いを噛《か》み殺そうとして女はミルクをもらった仔《こ》ネコのように咽喉をごろごろ鳴らした。

〝柿の種〟のほかに女は〝トゲトゲちゃん〟も持っている。塩化ビニール製のハリネズミの玩具《おもちゃ》で、風呂《ふろ》へ入ったときに体を掻くのに使う。ずいぶん使い古したらしくて眼も鼻も剝げちょろけになっていて、おすと笛が鳴り、不平がましいような、狼狽《ろうばい》したような声がでる。女はよく風呂のなかでそれを鳴らして何かひとりごとをいいつつ遊んでいる。仕事にとりかかるときにはそれを一度か二度鳴らしてからノートや大型辞書をひらくのだった。毎日攻めている論文は、もし題をつけるとすると、『ロシヤ政治における伝統としての東方志向とアジアへのその影響』となるような内容のものであるらしいとしか私は知らないのだが、数年の精力と注意をつぎこんだらしいその原稿は正確な細字でぎっしり埋められている。

女がふとノートから顔をあげ、

「クーアイツって言葉、ごぞんじ?」

とたずねたことがある。

知らないと答えると、女は紙きれに『孤哀子』と書いて、そっとベッドに入ってきた。中国語なの。親のない子、孤児のことをそういうらしいの。大学の研究室にいるジャオ先生に教えられた。ジャオ先生は大学で中国語を教えているんだけど奥さんが書家で、かたわら中華料理店も経営してる。私はチャプスイに眼がないものだからしょっちゅうお店へいってチャプスイだけ食べる。チャプスイも出来不出来があって屑《くず》物《もの》のよせ集めだと思ったらたいへんなまちがいなのよ。簡単な料理ほどむつかしいんだわ。ある晩、食事をしながら私が身上話をしたら、ジャオ先生が皿ごしに『孤哀子』と紙に書いてわたしてくれた。

「さすが文字の民だと思ったわね。孤児とか親なし子というよりよっぽど感じがでてるじゃない。感心しちゃった。ほんとは喪中に死亡通知の肩書に使う言葉で、ま、〝喪服の孤児〟ってところらしいけど、私はクーアイツなのよ。お父さんもいない。お母さんもいない。親類縁者はこちらから捨ててやったし。お兄さんが一人だけいるんだけど、故《ゆえ》あって名前が変っちゃったしね。私、お兄さんが好きだけれど、こう離れてしまっちゃね。それに私、もう二度と日本へ帰ってなんかやるものかと思ってる。だから私、クーアイツなの。自然のいたずらなの」

女はそれだけいうと、ひとつまみの体温を毛布にのこしてベッドから静かにでていった。テーブルに向かうと指を髪につっこみ、峻烈なまなざしでトゲトゲちゃんを鳴らした。

いつでも女はいさぎよく椅子《いす》からたちあがった。歳月を埋めるためか、ぐにゃぐにゃしたものの膨脹《ぼうちょう》を食いとめるためか、私は真摯《しんし》と即興を思いつくまま尽した。ベッドでし、床でし、椅子でし、浴槽でし、うしろからし、よこになってし、すわってし、たってした。女も私も体が変形してしまったことを恥じて灯よりは闇《やみ》を好んだけれど、親和がすすむと、かまわなくなった。登山と水泳とスキーでたたみあげられた女の肉は精妙で強健であった。全裸のままで歩くと赤い闇のなかでも腿《もも》と腓《はぎ》に鋭い影がいきいきと明滅するのが見られた。昔のようにどの箇所も爽《さわ》やかなばかりで、健康のほか、何の匂《にお》いもしない。

「カイメンホンという中国語知ってる？」

「知らないわ」

「開く、門、紅と書く。サイゴンの華僑《かきょう》に教えられたんだけどね。正月とか、お祭りとか、祝いごとのあるときに使う言葉らしい。門が大八文字に開かれていて通りがかりにのぞいてみるとなかでチラチラ赤いものが見え、まことに盛大なるさまをいうらしい。やっぱり文字の民だよ。見えるようじゃないか」

「うまいこというじゃない」

「やってみようじゃないか」

「灯を消して」

「それじゃ開門黒になるね」

「しようがないですね」

鼻さきすれすれのところに壮観があらわれる。顔をもたげるまでもなく全容が眺望できる。そこにまるで時間が流れなかったかのような気配なので愕《おどろ》きをおぼえさせられる。なつかしさがあがってくる。小皺を集めてしっかりと閉じた肛門《こうもん》のかなしげな、とぼけて親しそうな、それでいて嘲《あざけ》っているような奇妙な顔つきも、淡褐色のくちびるをひらけるだけひらいた、びしょ濡《ぬ》れの玄《くろ》も、そのはぜたような赤いせりだしのたたずまいも、小さな襞《ひだ》の群れのさざめきも、ざわざわするあたたかい森も、すべてがその位置にあり、質にある。壮大な峡谷のなかによこたわったまままわずかに顔をあげて舌でくすぐったり、くちびるにくわえたりしながら私は遠くにある光景を眺めている。埃《ほこ》りをかぶった檜葉垣《ひばがき》にかこまれた離れにあの頃女はひとりで暮していて、高くかかげた白い臀《しり》のすみずみに障子紙に漉《こ》された秋の午後の日光が射《さ》していた。春に私と知りあって早くも秋に女は不幸になっていたが、けっして口にだそうとせず、むしろ快活な冗談をいう工夫にふけっていた。けれど忘我でうねるときにはいくらこらえても不幸はまざまざとあふれてきて、形をあたえまいとする必死の努力はかろうじて成功したけれど、気配の氾濫《はんらん》はとどめようがなかったのだ。私はわざとそれを無視し、玄からせりだしてくる不幸を玄へおしもどし封じこめてしまうことにひたすら熱中したのだった。果てると女はけばだった古畳にたおれ、あえぎあえぎ涙をしたたらせるだけだった。

「どうした？」

「いいのよ」

ときに壮麗な体のそこかしこから悲惨が膿《うみ》のように流れだしていると見えることもあった。それは女が不幸になるより以前にもふとしたはずみにまなざしや言葉のはしに顔をだすことがあったのだが、あとになってあらわれた不幸の光景に圧倒されるあまり、私はまたしても誤って、不幸がそれを誘発したのだとばかり思いこんでいた。

女が外国へ去ってずっとたってから私は二人のことをつぶさに回想し、点検していくうちに、悲惨はあの不幸よりもさきに、女の背骨のなかにあったのではないかと思うようになった。あれは背骨から分泌《ぶんぴつ》され、過去から分泌されていたのではなかったかと思うようになった。〝孤哀子《クーアイツ》〟であることはよく聞かされた。母、父、兄、幼年時代、少女時代のことはよく聞かされた。けれど、女の口から洩れる自伝と挿話をたどっていくと、少女期のある時期から以後かなり長い時期がまったく空白となる。完全に欠落している。その時期、孤哀子がひとりで、どこで、何をして、どのように食べていたのか、まったくわからないのである。おそらく悲惨はそこから持ちこされてきたものである。体臭のようにしみついてしまって、どうおさえても分泌されてしまう性質のものなのである。私も少年時代の悲惨や汚辱にいまだにひたっていてその大きな手の影からぬけでることができないでいるけれど、あの時期の日本に、私とあまり年齢のちがわないらしい娘が、孤哀子としてアスファルト・ジャングルをさまようしかなかったとしたら、何をしないですませられたか、何をするしかなかったか、はっきりと私はいえそうである。どこか一点をつけば一瞬に全体が瓦壊《がかい》してしまいそうな、そういうものを女はくぐってくるよりほかなかったのであるまいか。ただ黙って耐えしのぐよりほかなかったのではあるまいか。日本を去らずにいられなかった衝動のうしろに学閥への憎悪《ぞうお》や私と結婚できないことの絶望もさることながら、その口にだしようのない経験のたてる瘴気《しょうき》がおぼろながらしぶとくからみついていたのではあるまいか。女は毎日、日本語ではなく、いま住んでいる国の言葉で日記をつけているらしい気配なのだが、そのことにひそかに私は舌を巻いているのだが、そうするしかないのではあるまいか……

壮大な臀がふるえる。太腿につたわる汗の微粒が霧となって散る。赤い闇のなかで臀はいよいよかかげられる。腿がふるえ、力を失い、玄が落下する。私の鼻と口はあたたかいぬかるみに埋もれてしまう。液があふれて顎《あご》にしたたる。

「ほら、ほら、もっと」

「こう？」

「そうして、もっと、もっと」

「そこを舌でくるむようにしてごらん」

「こう？」

「叫べ、わめけ、日本語だ」

「無理よ、あなた、それは無理。こんなもの頰ばって。叫べなんて。二つに一つよ。どちらか。どちらかだわ。独立的に排除して。ほら。あ」

ふいにびしょ濡れの全面積が顔いちめんにかぶさってきて、私はつきとばされ、ヘッド・ボードに頭がゴツンと音たててぶつかる。赤い闇のなかを長い、孤独な、咽喉《のど》いっぱいの呻吟《しんぎん》が走り、それまで腹筋と背筋で支持されていた女の体重すべてが落ちかかってくる。シーツが炉のように白熱している。船腹いっぱいに荷を呑《の》みこんだ船のようにゆらゆらしつつ女は私を蔽《おお》い、ときどき広い戦慄《せんりつ》を起しながら、したへ、さらにしたへ、部屋の床をぬけて地下鉄の線路床へ、石油を分泌する層まで、音もなく沈んでいく。

風呂の湯はでたり、でなかったり、熱いときもあり、ぬるいときもあり、その日その日栓をひねってはじめてわかるという気まぐれさだったが、熱い湯がでるとわかると女は全裸になってかけつけた。しみだらけの古風で大きな浴槽に湯を入れて、バーデダスのチューブをしぼると緑いろの液がしたたる。湯にふれるとそれはたちまち白い泡となって綿菓子のようにふくれあがる。女が持ってきた物だが、これはいい。体をこすったり磨いたりしなくても、ただそのなかに浸っているだけで泡が全身をくまなく浄化してくれる。泡が衰退してくるとまた滴下したらいい。湯からあがってもいちいち体を拭《ふ》かなくていい。私はぬるま湯にひたり、顎まで泡に埋もれ、右手に細巻の葉巻、左手にウォッカのグラスをにぎって、壁にたてかけた新聞を読む。女がトゲトゲちゃんと遊んでいるのを眺める。

「こうするとタバコがうまいな」

「そうォ」

「どうしてかな」

「どうしてでしょう」

「お湯で煙がしっとりしてくるんだよ」

「お風呂に入って葉巻をふかすのはギャングの親玉のすることなんじゃない。映画でよくあるじゃない。E・G・ロビンソンなんてね。『キー・ラーゴ』というのが昔あったじゃない。肝臓か腎臓《じんぞう》がわるいみたいな顔して、お風呂に入って、葉巻をくわえてね、三下《さんした》を呼びつけて、何かしゃがれ声で命令するのよ」

「ギャングの親玉だけじゃない。批評家もするらしいよ。こうして右手に酒、口に葉巻、左手に新刊本を持ってな。チラチラと斜め読みするのさ。それで何か書く。荘重に、デリケートにね。ときに預言者みたいに、ときに犠牲者みたいに。その双方をかきまぜたりして。しばしばね。そういうのを〝バスタブ・クリティック〟というらしいよ。書き手のほうもおなじことをやってるかもしれない。大いにありうることだな」

女は激しくて熱い湯を好んだ。膚《はだ》にチカチカと針のように食いこんでくる新鮮な、はしゃぎたった湯を女は好んだ。汗をこらえながら膝《ひざ》を抱いてそこにしゃがんでいると、やがて血が全身のあらゆる箇所でさわぎ、わきたって、みごとな転生ぶりを眺めてたのしめることを知っているのである。じっさい熱い泡のなかから女がいきなりたちあがると、白い豊満な膩《あぶら》から湯玉がころがり落ち、全身の山岳や平野や森を音をたてなだれ落ちていき、そのあとあとからくまなく淡桃色に輝きわたった、やわらかい靄《もや》にかすむ、みごとな磁器があらわれるのだった。白い膩の奥深い芯《しん》から女の全身は雪洞《ぼんぼり》に灯がともされたように輝きわたり、荒寥《こうりょう》とした壁や、しみだらけの浴槽や、ひび割れた鏡などをことごとく声なく制覇してしまうのだった。

女は白い泡をつけたまま全裸で部屋に入っていき、葉巻の残香や汗でむれている赤い闇のなかを見まわし、ほかにどこにも場所がないと知って、ベッドにとびあがる。

「見て、見て」

快活に笑って足を大きく閃《ひら》めかし、臍《へそ》も、陰毛も、玄も、さらけだすままにさらけだし、とんではねる。

「ほら、コッペリアよ」

いきいきと叫ぶ。

「ほら、眠れる森の美女よ」

うたうように、

「ほら、白鳥だ」

と笑う。

「博士にゃもったいない！」

このような瞬間、女の顔はいきいきとひらき、小さな、白い歯が光り、眼に痛烈な、いどみかかるような、はばかることを知らない輝きがゆれた。

泡に埋もれた女のたくましくて広い背をトゲトゲちゃんでこすりながら、私は安葉巻をくゆらし、ひとこすりごとにあらわれる芯からの雪洞の灯に見とれた。白人女のような細毛や、粗毛や、小穴がどこにもなく、それはしなやかでしっとりとして、絖《ぬめ》のようになめらかであり、しかも、徹夜や、日光や、苦業の浪費を、何とも思っていないらしい気配であった。酷使に酷使してもその膚は早朝の死灰からよみがえって、平然としているかのようだった。肉の厚い肩に灯が射したり消えたりするのを泡のゆれうごきのなかに眺めながら、私はいう。

「きみの先祖はどうやら逸脱したらしいな。それもかなり近い世代だ。お父さんか、お母さんか。お祖父《じい》さんか、お祖母《ばあ》さんか。そのあたりだ。おぼえがないかね。白人と交渉したのがいたんじゃないの」

「いたかもしれないわね」

「膚の肌理《きめ》がいいのはアジア人だよ。男も女もね。ことに朝鮮女となったら絶品としかいいようがない。異様なばかりだ。ただ、ざんねんなのは、ちょっと膩に欠けるということだね。白人女の膚は白いけれど、あれはチョークの白さだ。粗くて、脆《もろ》くて、穴だらけなんだ。中身がすぐ洩れちゃう。けれど、したたかな膩があって、それを支えてる。アジア女の膚に白人女の膩があると、いいだろうね。きみはそれを体現しかかってるように見えるぞ」

「ペルシャの奴隷《どれい》商人みたいなことをいうじゃない。知らないまに遊んだな。批評してるんでしょう。意地わるくジロジロ見てるんだ。テラコッタや李朝《りちょう》の壺《つぼ》でも見るようにして私のこと見てるんでしょう。〝物《ぶつ》〟としてね。わかってるわよ」

「しかしきみは自信満々のようだよ」

女はひくく笑って泡のなかに体を沈める。大きな、輝きわたる雪洞が緑と白のまじった湯にゆっくりと沈む。いくつかのゆるい渦が肩のあたりに起って消える。

あたたかい玄の室《へや》に入って闇のなかにたゆたっていると、ときどき、とろりとした甘い吐気が起るのをおぼえる。それをこらえながら私は知らず知らず襞のざわめきやそよぎに歳月を読もうとしている。女の閲歴をまさぐろうとしている。ここを通過していったにちがいない、少くとも二人の男の事業の跡を知ろうとしている。室に入ってあまりいかない右のあたりと思えるところに、やわらかくて小さいが敏捷《びんしょう》にうごく小鳥のくちばしのようなものがあったと思う。それが減っていないか、それとも大きくなったかを知ろうとして感官をすべて集め、耳を澄ませるようにして一歩一歩入っていく。嫉妬《しっと》からではない。むしろ淡いが友情に近いものからである。ある。たちどまる。あった。それは私を迎え、ぴくっとなって体を起し、やわらかく小きざみだが敏捷に刺したり、しりぞいたり、ふるえたりしはじめる。恋矢、とでも呼ぶのだろうか。いきいきとした小人の踊りに似てもいる。変っていない。何も変っていない。なつかしさが広い領域にわたってゆっくりひろがり、あがってくる。肩のうしろのあたりに午後の陽の射《さ》す障子窓が感じられる。そのむこうに埃りをかぶった檜葉垣がある。

遠くにくぐもった人声がある。

湯からあがったばかりの女の熱い太腿にこめかみをのせて、毛の穂さきに泡が輝くのを眺める。飽満にぐったりとなり、たわむれに舌とくちびるを使い、茂みのなかにひそむ芽のようなものをきわだたせようとふけっていた。臀も、けもの道も、いつもの闇《やみ》にかくれていず、見慣れない光輝にすみずみまでぶしつけに照らされているのを私はけだるく眺めていた。ようやくそれに気がついて眼をあげると、窓とベッドがおなじ高さにあった。いつのまにかカーテンがあいていて、高緯度国の水銀のような黄昏《たそがれ》がキラキラ輝いているのだった。赤、紫、紺青《こんじょう》、すべての光彩が淡く、高く、晴朗に輝いて、はかない雲のふちが白銀の糸で縫取りをされたように光っていた。窓が輝き、辞書が輝き、部屋が輝いていた。光は茂みにくまなく射しこみ、濡《ぬ》れた淡褐色のくちびるの小さな皺《しわ》のひとつひとつで液が結晶のようにひかっているのが見えた。テーブルに手をのばして時計をとりよせてみると、八時だった。

夜の八時だった。

私は鼻を埋め、

「雨がやんだようだよ」

といった。

裏通りは谷のようでもあり、溝のようでもある。

狭くて、暗く、壁は雨でぐっしょり濡れ、立小便、糞、汚物がいたるところに散らかっている。このあたりは諸国からの亡命者や移民の区で、貧しい小料理屋やまっ暗な床屋があり、舗石、壁、窓、すべてが刺すようだったり、ねっとりだったりの分泌物の匂《にお》いをたてて冷たく汗ばんでいる。あちらこちらに落書があって、『バカはおまえだ』、『サル』、『労働者よ、学生よ、団結だ！』、『暴力と強姦《ごうかん》、バンザイ』、『イヤ』、『やって』などとある。活力はひそめているけれどむせそうな悪臭のたちこめるこの暗い溝を私はゆっくり歩いていって表通りにでる。ふいに陽があふれ、夏は下痢から回復していて、空、寺院、スズカケの並木、河岸の胸壁、すべてが北の湖のように輝いている。陽は私にも射し、体内のすみずみまで照らしだし、澄明《ちょうめい》で稀薄《きはく》な輝きに私はみたされる。溝のなかを歩いているときは部屋から持ちだした女の体温や、息づかいや、囁《ささ》やきなどが体のあちらこちらに花粉のようにつき、それが消耗しきった私をかろうじてくるんでくれているかと感じられたのだが、この瞬間、すべてが霧散してしまう。ただ淡くまばゆいだけである。音もない。滴《しずく》もない。

「病人みたいだ。漂ってるみたいだ」

「腕をとってあげましょうか」

「いや、いいよ。歩くよ」

「……」

女は何か口のなかでつぶやき、ひくく笑った。眼のしたには翳《かげ》りもなく、たるみもない。不屈の成熟が苦笑している。

大通りのゆるやかな坂をのぼっていくと、大きな飾窓に赤や金や黒が輝き、長髪の学生が闘争の機関紙を売るけたたましい声、水が一滴ずつしたたり落ちるような手回しオルガンのつぶやき、給仕たちの正確でものうい返答、一瞥《べつ》で本質を見ぬく若い女の眼、タバコのやにのしみた教授たちの顎ひげなどでごったがえす舗道のはしに一人の老人がすわっている。道にチョークで円を描き、その円のよこにブリキの銭箱があり、そのよこに一本のナポレオン・コニャックがむきだしのままでおいてある。老人は手に五枚の古ぼけたボール紙の円板を持ち、一枚ずつ、

「ごらんよ」

「こうだ」

「そら、そら」

誰にともなく声をかけながら無造作に投げる。円板は一枚ずつとんでいき、円周のなかに落ち、一ミリとかさなることなく並び、それが五枚並ぶと、まるで精密幾何図のようになる。通りがかりの学生がやってみるが、きっと二枚めか三枚めで円板がかさなってしまう。老人はおだやかな顔にひきつれたような微笑をうかべて学生の手からいんぎんに硬貨をつまみとり、チャリンと音たてて銭箱に落す。

「あれだけのことなの？」

のね？」

「そうだよ」

「五枚がかさなりあわないで円の内側に並べられたらあのお酒がもらえるってわけな

「そうだ」

「ちょうどお酒きれたところね。とってあげましょうか。私、子供のときからこういうことには強いのよ。夜店をよく荒したものよ。射的だとか、金魚すくいだとか、いい腕だったのよ。兄を負かしてやったし、お母さんをよろこばせてあげたし、ほら、いま持ってるトゲトゲちゃん、あんな景品でいつも玩具箱《おもちゃばこ》がいっぱいだったわ。小銭ある？」

「三回だけだぜ」

「あなた、ケチね」

女は道ばたにしゃがみこむと老人から円板をうけとり、指をポキポキ鳴らしてから、よく狙《ねら》いをつけて投げた。一回めは二枚めでかさなった。二回めは三枚めでかさなった。三回めも三枚めでかさなった。老人はひきつれたような微笑をうかべ、くやしがってる女の手からそっと三枚の硬貨をつまみあげて銭箱へ落した。すでに銭箱は硬貨でいっぱいになり、あふれかかっている。

「何か仕掛があるんじゃないの？」

「何もないね」

「何だかダマされたみたいだけどナ」

「巨匠の至芸なんだ」

　そこからちょっといくと一人の初老の小男と若い女がたくさんの学生に包囲されていた。小男はちょっといびつな卵型の禿頭《はげあたま》を持ち、服は貧しいけれどきちんとし、真摯《しんし》なまなざしで何か演説しているのだが、彼が話しだすとたちまち学生たちがあちらこちらから嘲笑《ちょうしょう》を浴びせにかかり、どっとはやしたてる。男はいくら嘲《あざけ》られ、罵《ののし》られ、笑われてもびくともしないが、あまり学生たちがよろこんで叫びたてるので話のすすめようがなく、小さな澄んだ眼に当惑のいろをうかべて佇《たたず》んでいた。すると若い女が昂奮《こうふん》して鉄柵《てっさく》にかけのぼって片手でぶらさがり、鋭い、激しい声をあげて学生を罵りはじめた。学生たちはいよいよはしゃぐ。女は右から嘲られると右に顔を向け、左から罵られると左に顔を向け、眼を閃めかし、口をとがらし、茫然《ぼうぜん》と佇んでいる小男をかばうようにして学生たちを一人一人だまらせにかかる。

「これは何かしら？」

「よくわからないが、あの男は電気技師で詩も書くというんだ。それが、人間は一年はたらいたら三年は遊ばねばならない。それが理想の社会というものだ。そういう社会を作らねばならない。私が議員に当選したらそういう運動をする、と演説してるらしいんだな。あの女はファンかもしれないし、秘書かもしれない。同志かもしれない。親子じゃないかと見えるときもある。ああして二人で毎日でてきては学生のなぶりものになってるんだ。しかし、いくらヤジられてもいっこうにへこたれる気配がない。正気なんだ。気ちがいじゃない。まさに荒野の叫びというところなんだが、この界隈《かいわい》には変ったのがいっぱいいる」

「一年はたらいたら三年遊ばせてやるというのなら賛成だけどナ。いいことというじゃない。私なら一も二もなく投票してあげるけど。何もああヤジることないじゃない」

「それじゃ賛成っていってあげなさい」

「教えて」

私に教えられた単語を女はいきなり高い声で二度叫んだ。鉄柵にぶらさがっていた女がそれを聞きつけ、顔をこちらに向けた。牝豹《めひょう》のように輝いていた眼がふいに微笑で細くなり、軽く会釈《えしゃく》した。そしてまた精悍《せいかん》な首をひねって学生たちを折伏《しゃくぶく》にかかった。

公園へいっていつものベンチにすわる。アイスクリームの屋台、鳩《はと》の餌《えさ》を売る老婆《ろうば》、風船屋、綿菓子屋などが水銀のようにキラキラ輝く淡い夕陽のなかでぞろぞろ通りかかる観光客を相手に仕事をしていた。蛙男《かえるおとこ》も仕事に精をだしていた。今日は金魚鉢に蛙が三匹も入っている。雨が何日も何日もつづいたので彼は屋根裏でじっと忍耐して、蛙をかわいがり、今日は人出があるものと、瓶に水をしこたまつめてやってきたのではあるまいか。道ばたにたちはだかって彼は大きく口をあけ、舌をだらりとだし、蛙をゆっくりと呑みこみ、一度眼を白黒させてから、やおら荘重な手つきで巨大な腹をうつ。ポンプのように水がふきだし、蛙がとびだす。見物人がぼんやりしたまなざしでさしだす硬貨をうけとると彼は金魚鉢と瓶を持って木かげへいって寝ころぶ。見物人が散ってしばらくし、新しい通行人の一群がやってくるのを見ると彼はゆっくりと体を起して水をごくごく呑み、金魚鉢を持って道へでていく。

「唖なんじゃない？」

「いや、酒場で話をしてるのを見たことがある。唖じゃないよ。去年もああしてたし、三年前もああしてた。おれはここへくるたびに先生がいるかどうかを見にくることにしてるんだ。あれを見てるとホッとするんだ。いっさいがっさいを頭からバカにしてるだろう。小気味いいじゃないか。老子に見せたらよろこぶだろうな。懶是真《らいこれしん》だ」

「いささかグロだわよ」

「なかなかあそこまでなまけられるもんじゃないぜ。おれは好きだね。感心してるといいたいくらいさ。戦争中もみんなが右往左往してきょろきょろイライラしてるときにあいつ一人だけはだまったきりで蛙を呑んだり吐いたりしてたんじゃないか。おれはそう考えることにしてるんだけど、寂滅もここまでくるのは容易じゃあるまい。精神のダンディというところさ。ネグレクテッド・ダンディという お洒落《しゃれ》用語があるらしいけど、先生はまさにそれだよ。どうだ？」

「おっしゃりたいことはよくわかるけど。私にいわせるとこれはオブローモフだわね。そうよ。オブローモフが蛙を呑んだり吐いたりしてるのよ。オブローモフは一日中ベッドで寝たり起きたりしてただおしゃべりしてるだけだけど、それが町へでてきて蛙を呑んだり吐いたりしてるのよ。ベッドにもぐりこんで自己反省というおならにむせてるのが知識人だって、誰かえらい哲学者がいったけど、これは蛙にむせてるんじゃない。蛙とおならのちがいだけのことじゃない。そんな気がするけど。老子に見せたらよろこぶだろうっておっしゃいますけれど、むしろヨネスコかベケットあたりじゃないかしら」

「いや、老子だろうよ。先生をよくごらん。悲劇の匂いがまるでないじゃないか。ゆうゆうとやってるんだ。疎外劇《そがいげき》にはこういう調子がないよ。あの笑いは洒落たものだけれどひきつってる。放下していない。発作なんだ。どちらをとるかといわれたら、おれはこちらだね。じつは何かにこれが使えないかと思って、小説か芝居にね、考えてはみたんだが、いまだに妙案が浮かばないんだ。どういう役に使ったらいいか。主役か、端役《はやく》か、それとも狂言回しか。さっぱり見当がつかないんだよ。だからこうやって見物してる」

「そりゃ無理かもしれないわよ」

「どうして？」

「だってあれはその道の完璧《かんぺき》なものなのよ。完璧なものは無残だっていうじゃない。だから応用なんかできないのよ。そっとしておくことね。巨匠の至芸だもの」

夕陽のなかで女が眼をしかめ、ふいに胸を波うたせてふきだした。いま一群の見物人を処理し終った男が、誰も見ているものがいなくなったのにいんぎんなしぐさで水を呑み、蛙を吐いたのだった。ぴょんぴょん跳ねる蛙を金魚鉢に入れていとしげに洗ってやると、男は瓶を腋《わき》にかかえ、ゆっくりした足どりで公園をでていった。砂利道には澄明な陽の燦爛《さんらん》と、おびただしい水のしみがのこった。

夜になるまでのひとときは橋のたもとの安酒場ですごすことにしてある。赤や黄や黒のビニール紐《ひも》で編んだ椅子《いす》が舗道にだしてあるので、それにもたれて一杯の酒をゆつくりと時間をかけてすする。昼でもなく夜でもないこの時刻には何か新しいことのありそうな、あてどない希望がグラスにも、灰皿にも、並木道のざわめきにも感じられる。こまかい汗にぐっしょり濡れたドライ・マーティニのグラスをとりあげると宝石のように充実した重さがあり、くちびるに冷えきった滴を一粒のせると、硬い粒のまわりにほのかな、爽快《そうかい》な苦みがただよっていて、粒のつめたさはいきいきしているが、芯《しん》まで暗く澄みきっている。淡くて華やかな黄昏はゆっくりとすぎていき、やがて夜が水のように道や、木や、灯や、人声からしみだして、大通りいっぱいにひろがっていき、いつとなく頭をこえ、日蔽《ひおお》いを浸し、窓を犯し、屋根を消して、優しい冷酷さで空にみちてしまうのだが、そうなるまえにほんのわずかのあいだ、澄明だが激しい赤と紫に輝く菫《すみれ》いろの充満するときがある。ほんの一瞬か、二瞬。気づいて凝視しにかかるともう消えている。きびしい、しらちゃけた、つらい一日はこのためにあったのかと思いたくなるような瞬間である。大通りいっぱいに輝く血がみなぎり、紙《かみ》屑《くず》から彫像、破片から構造物、爪《つめ》から胸、すべてを暗い光耀《こうよう》で浸して、ひめやかにたゆたう。熱帯、亜熱帯、温帯の黄昏には混濁した活力がギシギシひしめいてどよめくが、むっちりうるんだ湿気があるために憂愁をおぼえさせられ、このように明晰《めいせき》をきわめた激情を目撃することはなかったと思う。大通りは動乱と騒擾《そうじょう》と叫喚にみたされるかのようである。女の顔や、首すじや、髪が菫いろに浸され、そこかしこに見おぼえのない悲痛や威厳が一刷《ひとは》きされてあらわれる。体をたてなおそうとすると、もう消えている。明るい灯のしたで三十歳代の女子大学生が小さな歯を見せて微笑している。

「火をつけましょうか？」

「いや、いいよ」

私はポケットに手を入れ、ジッポのライターをさぐりあてて火をつける。惑乱は消えた。はっきりしている。もう夜である。〝逢魔《おうま》が時〟はすぎた。魔は顔を見せ、車道で踊ったり、新聞売場のまわりをとび歩いたり、酒場のテーブルのふちへこっそりしのびよったりして人をそそのかしたが、するだけのことをすると効果をたしかめることもなく消えてしまった。まるで拍手喝采《かっさい》が消えるようにして消えてしまった。

「いま夕刊売りがきたわ」

「気がつかなかった」

「顔を見せて何か叫んだなと思ったらもういないの。どこかへとんでいった。いくらピリピリしてなきゃならないといっても、ちょっと度がすぎるのじゃないかしら。まるでコウモリだわ。追っかけて買ってきましょうか。今晩読むものあるの？」

「新聞なんかどうでもいい。それより、もうそろそろ鍋《なべ》が熱くなってる頃だよ。これからどこへ行って何を食べるか、それを考えなさい。きみは勉強ばかりしてるから運動不足かもしれないけれど、チャプスイと柿《かき》の種じゃもたないはずだよ。このところずっとキャンプ生活みたいなものだったしね」

「そういわれると困っちゃう。何しろ私のところはジャガイモとソーセージの国でしょう。そこで十年暮してごらんなさい。質実剛健、勤倹力行ですわよ。いいかげん舌がボケちゃって、どうしようもないわ。教えていただきたいようなものよ。御跡《みあと》したいてどこへでもいくわよ。何でも食べる。あなたならまちがいないとにらんでるもの。あなたの真似《まね》してたらまちがいないと思うの。官能をバカにしちゃいけないわ。風呂《ふろ》屋《や》でも阿片窟《あへんくつ》でも、どこでもつれてって！」

「皮肉をいっちゃいけない。食べる話だよ。今晩いまから何を食べるかという話だ。モツ料理はどうだろう。これはいいものだよ。あのウンコ通りに一軒いい店を知ってる。席につくと給仕が望遠鏡を持ってきてドアに貼《は》ったメニューを覗《のぞ》かせる。できますものはその日その日でちがうんだが、モツをぶどう酒や香料でコトコト煮こんだやつだ。壺《つぼ》に入ってでてくる。心臓、肝臓、胃、腸、睾丸《こうがん》、腎臓《じんぞう》、何がでてくるかしれないが、何でもうまい。腎臓についていうとだね、これは徹底的に浄化して血ぬきしたのよりちょっぴりオシッコの匂《にお》いがのこってるやつのほうがコクがあると思うね。

すみからすみまで意識しつくして描いた絵のどこか一点にさりげなく破綻《はたん》を作っておくとかえって全体が生きるという絵がある。そういうもんだよ。腎臓はオシッコくさいのがいい。ちょっと匂うのが」

「じゃ、睾丸は？」

「まだわかってないね。もっと勉強しなければいけないよ。睾丸はオシッコと関係がない。これもわるくないよ。ぽわぽわしてて、含みが深い。マドリッドの凄《すご》い貧乏人町の安酒場で犢《こうし》の睾丸のフライをサングリアのさかなに食べたことがあるが、これはじつに上品で清純な味だった。柔らかくて、丸くてね。説明してもらわないとソレとわからないし、説明してもらってもソレとわからなかったな。懐石料理にでる白身の魚の清蒸《しんじょ》みたいな歯ざわりだった。総じてモツをバカにしちゃいけないよ。魚でも獣でも相手を倒したらまっさきにモツから食べにかかるというじゃないか。今晩ひとつそれをどうだろう。前菜にはカタツムリだな。それも罐詰のじゃなくて生《なま》のやつ。この先生方は何しろ墓場へお参りにいって墓石のまわりにいるカタツムリを見て大粒だ、小粒だといって先を争って家へ持って帰るというんだよ。右の眼で祈って左の眼で食べるらしい」

「いい精神だわ。賛成よ。御先祖様もおよろこびでしょうよ。何だか食べたくなってきたわ。チャプスイなんてうっかりいわなくてよかった。あぶないところだった。いきましょうよ。さあ。ウンコ通り」

女は眼じりに皺《しわ》をよせて大きく笑って椅子からたちあがると、タータン・チェックのスポーツ・シャツの袖《そで》をちょっとたくしあげて力むポーズをみせた。たくましいがよくひきしまったその腕にはしっとりした、蒼白《あおじろ》い膩《あぶら》が青を沈めている。舗道と日蔽いを浸して店内になだれこもうとしては拒まれてたゆたっている夜のなかで青銅のように閃《ひら》めく。

裏通りの小料理屋は貧しくて狭くて汚れに汚れ、テーブルにも壁にも一センチからの厚さで人の垢《あか》や脂《あぶら》が塗りつけられているように見える。洞穴さながらの暗さだが、ドアの一箇所にだけ小さなライトが円光を投げている。そこにコンニャク版のメニューが貼ってある。給仕は客があると黙って一本の望遠鏡を持っていく。それもメッキや塗りがぼろぼろに剝《は》げた海賊時代のしろものである。

女が声をあげた。

「見えた、屠畜場が見えた！」

「見る恰好《かっこう》をするだけでいいんだよ」

ナイフのようにやせた店の老主人が寄ってきたので私はパン、ぶどう酒、カタツムリ、内臓は本日の特選品をたのんだ。この店ではカタツムリを殻ではなくて小さな玩具《おもちゃ》のような壺に入れてくる。壺のなかで香ばしいニンニクの香りをたてて泡を浮かべている黄金色のバターをカタツムリを食べるあとあとから皿にあけていき、パンをそれに浸して食べる。さいごにはパンで皿を拭《ぬぐ》うようにして一滴のこらず吸収してしまう。パンの香ばしい皮や、ニンニクや、バターや、カタツムリの脂などが舌にのこる。そこを一杯のぶどう酒で洗う。

「教えてあげよう。これは知っといたほうがいいよ。どの酒でもそうだけど、口に入れたら、歯ぐきへまわしてしみこませるんだ。そこでしばしためらって本質が登場するのを待ち、かつ、眺める。歯ぐきはたいせつなんだよ。鑑定家が酒を飲むところを見てると頬っぺたがコブみたいにプクッとふくれるが、あれはこのためだ。これを、ぶどう酒を〝嚙《か》む〟という。もっともおれは嚙みしめたいほどの正宗《まさむね》をまだ飲んでないので、しょっちゅう舌や咽喉《のど》でウガイ飲みだがね。それとね、うまいパンさえあればぶどう酒にさかなはいらないということ」

「モツは何がでるの？」

「何かわからない。だされるものを食べてりゃいいんだよ。こういうところでは店にまかせておくのが一番さ」

「匂いでわかるわね」

「何ならきつくするようにたのもうかね」

「いいの。冗談よ」

やがて壺がほかほかと湯気をたててあらわれる。フォークを入れてべろべろしたものをひきあげて皿にとってみると、胃袋だった。とろとろに煮込んであってむっちりと柔らかいがどこかに弾力ものこしてあるので、歯ごたえをたのしむことができる。濃厚なソースが芯までしみこんでいて、そのとろとろさとくると、〝煮込む〟というよりは〝熟し〟ている、熟しきって果汁でハチきれそうになっているといいたいようなものだった。はじめのうち女はおいしいとかすばらしいとかいっていたが、やがて口をきかなくなり、壺から胃袋をひっかけては皿に移し、パンをちぎり、ときどき手をやすめてぶどう酒をすすり、吐息をついてはまた仕事にもどった。

皿のソースを一滴のこらずパンで拭いとり、そのパンのさいごのひときれを呑《の》みこみおわると、女はぐったりとなって壁にもたれた。薄く汗ばんで、頰が薔薇《ばら》いろに輝き、うつろな眼がうるんで、暗がりでキラキラ閃めいた。

「完璧だわ」

女はひくくつぶやいた。

「どうしようもなく完璧だわ。眠くなりそう。くたびれちゃうのね。御馳走《ごちそう》食べるとマヒしちゃうんだわ。あなたのいうとおりだ」

はずかしそうに軽く腹を撫《な》でて女は微笑した。眼は輝いているがうつろで、煙のようなものがたちこめ、汗にまみれて男の腕のなかからのがれていくときにそっくりのまなざしであった。飽満が仮死ならば美食が好色とおなじ顔になっても不思議ではなかった。ぶどう酒の酔いは豊沃《ほうよく》な陽に輝く、草いきれのたちこめた、なだらかな丘なので、頂上をすぎたあとも豊沃は緩慢につづいていき、いよいよそれは性に似てくる。しかもただ味わいたいばかりで求めていながら、たとえば女のくちびるのきわあたりに冷酷な傲然《ごうぜん》の残影《ひとかげ》が一翳りもあらわれていないのは、どうしてだろうか。

ふいに女は体を起した。

「ねえ。もう何日かここにいて、それから私のところへいきましょうよ。今度は私が御馳走するわ。ピッツァを作ったげる。それもただのピッツァじゃなくて、いちいちイーストを買ってきて粉から練りあげるのよ。それを何時間も寝かせてふくらましてから、サア、たいへん。アンチョビだ、サラミだ、オリーヴだとありったけ入れるの。何ていったかな。こんな小さい、青い木の実で、塩漬にしたのがあるでしょう。あれも一瓶買ってきて埋めるのよ。何でもどっさり入れることにするわ。あなたのお気に召すようにするのはたいへんだわ。私のピッツァは研究室じゃ有名なのよ。何月何日に作りますと紙に書いて掲示板に貼っておくと、や、くるわ、くるわ。オリエントだ、スラヴだ、老教授だ、若手教授だ、助手だと、ぞろぞろくるの。食べながらつぎはいつでしょうかなんてたずねるのがいるくらいなのよ。だからわかるでしょ。実力なの。私の主義通りよ。実力あるのみなの。それに、いま私のいるところは、ガラスと鋼鉄のお城なの。長方形の箱なの。ある学術財団が学者たちの宿舎にといって建てたんだけど、ちょっとしたものよ。ダイヤル一つで湿度、乾度、温度、何でも自由に調節できるようになってるの。もちろんガラスの大戸を手であけたてすることもできるから、夕方暑かったらバルコンにでてもいいわ。デッキ・チェアを一つ買ってくるからそれにパンツ一枚でひっくりかえってちょうだい。あなた、すぐ裸になりたがるから。ところが不思議なのはそんな超モダン建築の三階なのに、お風呂に入ってると、コオロギの鳴声がするの。はじめトゲトゲちゃんかしらと思ったけど、ちがうの。コオロギですよ。パイプをつたってあがってくるのよ。いつも二匹で、へい、毎度ありがとうさんで、といってでてくるのよ。おかしくってね。名をつけてやったの。元気そうなのをハンス、おとなしそうなのをインゲというの。不思議に夜にならないとでてこない。それも私がお風呂に入ってると、でてくるのよ。チョロチョロ、チョロチョロって鳴くんだわ。孤独な女のヴァイオリンってとこね。ぜひ会ってやってほしいわ。きっと気に入ってもらえると思うんだけど」

「ピッツァのほかに何ができる？」

「榨菜麵《ザーツァイめん》はどう。ジャオ先生の菜館へいって太太《タイタイ》に榨菜と麵をわけてもらうの。何なら魔法瓶を持っていってスープをわけてもらってもいいわよ。これは東南アジアできたえたあなたのお気に召すかどうかは疑問だけど、やってみましょう。太太は書道の大家だけど気さくなひとで、何かといえば、アイヤアなんていうの。シッカリしてるって評判よ。夫婦二人でスーツケース一つでやってきて、三年たったら菜館を一つ持ってるというんだからかなわないわ。そうだ。榨菜麵のほかにできますものは太太直伝のチャプスイ。笑わないで。またかって顔してるけど、一度批評してみて。いまシャンピニオンが出盛ってるからそれを入れてやってみたげる。ウンと入れましょうね」

「おねがいが一つある」

「なあに？」

「ママゴトでやってほしいんだ」

いってから私は口をつぐみ、タバコに火をつけた。女は私の狼狽《ろうばい》に気がついたようではなかった。つきでた高い胸のしたに腕を組み、首を少しかたむけ、夢中のまなざしで堂々と微笑していた。ママゴトにしてほしい。ピッツァも、デッキ・チェアも、榨菜麺も、チャプスイも、ママゴトにしてほしい。それ以上のものにも以下のものにも、できたら、しないでほしい。血を見ることになる。ふたたび繰りかえすことになる。私はそういいかけて口をとざしたのだ。

ぶどう酒と豊熟した料理がさそいだして顔のそこかしこにのこしていったものではあるにせよ、洞穴じみた暗がりにローソクの灯をうけてうかびあがっている女の顔にはこれまでに目撃したことのない、安堵《あんど》しきった昂揚《こうよう》があった。そこに射《さ》したり、にじみでたりしている微光は、女の頭のうしろ、深い遠くから、歳月をこえてわたってきているもののように見られた。それは私にはまさぐりようのないものだった。女はしあわせそうだった。苦闘や孤独を漉《こ》しきってしあわせそうだった。眼を細め、全身で発光し、それに気づかないでいる。かすかに耳をかたむけているのは二匹のコオロギの声を聞きとろうとしているのだろうか。しあわせがこんな浪費に耐えられるとは思えない。私は少し不安をおぼえる。息苦しくもある。

旅館にもどろうとして二人で裏通りを歩いていった。夕方のひとときはざわめいていたのにもうまっ暗な下水溝となっていて、人の姿がどこにもない。あちらこちらに酒場や料理店の灯が虫歯の穴のような入口を照らしているが、壁には私たちの足音が低くこだまするだけである。闇《やみ》しかない路地に入っていくと汚水に浸りこんでいくような気持がする。この市ができたときに山からはこびこまれてそれ以来一度も日光を浴びたことがないのではあるまいかと思いたくなるような石が積みあげられている。冬を吸収したままで凍《い》てついている、濡《ぬ》れた、かたくななその壁のよこをすぎたとき、むせるような立小便の酸《す》っぱい腐臭のさなかに、ふいにあたたかい花の香りとすれちがった。私は闇のなかでたちどまった。

「誰か歩いていったのかな」

「どうかしら」

「靴音を聞いたかい？」

「ずっと私たちきりだわ」

「ドアのしまる音も聞かないね？」

「そう思うけど」

「だけど香水の匂《にお》いがする。君のじゃない。いますれちがった。女とすれちがったみたいだ。フレッシュで、うごいていた。誰もいないのに不思議だな。どういうわけだろう」

「幽霊と浮気したいの」

ひくく含み笑いしてからふいに女が腕をからみあわせ、うむをいわせぬ力でひきよせると、背のびしてくちびるをよせてきた。


一週間ほどしてから移った。

女はレインコートとスーツケースを手にさげ、私はリュックサックを背負って停車場へいった。広場の食品店でパンとぶどう酒とハムを買ってから列車に乗った。コンパートメントに入ったのだが、出稼ぎにいく人びとでいっぱいだった。この人たちは小柄だがたくましく、くすぶったように膚《はだ》が浅黒く、眉《まゆ》が濃い。南の貧しい諸国の農村や貧民街からでてきて、これから北の富める国へいき、建築現場でセメントをこねたり、道ばたでアスファルトを煮たりするのである。女は料理店で皿洗いをしたり、ビルや駅の掃除をしたりする。北からおりてくる列車は花の匂いがするが、北へのぼっていく列車は汗の匂いがする。人びとは声高くしゃべったり、叫んだりし、身ぶりが機敏でゆたかだが、放埒《ほうらつ》で、図々しい。しかし、仲間が消えて自分たちだけになってしまうと、ふいに男の眼はさびしくなり、女にはいたましい荘重さがあらわれる。

男たちは爪《つめ》が焦《こ》げそうになるまでタバコを惜しみ惜しみ吸ったが、昼飯時になるとニンニクとコショウのぴりぴりきいたサラミや、キュウリの甘酢漬《あまずづけ》や、サクランボなどをつぎからつぎへと網袋からとりだして私たちにすすめてくれ、私たちのすすめるぶどう酒を遠慮深く飲んで、あちらこちらの国の道ばたや駅でかき集めたにちがいない単語の端切れをつないで、すばらしい、とか、健康にいい、とか、男の飲みものだなどというのだった。

夏はようやく熟しつつあった。新しい洪水期と氷河期のしるしはしばらく消えて、淡いながらも熱とふくらみをもった陽がいちめんにあふれていた。畑では麦が金いろに輝き、森はたくましく暗く、湖岸ではキャンピング・カーとテントがひしめき、栄養疲れのした白い肥満体がよこたわったり、水を浴びたりしている。海のようにゆったりとうねる丘の牧場では牛がものうげにうなだれている。列車が山間部をゆっくりといくときはなだれ落ちる鋭い断崖《だんがい》のしたに青く澄みきった水が岩から岩へ、鬱蒼《うっそう》とした森の影のなかを、白い泡をたててころがり落ちていくのが見られた。眼は岩から森へ、森から水へ、水から峰へとうごき、この地帯の年齢を考えたり、無垢《むく》ぶりを嘆賞したり、さんざめく孤独にひかれぱなしになったりした。深淵《しんえん》、瀬、よどみ、落ちこみ、渦などを見るたびに眼は私をそこにたたせて毛鉤《けばり》をどこからどうふりこんでどう流したものだろうかと思案にふけらせた。流血と惨禍の光景は遠ざかって、にぶい歯痛のようなものになり、私は窓に顔をよせ、泡だつ日光のなかでぶどう酒をすすりつつ、鉤の鋭さ、マスの白くて固い口、ぶりぶり肥《ふと》ってはいるが指をはじきかえしそうな筋肉、日光のなかに散る宝石の粉のようなその斑点《はんてん》のことを思いつづけて倦《う》むことがなかった。

はじめての町にいくには夜になって到着するのがいい。灯に照らされた部分だけしか見られないのだからそれはちょっと仮面をつけて入っていくような気分で、事物を穴からしか眺めないことになるが、闇が凝縮してくれたものに眼は集中してそそがれる。翌朝になって日光が無慈悲、苛酷《かこく》にどんな陳腐、凡庸、貧困、悲惨をさらけだしてくれても、白昼そのままである状態に入っていったときよりは、すくなくとも前夜の記憶との一変ぶりにおどろいたり、うんざりしたり、ときにはふきだしたくなったりするものである。白昼に到着しても夜になって到着しても、遅かれ早かれ、倦怠《けんたい》はくるのだから、ひとかけらでもおどろきのあるほうをとりたい。視線は嗅覚《きゅうかく》とおなじように機敏で聡明《そうめい》だけれどたちまち慣れて安心してしまい、熱を減殺《げんさい》することしかしてくれない。それならば一瞬の打撃があるようにして、せめて夜と昼のどんでんの効果ぐらいは愉《たの》しみ、自身を一歩さがって揶揄《やゆ》してもいいではないか。そう思ったので私は時刻表を女に買ってこさせ、二度の乗換えと待機時間のたいくつ、わずらわしさがあるとしても、わざと不便な列車を選んで、夜遅くになって到着するよう工夫したのだった。

「はじめてじゃないんでしょう？」

「そう。ここには二度来てる。あちらこちらいった。けれど、この町ははじめてだよ。何も知らないな。めくらを案内するみたいに案内してほしいね」

「わかった。まかしといて。私はネズミの穴まで知ってるわよ。不自由はかけないわ。何でも聞いてちょうだい。これからが私の出番ってわけだ。いきましょう」

「一国の首府にしては静かすぎるね」

「そりゃあたりまえよ。ここには役所と大学しかないんだもん。東京とはちがうわよ。おまけに住民は夜九時になるとさっさと家へ帰っちゃうから、ひっそりかんもいいところよ。私のところはちょっといった郊外だけれど、昼間からフクロウの鳴声がするくらいよ」

「フクロウが昼間に鳴くのかね？」

「夜は哲学本を読んでるのよ」

「聞きはじめだね」

「だから寝不足なのよ」

すわりっぱなしだったのであちらこちらで肉や骨がミチミチと音をたてるのをおさえながらリュックを肩に背負ってプラットフォームにおりると、列車からは数人の人影がこぼれただけで、冷えびえした夜が、ところどころ蒼白《あおじろ》い蛍光灯の円光に穴をあけられて、あたりいちめんに沈んでいる。どこの首府の駅にもある叫び、笑い、眼の輝き、歯の閃《ひら》めき、朦朧《もうろう》としながらも巨大な唸《うな》りというものが、どこにもない。女は昂揚して、肩をそびやかし、堂々としたそぶりで暗い地下道を、靴をカツカツひびかせて歩いていった。

トロリー・バスがまだあるはずだからそれに乗ろうと女が主張したが、私はタクシーを主張した。気品のある戦車といいたくなるようなベンツにスーツケースやリュックを積みこんだが、女は口早に流暢《りゅうちょう》に行先を告げたあと、革張りのシーツに背を沈めて、真剣な非難の口調で、バスとタクシーの値のちがいをこまかく数字をあげて力説し、これはバカげた贅沢《ぜいたく》だ、私ならこんなことはしないと、いいつづけた。女はこれまでとはすっかりちがう口調になっていた。ときに大胆になるとはしてもたえず眼のすみや声のはしでしなやかに体をこごめてつつましやかだったのが、ふいにほどけて厚くなり、自信にみち、私を背後から包囲して蔽《おお》うとし、優しくひめやかだがしっかりした決意で大羽根をひろげようとしているようであった。私は闇に凝縮された勤勉で禁慾《きんよく》的な首府の深夜を眺めることにふけった。いくつかの広場があり、並木道がたくましい下枝の影を舗道に沁《し》ませ、ネオンは音なく叫びたてているが、酒場、料理店、服飾店などに清潔な灯は輝いているものの、佇《たたず》む人影もなければ、それをめざして広場をよこぎっていく人影もない。路地にはひたすら整理された闇がつつましくこめられているだけで、光は光、字は字、乱されることもなく、影で分断されることもない。市電の線路に沿って走るうちに気品のある戦車は木の多い、ひっそりとした区に入っていった。それがよほどの豪富の区であるらしいことは静寂の気配の深さで知られた。並木道の下枝はいよいよたくましくなり、繁茂し、葉の一枚々々に光と闇がこめられ、どの窓もどの灯も、遠く、あたたかくて、ゆがみ、しばしば閃光《せんこう》でしかない。ネオンもなく、ガソリン・スタンドもなく、ところどころに家のある森を走っているかのようである。どの窓もさえぎられてあらわに窓の形を見せることができないでいることから推すと、この区の家はどれもこれもよほどの木にかこまれているものと思われた。この木とこの静寂からすればフクロウが白昼鳴くという女の言葉も誇張ではないように思われはじめた。

「たいへんなお屋敷町らしいね」

「そうね。お屋敷のほかに大使館、公使館、官邸、別邸などというのが多いわね。明日散歩してみたらいいわ。よく旗がでてたり、紋章があったりするわよ」

戦車は屋敷町を通過するとそのはずれで左折してしばらくいってからとまった。右に深い森があり、左に灯があふれていた。戦車からおりるとあたりには静寂と夜がしんしんと降っていて、声も音もなく、巨大なガラス箱がいくつとなく組みあわされて闇のなかにそそりたっているのが見あげられた。

明るい階段をのぼって三階に達し、その部屋に入ってみると、前面と右側面が巨大なガラスの壁で、女がカーテンをあけると、暗い湖がキラキラ輝くのを見るようであった。かなたに深い森のあるらしい気配だがそれは見えない。長方形の部屋の床にはカーペットが敷かれ、あちらの壁ぎわにシングル・ベッド、こちらの壁ぎわに総革張りのスランバレット式のソファ・ベッドがあり、柔らかいトルコ風腰かけ、ガラスの丸テーブル、扉つきのテレビなどがおかれ、ガラス壁のそばの机にはタイプライターや辞書類がきちんと積まれている。洗面所、浴室、キッチンなどは壁のなかにあった。タイルは光り、金属は輝き、オー・ド・トワレットの残香は華麗だがしめやかだった。室内は堅牢《けんろう》、豪壮だが、すみからすみまで清潔をきわめていて、それが簡素と剛健の気配をただよわせている。よごれてくたびれたリュックをどこにおいてよいのかわからないのでドアのそばにおろしてから私はソファ・ベッドに腰をおろし、靴をぬいだ。そこに白と茶の斑点のある大きな獣の皮が敷かれてあって、その長い毛のなかに裸足《はだし》をおくと、気持がよかった。

「それ、ヤクの皮。チベットの牛よ。このあいだ買ったの。一苦労だったわ。買ってからわかったんだけど、毛足が長いのはいいけれど、よく抜けるの。それに気がつかなかったのは失敗だったわ」

女は浴室に入って軽く化粧すると冷蔵庫からシェリー、ウイスキー、火酒《シュナップス》、三本の瓶と氷を持ってきて丸テーブルにおいた。磨きぬかれたハーフ・クリスタルのグラスに私は火酒をついだ。それは冷えきっていたので切子《きりこ》模様がたちまち霜でくもった。

「おどろいたな。乾杯しよう」

「おどろいたでしょう？」

「おどろいた」

「ソファやベッドや机はこの部屋の備えつけで財団のものだけど、あとはみな私がコツコツ貯《た》めて買ったのよ。タイプライターもテレビもヤクも、それから、地下室にもっとあるの。ウンとあるのよ。明日、見せてあげるわ。アザラシの皮のコートなんかもあるのよ。これなんか傑作だわ。救世軍みたいな服を着てるくせにそんなもの買ってどうするんだと研究室でさんざんからかわれたのよ。でも、どうしてもほしかったの。おぬうどになって着てみるとよく似合うのよ。ちょっとマタ・ハリみたいな凄味《すごみ》がでるの。夜なかに鏡のまえですっぱだかになって、いろいろポーズをつくってみたら、わかったのよ」

女はトルコ風腰かけに腰をおろし、火酒を一滴ずつすすり、ひっそりと笑った。眼をいたずらっぽく輝かせ、のびのびと自信にあふれ、まるで船のようにどっしりしている。

「十年前に流れついたときは」

女はグラスをおいてつぶやいた。

「十年前に流れついたときはそれこそレインコートとスーツケース一つで、言葉もできない。それこそABCも知らなかったのよ。ひとつずつヨチヨチとおぼえていったの。アルプスをお匙《さじ》で掘りくずそうとしてるんじゃないかと思ったわね。何度自殺しようと思ったかしれないわ。死んでも日本には帰りたくなかったし。よく泣いたの。皿洗いもしたし、キャバレーのタバコ売りもしたわ。骨にひびくような意地悪をされたり、踏みにじられたり、そりゃあひどかった。いずれゆっくりお話しますけどね。奨学金がもらえるようになってからはわりに楽だったけれど、それまでがどうにもこうにもお話にならないのよ。いまでも夢に見るくらい。ウナされちゃって。思わずワッと叫んで眼をさますようなことがあるわ。ここで寝っててね。そこのベッドで。ところで、このお部屋、どう。気に入った？」

「気に入ったとか何とかより、まずおどろいたね。まだぼんやりしてるところさ。話には聞いてたけどこうも立派だとは思いもよらなかった。いや。参った。君はえらいよ。みごとなもんだ。やってくれるじゃないか」

「女ってこわいわよ」

「まったくだ」

「温度、湿度、乾燥度、どうにでも自由になるんだけど、どうしましょう。おっしゃって。お好みのままに調節するわ」

「暖房もごめん、冷房もごめんだね」

「そうしてあげる」

　女はグラスをおいてたちあがり、ドアのそばの壁についている精巧なダイヤルをちょっといじってからもどってきた。右側面のガラス壁は巨大だけれど戸になっていて、掛金をはずしておすと、なめらかにゆっくりとうごいた。そこがバルコンになっていて、森でできたばかりの深くて鮮烈な空気が潮のようにうねって浸透してきた。ひりひりするようなそのしめやかさには苔《こけ》や、雨や、影や、樹液などがみなぎっていた。

裸足のままでバルコンにでていき、その胸壁のふちに火酒をひとくちすすっておいた。冷たい滴《しずく》が熱い筋をひきつつ暗がりをころげ落ちていき、どこかで炸《はじ》け、閃めく。女がでてきてならんでたつと、肩にそっと頬をよせてきた。

「論文のほうはどうなってる？」

「ありがとう。あと二、三日で手入れが終りそうだわ。製本屋にまわして、教授室に提出したら、それでおしまいなの。あとは何もかも秋になってからよ。四方八方からとんでくる質問を切りぬけ、うちかえし、ねじふせ、つまり〝防衛〟ってのをやるわけ。それは秋のことだし、何がでるのか、準備のしようもないのよ。日頃からの素養だけがたよりなのでジタバタしたってはじまらないわ。だからこの夏はいさぎよく遊ぶつもりなの。もう二、三日しんぼうしてちょうだい。そしたらピッツァでも、チャプスイでも、榨菜麵《ザーツァイめん》でも好きなものを作ってあげる。榨菜麵なら明日でも作れるわ。亜州飯店へいって太太《タイタイ》に榨菜とスープをもらってきたらかなりのところまでいくんじゃないかしら」

「論文ぐらい念入りなのができるといいね」

「独立排除的にすばらしいのを作ってみせるわ。孤独な女の手料理もたまにはオツなものよ。コクがあるにちがいないわよ。パンに涙の塩して食べるっていうけれど、私の手料理なんてまさにそれだわ。孕《はら》まぬ腹、主《あるじ》なき犬の類《たぐい》だわ。これは辛口すぎるかしら」

「女の涙をスープにしたのはまだ知らないからぜひためしてみたいね。しかし、きみはいいよ。勉強がたのしそうでうらやましいよ。じつにたのしそうに勉強してる」

「この年になってね」

「昔からそうだったようだよ」

「昔はしたくてもできなかったのよ」

晴朗さに苦みのひそんだ声をたてて女はひくく笑った。それがガラスが砕けるような音ではなかったので私は安堵《あんど》した。朦朧のなかにたちこめる惨苦を女は肩ごしにふりかえって微笑しているらしい気配であった。晴朗は充実から分泌《ぶんぴつ》されたもののようであった。その晴朗もまた私にはまさぐりようのないものだったが、少くとも悲惨は、いまは、膿《うみ》ではなくなっている。勝ったものの寛容を女は匂《にお》わせている。昔も笑うときは敏感で痛烈だったが、それはすぐに翳《かげ》り、永くつづかず、笑ったあとできっと沈思に陥《お》ちこむ癖があった。頬骨の高い、鋭い顔だちなので、女は思案にふけると、余力のあるときは精悍《せいかん》、そうでないときは悲痛が口もとにきざまれて、いたましかった。

女が私のまえにあらわれたのは大学を卒業してからのことだが、諸外国を放浪して帰国してから旅行記を一冊書き、そのあと定職につくことなく、翻訳をしてみたり、ルポ・ライターをしてみたり、ときには医師たちのアマチュア演劇のためにチェーホフ劇の演出を買ってでたりして暮していた。アマチュア劇ではたのしんだが、生計を得るためには苦しんでいた。こまぎれの原稿を持って新聞社や雑誌社をまわり歩き、夜になるとへとへとになって私の待っている料理店や酒場にあらわれた。ときどき私は原稿を読んで添削したり、注意したりした。女はおとなしくすわっていつまでも耳をかたむけていたが、その日のうちに接触した人と事物についてはよく罵《ののし》ったり、嘲《あざけ》ったりして、鋭く笑った。しかし、まなざしはあてどなく壁や、灯や、酒瓶をすべっていき、横顔はたいていおびえて、すくんでいるようだった。果敢な好奇心、倦《う》むことを知らない知力、たえまなく何かしていると感じないことにはがまんならない勤勉、どんな貧苦にあってもお洒落《しゃれ》に心を砕いて苦渋をかくしおおそうとする気どりなどのなかに女はいたが、グラスのふちを迷い歩いているときの眼は、しばしば、夕暮におびえる子供のそれであった。それが現在のあてどなさにおびえることもさることながら、過去の汚辱と悲惨にもどることを心底から恐れていることからきているものだったと察するのに私はずいぶん時間がかかった。私は若くて阿呆《あほう》だったから女の絶望や不幸が情事と悦楽にひりひりした辛味をそえてくれる気配だけをむさぼっていた。甘さは苦みと手を携えて進んでいかなければ完成されないが、そうと知るにはおびただしい自身を殺さねばなるまい。当時の私は自身を殺さないでおいて、貪欲《どんよく》だけに没頭していたのだ。それしかほかになかったのは、一つには、女もまた壮麗な白皙《はくせき》の下腹で私をむさぼることに忘我で呼応したからでもあった。どれほど創意と工夫を凝らした精緻《せいち》、完璧《かんぺき》の交渉も、男と女が、それぞれ同床異夢、玄の玄なる箇処ではついにめいめいの領域の拡張、充塡《じゅうてん》だけに終るしかなく、接すれば接するだけ、膚《はだ》をひろげればひろげるだけ、いよいよ領域が離れて純化されるばかりであるらしい消息におぼろげながら私は気づいていたはずだが、痛烈さにおいてそれを察知するということが、まったくなかった。それを知ったのは情事のあとで足をからみあわせながらさめきった粗茶をすすりつつ冗談めいた口ぶりでほのめかしていたことを女が徹底的に実践して日本を去り、ふたたび帰国する意志のないことを手紙で知らせてきたときだった。

私は阿呆ぶりをさとらされ、頰をひっぱたかれたように感じた。その痛撃が沈むのを待ってから私は女がさりげなく、しかし断固とした気配で言及するのを避けとおしたことについて考えてみた。あらためて点検してみてわかったことだが、私は何ひとつとして女について知っていないのだった。何ひとつとして知らない私が知る手がかりを何もあたえられなくて知ろうとつとめるのは、明瞭《めいりょう》に妄想、邪推であった。そうと知りながらそのことにふけったのは荷がおりて肩が軽くなったとどこかで感じている私の、圧迫であるよりは回想となってしまった孤独からだった。女はたまゆらの沈思、孵化《ふか》しきらない口のなかのつぶやき、冗談に閃《ひら》めかすえぐりたてるような一言半句、たわむれにくちびるからこぼす卑語、息たえだえの瞬間にふと洩《も》らす自戒の呻《う》めきなどしか私に残していかなかった。その泡の群れに、町角や、夜ふけ、私は浸って、邪推を育てた。いつとなく私は、女がその少女期の後半からある時期まで、どこかで、何者かの、妾《めかけ》、情婦、またはほぼそれに類するようなことをしてかつがつ日々をしのいでいたのではなかったかと思うようになった。あくまでもそれは私の邪推だが、そう考えることに何の汚点《しみ》も不快も私にはしるされなかった。もしあの時代の日本に私が女で孤哀子《クーアイツ》だったらそうしないですませられたかどうか。そう思うからだった。そう思うことが汚穢《おわい》よりは切実、屈辱よりは悲壮と感じられたが、これは私が冬の運河わきの町工場のすみで寒さと憎しみにみちてふるえていた少年をいたわりたいがためからでているようであった。何万回めともしれないのだが、またしても私はあくまでも自身を介して他者に接近しようとしたのである。

女がひくくささやいた。

「ちょっと寒くなってきたみたい」

「そうだね」

「お部屋に入りましょうよ」

「そうしよう」

「ちょっと待って。お風呂《ふろ》にお湯を入れるから。バーデダスをたっぷり入れて泡をたてるから、それに浸ってタバコをお吸いなさいよ。お湯のなかでタバコを吸うとおいしいっていったじゃない。火酒をそのまま持ってくるといいわ」

「おれの足、水虫なんだけど、それも洗ってくれるの？」

「どこもかしこも洗ってあげます」

「泣けてくるよ」

「ふざけるなって」

女は胸壁から私の火酒のグラスをそっととりあげ、咽喉《のど》をそらせて高く笑いながら、乳黄色の明るい灯の室内へ、ヤクの毛皮へ、輝くタイルと金属のほうへ去っていった。湯は爽快《そうかい》に精力的にほとばしった。夜もそろそろ朝に近いが部屋は寡黙《かもく》ながら力をひそめて待機している。栓をひねってちょっと待つと、たちまち熱でぴちぴちした湯が叫喚をあげてほとばしった。わきたつ浴槽に女が緑色の滴をふんだんにふりまくと見る見る白い細緻な泡が浴槽いっぱいになってふくれあがり、たちあがってきた。そこへオー・ド・トワレットの二、三滴をふるると、浴室が朝十時頃の春の温室のような香りにみちた。豊満だがしつこくなく、めざめたばかりの軽快が右に左にうごいた。あの赤いどんごろすで窓をかくした部屋では湯がでたりでなかったりで、でるときも栓はたえまなく咳《せ》きこんだり、しゃっくりしたりで心細いかぎりだったが、ここはドアの錠の舌から水道栓にいたるまでことごとく正確、有能をきわめているらしかった。全身を湯に浸し、顎《あご》まで泡に埋没し、右手に乾いた火酒、左手にしめやかなタバコを持って恍惚《こうこつ》としていると女が全裸になって入ってきて、そっとすみから泡のなかにもぐりこんだ。湯がうごいて熱が関節や髄にまでしみてきた。女はトゲトゲちゃんで私の固い脛《すね》を掻《か》き、柔らかい趾《ゆび》のあいだは指で洗ってくれた。一本々々すみずみまで洗ったあと、力強く折ってポキポキと鳴らしてくれた。

「ありがとう」

「どういたしまして」

あたたかく香ばしい靄《もや》のなかで女のたくましい肩や背がうるんで淡桃色に輝いた。トゲトゲちゃんで搔いたり流してやったりすると、赤い条痕《じょうこん》が膩《あぶら》のうえにきざまれ、しばらくするとそれがとけあって赤い雲となって白い泡や緑の湯にただよい、内奥《ないおう》から射《さ》す光でまばゆいような雪洞《ぼんぼり》がうかびあがってくる。

「このシャウムバードもいろいろあるのよ。海の青だとか森の苔だとかいって。薔薇《ばら》の匂いのするのもあるし。いろいろ買ってくるから気に入ったのを選んでちょうだい」

「森の苔ってのはよさそうだね。薔薇よりしぶそうじゃないか。この石鹸《せっけん》は気に入ったよ。つかってるだけで泡が勝手に体を洗ってくれる。そのあいだ何もしないでぼんやりしてたらいいんだからおれみたいな風呂ぎらいもつい入りたくなるね」

いま女には恐れもなければ怯《おび》えもない。泡のなかにのびのびとよこたわり、浴槽に私と二人ならんで寝そべり、まるまるとした自分の肩が発光しつつ緑の湯に消えたりあらわれたりするのを恍惚と眺めている。私は寝返りをうってゆっくりと浸透していく。女は肩を眺めるのをやめて、ひらき、静かに眼を閉じる。泡に耳もとまで埋もれ、そうやって白い雲のなかに顔だけがうかんでいるところは、ある連想をさそう。それが女にしみた。

ものうげに女が眼をひらいた。

「私の作った詩があるのよ。はずかしいから最初の二行だけいうわ。孤独な女の手すさびですよ」

朝の寝床は
大理石のひつぎ

女はゆっくりと眼を閉じる。

「どう？」

私はひそかに肉のなかをいききしながらいう。

「全部いってくれなくちゃ」

「いつかそのうちにね」

背に焦躁《しょうそう》や不安を負わず、不幸を密封するためでもしばらくの避難所を求めるためでもないこのことはどうだろう。ただ明るく、香ばしく、あたたかく、清潔である。おぼえのある右側面に沿うようにして進むと、いくらもいかないうちに、なじみの挨《あい》拶《さつ》がある。恋矢がでてくる。ちょっとたちどまる。恋矢はひくひくと突いたり、そっとふれたり、小虫のように軽く身ぶるいして踊ったりする。這《は》いまわるようであったり、ふいにくわえこんでしめつけたりする。乳房が昂揚《こうよう》し、下降し、泡のなかで明滅するところは、薔薇色の磯岩《いそいわ》が波に洗われるのを見るようである。眼をとじると、ふいに森がガラス壁をやすやすとぬけて入ってきて浴室の戸口に佇《たたず》んでいるのが、感じられた。牧場や、渓流や、金色に輝く麦畑が小さく閃めきつつ、一つまた一つ、後頭部のあたりを流れていく。

とつぜん女が顔をあげた。はげしい動作だったので泡が散り、湯がゆれ、首に強い筋があらわれた。女は耳をかたむけ、眼を澄ませた。

「聞える。でてきた。でてきたわよ」

女の顔に微笑がひろがった。

「ほら。鳴いてる。チョロチョロって、鳴いてる。聞えるでしょ。そこ。そこのうしろの排水管のところよ。ちょっと見てやって。私の留守中さびしがってたのよ」

女のうえにのったまま肩ごしにふりかえり、いわれるところを眼をこらして眺めると、便器のかげに排水口があり、その金属蓋《きんぞくぶた》の小穴から小さな小さな影のようなものが二つでてきた。それは臆病《おくびょう》そうなしぐさで壁にぴったりよりそってうごきはじめ、便器のかげに消えた。しばらくするとそこから嘆息とも泣声ともつかない声が細くきれぎれに流れてきた。タイルにしみもつけずに消えてしまいそうな弱よわしい声であった。

「何だか栄養失調みたいだよ」

「そうなのよ。排水管をつたって三階まであがってくるもんだから、それでへとへとになっちゃって、いざ舞台となると、ああなのよ。いつもかすれ声だわ。心配なのよ。どうすればいいのかしら」

「キュウリを切っておいておくといいよ」

「コオロギってキュウリが好きなの？」

「煉炭《れんたん》の穴も好きなんだよ」

女は耳をかたむけ、微笑しつつ、口のなかでキュウリ、キュウリとつぶやいた。湯は冷えかかったが私にはあたたかみがほのぼのとひろがっていった。私は女からそっとぬけだして体を洗い、浴槽をでた。

甘くて、静かで、柔らかい。

バルコンにたって眺めると、この界隈《かいわい》には道がないのではないかと見えることがある。そういう角度がある。どの家も深い木にかこまれているので、またしばしば下枝が垣根ごしに道へ張りだしているので、空から見おろすとすべてが緑に蔽《おお》われてしまうのである。樹海といいたくなるくらい蔽われてしまうのである。それを指さして女が、あれは栗《くり》、これは菩提樹《ぼだいじゅ》、それは楡《にれ》と教えてくれた。

お屋敷町は樹海のしたにかくれているのだが、ところどころにまるで漂流物のように赤い三角屋根や、白い窓や、ゼラニウムの咲きみだれるバルコンなどが浮き沈みしている。道を歩きながら垣根ごしに眺めるとそれらの家はたくましい幹にかくされ、芝生や花壇にかこまれているが、豪奢《ごうしゃ》よりは質朴、豊饒《ほうじょう》よりは清潔をめざして設計されていて、そのためかえって蓄積の底深さを感じさせられる。休暇の季節だからか、いつ歩いても家から音や、声や、こだまのひびいてくるのを聞いたことがない。道には人もいず、自動車も少く、菩提樹の強壮な下枝があちらこちらに淵《ふち》のようにつめたい影を落している。羽が黒くてくちばしの黄いろい小鳥がゼラニウムの赤い花のあいだをとびまわり、ときどき栗鼠《りす》が枯葉のたまった小溝のふちで遊んでいる。

森がある。そのひんやりとして小暗い道をぬけていくと大きな河の岸にでる。もうちょっといった上流に岩があって人魚が通りかかる舟の水夫を誘惑したという伝説があるのだが、いまは水がすっかり黄濁してしまっている。赤・黄・黒の国旗をかかげた頑強な鉄の荷足舟《にたりぶね》が汚水のなかをゆっくりとうごいていく。その森や道ばたの木のなかでフクロウが白昼に鳴くのを私は二、三日めに耳にした。深い呼吸で竹筒を吹くような、人をおびやかそうとしているような、それでいて自身もおびえているような声である。森のはずれの道ばたにおき忘れられたように一つの水道栓が佇んでいる。栓は古くて錆《さ》びついているのだが、ひねると水がとびだしてくる。栗鼠はそれを知っているのだが栓をひねることができないので根気よく人が通りかかるのを待ちうける。彼は水盤のふちにたって丸い、濡《ぬ》れた眼で私をまじまじと瞶《みつ》めるのである。鳴きもせず、跳ねもせず、ただまじまじと瞶めるのである。私がよっていっても彼は平気で、むくむくした灰褐色の毛に蔽われた背を丸めて、栓をひねる手をじっと眺めている。水がとびだしてくると彼はせかせかしたそぶりでほんのちょっぴり飲み、うがいをするようにのどの毛をふるわせてから非情に一閃《せん》し、森へ消える。

お屋敷町をずっと歩いていってガードをくぐると、小さな広場がある。週に何日か、そこが市場となる。近郊の村から農民がトレーラーに収穫物を満載してやってくる。農民は野菜や果物のほかに薔薇やゼラニウムなどの花も売る。黒い土にまみれて汗をかいているジャガイモとならんで薔薇は巨大なイモ虫のような、がさがさした指で、荒あらしく扱われるのだが、細胞の芯《しん》が暗く黒く見えるほど真紅で、強健であり、衰えも乾きも見せずに咲きほこっている。どう手荒に扱われてもその繊巧な花が花弁を一枚も落さないで柔軟に強力にはねかえってゆれているのを見ると、何かの痛烈な、豊満な暗示をおぼえそうになる。

ジャガイモ、キュウリ、タマネギ、レタス、ブロッコリー、何でもあるが、いまはサクランボとシャンピニオンの季節らしい。大量に売りだされ、値が安いらしい。女はいくつもの網袋をキッチンの戸棚からだして市場へいき、つぎからつぎへと野菜をつめこんだあと、サクランボとシャンピニオンを――私がたのんだからだけれど――両手に持てないほど買いこんだ。そして、それらすべてを背と肩に負って、汗もかかず、吐息もつかずに、長い道を歩いていった。ジャオ先生の店でスープを買うときは年下の学生から借りてきた巨大な魔法瓶を持っていき、それも網袋といっしょに無造作に肩へひっかけてバスにのりこむ。たいていの場合、女は歩いていくことにしていて、ときたまバスにのり――それも半ちぎれの回数券をちびちびと使ってだが――絶対といっていいくらいタクシーにのろうとしなかった。停留所での女のおしゃべりとバスがこないのに私がいらいらしてタクシーにのろうというと、女はたちまち眼のいろを変えて抗議、嘲罵《ちょうば》し、それは部屋に帰ってからも消えることがなく、キッチンを出たり入ったりしながら、口のなかでブツブツいいつづけた。それを聞いていると、半ちぎれの回数券でバスにのるかわりにタクシーにのったために女のこの十年間の辛苦の全体系が瓦壊《がかい》してしまうということになりそうである。ところが、そんなケチンボのくせに、一度食べる話となると、女はどんな浪費も気にしなかった。レタスでもジャガイモでもシャンピニオンでも、自分が食べたいとなると、一も二もなく賛成して買いこみ、どれだけ肩が痛んでも、恰好《かっこう》がわるくなっても、道が遠くても、まったくへいちゃらで歩いていった。好物や実験物がシュンで安値だとわかると、その屋台やトレーラーのまえに佇んで恍惚となってしまい、少し子供のように口をあけるのだった。それは対象物が安いということがわかったときにかぎってありありと見られる表情であった。節倹と食いしんぼはしばしば背反するけれど、シュンで安かったらいいのである。女は季節にぴったりよりそうことで難問を解決しているようである。サクランボを買おうというといきいきと眼がうごくが、キャヴィアの罐詰を買おうというと、たちまち遅鈍、弛《し》緩《かん》があらわれてくるのである。いくつとなく網袋を背負ってサンタクロースみたいになった女のあとについていくと、短いタータン・チェックのスカートのしたで白いたくましい足に鋭い腱《けん》が正確に明滅するのが見られ、それを見ていると、女は大口をあけて水をごくごく飲むようにいまをむさぼろうとしているのだと察しられた。いまは全身にいきわたり、髪の毛まで浸し、まぶたやくちびるからたえまなく洩《も》れて、微笑といっしょにいきいきとうごいていた。

それは女の手から流れだして、あちらこちら勤勉に有能にうごきまわり、激しいけれど澄明《ちょうめい》な夏の日光を織りこんだ微風の流れこむガラス部屋のなかに冷静な熱狂を生みだした。女は網袋と魔法瓶をキッチンにかつぎこんでしばらくゴトゴト音をたてていたが、やがて大皿にこぼれそうなほどチャプスイを盛りあげてあらわれ、つぎに大《おお》鍋《なべ》に榨菜麵《ザーツァイめん》をなみなみ満たして持ってきた。さまざまな野菜と肉のこまぎれにそれらが見えなくなるくらいシャンピニオンをまぜて炒《いた》めたチャプスイと、麵のかわりに細いスパゲッティを使った榨菜麵を女はくすくす笑いながらとめどなく食べた。

「このシャンピニオン、馬に食べさせるくらい買ってきたから、晩にはバターで焼いてみましょう。グラタンに入れるのもわるくないし、煮込みにも使えると思うの。それからお酢と油をまぜたなかに漬けておいたらオツマミにいいと思うの。オードヴルね。それからヤキメシに入れたらどうかしら」

「賛成だね。ヤキメシにキノコはぴったりだろうね。ヤキメシはむつかしいんだよ。みんな馬鹿《ばか》にしてるけどね。飯を軽くフワフワに炒めるところに容易ならぬ苦心があるような気がする。これには東南アジアの米がいちばんだね。日本人はあれがパサパサで米の腹がはじけるといってイヤがるけれど、料理法を知らないからそういうんだ。あれでヤキメシやお粥《かゆ》を作ったら絶品だよ。とても軽くて、おなかにもたれないんだ。日本米やカリフォルニア米ではとうていだそうにもだしようのない軽快さがある。そこだよ。芭蕉もわびとさびのほかにかるみということをとなえた。簡単な料理ほどむつかしいのじゃないかな」

「私もそう思う。ちょっと待って。メモしておくから。ジャオ先生のお店へいったらあのお米、あるでしょうね。ちょっとわけてもらいましょう。ついでに太太《タイタイ》にお粥の作りかたを教えてもらうわ。これはおぼえておいてもわるくないわね」

「わるくないどころじゃない。粥は傑作だよ。おれは竜の肝や鳳凰《ほうおう》の髄は知らないけれど熊掌燕巣《ゆうしょうえんそう》まではためした。だけど粥の一杯は抜群だね。あれはいい。魚を入れたのや、鶏を入れたのや、いろんなのがあるけれど、おれはモツの五目が好きだ。完全に血抜きしてあるからちっともくさくないんだけど、混沌《こんとん》の滋味があってね、好きだな。あれだけ簡素なのにあれだけとろとろ混沌の味があるというのはちょっと例がない。それを道ばたにしゃがんで、ゴミ箱のかげあたりで、苦力《クーリー》や車ひきの先生たちと肩をならべてすするのさ。箸《はし》のさきに袋のかけらや管のかけらがひっかかってくるんだけど、それを見てこれは胃袋かな、これは腸かなと考えるたのしみもあるしね。一度辣油《ラーユ》につけてから食べると、ヒリヒリしていいよ」

「例の癖がはじまったようね」

「裏通りの汚ない店にかぎって、えてしてうまいもの屋があるというのは事実だけどね。香港《ホンコン》、サイゴン、バンコックあたりの中華街ときたら店という店、屋台という屋台がことごとく汚ないので、どれを選んでいいのかわからない。結局、人がいちばんたくさんたかってるのを狙《ねら》うしかないわけだ。そこらじゅう痰《たん》だ、ツバだ、洟《はな》だ、犬のウンコちゃんだとひどいありさまでね、そこにゆうゆうと腰をおろして帝力《ていりょく》何ぞ我にあらんやとうそぶくのにはかなりの訓練がいる。おれもはじめは胸がムカムカしたけれど、精神修養の結果、超克しましたね」

「そりゃそうでしょうけど、もともとあなたは好きなのよ。そういうのが好きなのよ。好きでやるのなら自己鍛練といえるかどうか疑問だわ。対立物の止揚といえるかどうか、明日研究室へいったらシュタインコップ先生に聞いてみましょう」

「不潔と食慾《しょくよく》の関係を聞いてきてほしいね。きっと汚ない店へいったら気分がくつろぐから、そのゆるんだはずみに胃も舌もひろがって、それでうまく感ずるのかもしれない。しかし腎臓《じんぞう》を煮込みにしたらちょっとオシッコくさいほうが味が深くなるということがある。ビフテキだって生血の匂《にお》いのあるほうがいいだろう。深さは純粋よりも混濁に手助けしてもらわないとでてこないのじゃないか。小説もそうじゃないか。小説は字で書くけれど、この字というやつが混濁の極だ。事物であると同時に影でもあるし、意味に定量がない。経験によってどうにでも変貌《へんぼう》する。たえまなく生きてうごいていてとまるということがない。とめるということもできない。たちどまってじっと凝視していたらたちまち崩壊してしまう。ときたま何かハッとする一瞬があるので、そのとき一言半句をつかむ。つかんだらすかさず眼をそらさなければいけない。じろじろ眺めていたらたちまち指紋でくもってしまうか、粉末になって散ってしまうかだ。玉虫の甲みたいなものだ。君は子供のときに玉虫とりをしたことがあるか？」

「紙切虫なら知ってるわよ」

「ざんねんだ」

食事がすむと女は活潑《かっぱつ》に光と影のなかを往復してキッチンに皿や鍋をはこぶ。全裸である。私も全裸である。前面のガラス壁をカーテンでかくし、右側面のガラス壁を半ばかくし、半ばひらいておいて、バルコンから光と熱と風が入ってくるようにしてある。部屋にいるときはいつでも全裸でいようと約束をきめたのである。しばらくそうしてみることにしたのである。慣れたらやめることとして。人の体もまた字とおなじように定型を持ちながら陽炎《かげろう》ではあるまいか。経験によってたえまなく変らず、かつ変りつづけているのではあるまいか。経験がドラマだけではなくてものうい瞬間の知覚をもさすものならば女の体も私の体もたえまなく明滅しつづけているはずである。装飾用に鍛えあげられた筋肉の塔はべつとして、布やベルトでかくしたり、しめたり、支えたりしなければ人体はとうてい直視に耐えられるものではない。私たちは醜怪で傲慢《ごうまん》な、一瞥《べつ》してふきださずにはいられないようなオットセイのはずである。しかし私はソファに腰をおろし、睾丸《こうがん》の皺《しわ》に冷たい革を感じつつ、勤勉にうごきまわる女の体のうえにあらわれる変化に見とれている。乳房のしたに閃《ひら》めいては消える小さな影や、臀《しり》のうえにある二つのえくぼの浮沈や、憂愁と映る注視のまなざしや、陰毛のかすかなふるえや、鋭く長い筋や、太腿《ふともも》からくるぶしへかけての腱のめまぐるしい出没、たくさんの大きな骨と小さな骨の組みあわせ、また、その解消ぶりに見とれている。それらもまた瞬間のたわむれである。女がこの部屋に家の匂いをつけ、主婦のそぶりになじむことを私は恐れている。一瞬でもそれをさきへひきのばし、遅らせ、避けようとしているのだ。朦朧《もうろう》のなかにあの胸苦しさを予感しているのだ。もう女はあの蛙《かえる》の呑《の》み男を眺めて咽喉《のど》をそらせて笑いころげたことを忘れて型にはまることをしらずしらず意図しかかっているのではあるまいか。

ある日のひっそりとした午後、私は女がこの十年間にためた料理店のメニューのコレクションを眺めていた。豚、牛、魚、貝、花などの挿画でみたされたそれらを一枚、一枚繰って眺めていると、ソファに全裸でならんですわっていた女が静かにたちあがって、デニムのズボンに足を通した。ドアをあけて鼻唄《はなうた》まじりに階段をおりていくと、女は地下室までいって、そこの物置室に入れてある品を一つ一つ腋《わき》にかかえて部屋に持ちこみはじめた。ハイ・ファイ・アンプ。掃除機。ミキサー。デンマーク製ランプ。靴。靴。靴。羊皮のコート。アザラシのコート。それらの物をまるでデパートの特選品売場のように女は床いっぱいにならべ、音波洗濯機と冷蔵庫はうごかせないのでおいてきたといった。そしてまんなかにたつと、テレビ、ヤクの皮、タイプライター、室内全体をゆっくり腕をふってさしてみせ、ひっそりとつぶやいた。

「みんな私の物よ。買ったの。タクシーにものらないで、お茶もケチって、買ったの。どうオ。見てよ。がんばったでしょ？」

誇りとも苦笑ともつかず女は微笑した。いま、いまが女の全身をみたし、輝きながらあふれだしてきて、ふちでふるえていた。肩のあたりと、拳《こぶし》を腰にあてた肘《ひじ》のあたりに精《せい》悍《かん》と優しさがただよっていた。女は足を少しひらいてたち、一つ一つの物を指さして、どうやって買ったか、苦心談を話しはじめた。そのときになってやっと私に一つのことが見えてきた。女の孤独が十年間にどれだけの物を分泌《ぶんぴつ》できるかについての愕《おどろ》きはひっそりと後退していき、ある荒寥《こうりょう》がくっきりとあらわれてきたのである。女は子供かペットの群れにかこまれたように感じて微笑していたが、まったく剝離《はくり》しているのである。それは事物が工場のベルト・コンベアの最末端にあらわれたときの新鮮さを保っていてどこにも傷や垢《あか》や指紋がついていないからなのではなかった。さきほどの食事のときの皿や、鍋や、茶碗《ちゃわん》などは傷や垢を持っていたが、それでもおなじ気配をひそませていた。浴槽、ガラス壁、バルコン、この室《へや》全体、体のまわりのすべての事物について女は何の影響もあたえることができないでいた。事物は触れられ、握られ、使用され、効果を生むが、女は事物から事物へしなやかにすべっていくだけで、事物は女の指のしたで金《きん》にもならず、灰にもならず、寡黙《かもく》だがいきいきした小動物にもならないのである。指とたわむれたり、すねたり、からみついたり、かけよったりしようとしないのである。この室に十年棲《す》もうが二十年棲もうが、清潔を保とうが汚そうが、女がでていくときは、室ははじめて女が入ってきた日とおなじたたずまいでいることと思われる。女は室に棲んでいながら、棲んでいないようなものなのである。事物について主人なのではなく、間借人なのである。だからあの赤いレインコートも糸がすりきれ、型がくずれ、皺だらけになるまで使いこなされていながら女の皮膚とはならなかったし、犬にもならなかったのである。ていねいに折ってソファにおかれても犬がまなざしや、声や、手を待ちうけるようなそぶりで女を待つことはないのである。

「ねえ。ちょっと凄いでしょう?」

「よく似あう」

「私もそう思ってるのよ」

「いい買物だよ」

「誰かにそういってもらいたかったの」

女はズボンをぬぎすてて全裸にもどり、アザラシの皮のコートを肩に羽織って鏡のまえにたち、片眼をつぶって首をそらしたり、タバコをくちびるのはしにくわえてみたり、劇場のロビーをよこぎる歩調で私のまえをいったりきたりした。光と影のなかを緻密《ちみつ》でなめらかな光沢を帯びた獣がしなやかに閃めきつつ東へうごいたり、南へ一歩踏みだしたりした。しかし私には荒寥がたちこめ、ふくれあがっていて、息をつくのがようやくだった。眼をそむけずにいるのがやっとだった。なじみのものがきている。そこにきている。何度襲われても慣れることのできないものが顔をもたげかかっている。

何年も以前に私は蛙呑み男の公園のそばで一人の若い画家と知りあいになった。九州出身だということのほかに私は何も彼について知らない。彼は画家と自分を呼んでいたが、彼が絵を描いているのを私は見たことがない。絵と女についてはえぐりたてるような直感のある話ができ、その話しかできず、ほかのことについて喋《しゃべ》らせると小学生なみの知識しか持っていなかった。私たちは毎日顔をあわせ、酒場の椅子《いす》に埋没して酒をすすりつつ、道をいく女たちの眼や腰を眺めて放埒《ほうらつ》な冗談をとばして脂《あぶら》っぽく笑ってばかりいた。彼はひどい貧乏で、緑色のよれよれのアノラックからねっとりした垢の匂いをたてつつまっ暗な物置小屋から這《は》いだし、路地の壁にぴったり沿って進み、一日に半度か、二日に一度半ぐらいしか食べていない胃をかかえて私の待っている椅子にたどりつくのである。彼は口下手で、陰鬱《いんうつ》な顔をし、眼が鋭くて暗く、ときどき発作的に稚《おさな》い笑声をたてるのだが、女についてはいい腕をしていた。その酒場へ彼をさがしにあらわれる女の顔がいつもちがった。それはお針子や、デパートの売子や、小学校の女教師などだったが、彼は男根を提供し、女たちはサンドイッチやハンバーガーを提供することになっていた。

絵具やカンヴァスを買う金がないし、部屋代をためすぎて電燈《でんとう》をとめられ、しかもその部屋には窓がないので昼も夜もまっ暗だから、彼は酒場でぐずぐずして女たちに小遣いをみつがせるよりほかに毎日のうっちゃりようがなかったのだが、あるとき彼の部屋へ私はつれていかれたことがある。それは階段下の女中部屋よりまだひどい物置小屋で、じめじめし、正体のわからない腐臭がたちこめていた。コンドームを買う金がないからときどきやむをえないときは瞬間抜去法をやるのだと彼は洩《も》らしたことがあるから、そのもうもうとこもる匂いのなかには床へまきちらされた粘蛋白液《ねんたんぱくえき》のそれも多量にまじっていたのだと思う。吐気をおぼえるよりさきに眼がシカシカしてきて涙がにじむのである。その薄暮頃の暗がりのなかに床といわず、壁といわず、彼があちらこちらで拾ってきたガラクタが山積されている。便器の蓋《ふた》。自転車の車輪。ドアの取手。ガス管のきれっぱし。水道栓。馬蹄《ばてい》。ありとあらゆる種類の自動車の部品。つぶれたモンキーや、ジャッキや、ハンマーなどもあった。彼はつい一昨日見つけてきたばかりなのだといってイタリア・センベイを焼く鉄のうちわのようなものをとりだしてきて私に見せた。どこか駅裏のゴミ捨場に落ちていたものではあるまいかと思う。

「いいなあ。これなあ。そう思いませんか。凄《すご》いじゃないか。ちょっとこういう真似《まね》はできないよナ。ほれぼれしてくるなあ。おまんことどちらがいいだろ」

暗がりのなかで彼は声をひそめ、眼を細くして、何度となくそのこわれたセンベイ焼きを愛撫《あいぶ》した。上に下に、右に左に、ゆっくりと、またせかせかと、皮と骨だけになった手で撫《な》でまわした。心底から彼は感動していて、ほとんど射精しそうになっているのではあるまいかと思われた。盲人の手のようにみだらなほどの執念、強力さ、嗜慾《しよく》をこめて彼はその古鉄を撫でまわし、私がよこにいることを忘れてしまった。その手と古鉄を眺めているうちに私は一撃をうけたのである。赤錆《あかさ》びでゴワゴワになった古鉄の円板がふいに形からぬけだすのを感じたのである。汚穢と風化のさなかでとつぜん古鉄が柔らかくなり、優しくなり、彼の手にじゃれついたり、媚《こ》びたり、体をくねらせたりするのが見られた。ある王はその指にふれる事物ことごとくを金《きん》に変えたと伝えられるが、彼は生物に変えてしまうのだった。私にはそれができない。何度試めしてみたかしれないが、ただ事物に指紋をつけるだけのことである。私は事物を見てもいなければ、握ることもできないのである。数日後に私は股引《ももひき》をぬいで彼に贈ってから空港へいったのだが、記憶はいつまでものこった。

女が剝離《はくり》を知っているのかどうか。自身を不具と感じているのかどうか。おぼろに私の感ずる孤独は女があとにしてきたもののこだまであるような気がする。女はいま、に酔っていてしなやかにふるまい、堂々と動作し、体のまわりに事物を侍《はべ》らせていて、荒寥と悲惨には眼もくれようとしない。私がそれを知らせることはあるまい。知らせたところで女は私の無気力をつたえられるだけで、自身はカスリ傷ひとつ負わないですませるだろう。捨ててきたものに女がとらわれているとしても何ひとつとして私はそれを知らないのだから悲惨は透明なままゆらめき、あっけなく消えて、私は自身の眼を疑うことになるかもしれない。そんなことですぎてしまうものであるのかもしれない。そう感じさせられたのは、ある日の正午前だった。火酒の残酔で全身がけだるく火照《ほて》り、ソファによこたわって、私が額と胸にキラキラ輝く日光をうけ、起きようか、起きまいかと、うつらうつらしていた。森からの微風がバルコンを一巡してから部屋に流れこみ、どこかで山鳩《やまばと》がくぐもった鳴声をこだまさせていた。ふいに鍵《かぎ》の鳴る音がしてドアがひらき、女がとびこんできた。

女はソファのよこにたつと、奇妙なまなざしでじろじろ私を眺めた。階段をかけあがってきたのだろうか。少しあえぎ、胸を波うたせていた。冷静だが、どこか矢のようなところがあった。

「できた。できたの。論文の製本ができたの。いま文房具屋からもらってきたのよ。これ。見て。重くて立派だわよ。今日の昼もう一度でかけてシュタインコップ先生におわたしするの。そしたらおしまいよ。何もかもおしまい。サイコロは投げられたってこと。丁とでるか。半とでるか。知らないわヨ」

女は網袋から一冊の厚い本をとりだすと、私の胸にそっとおき、部屋のなかを大股《おおまた》にいったりきたりしながら、

「知らない、知らない、知らないわヨ！」

小さく叫んだ。

本は濃緑色の厚紙装で角綴《かくと》じに仕立てられ、表紙と本文のあいだに象牙色《ぞうげいろ》の上質紙

で扉が一頁《ページ》ついていた。本文は細緻なタイプ印刷でぎっしり組まれていた。私には一字も読めないがそこにこそ十年が濃縮して充塡《じゅうてん》されているはずである。女の孤独と恐怖と精励がその一冊だった。私は頁を繰ったり、インキの匂《にお》いをかいだり、本を撫でたりした。アザラシの皮のコートに荒寥をおぼえたのならこの本にも何かがあるはずだったが、あの一瞬はまちがいだったのではあるまいか。あれは女が発したのではなく、私の何かの投影ではなかっただろうか。それともいまの女の全身でする昂揚《こうよう》がたまたま悲惨を蔽《おお》っているだけのことなのだろうか。

「よくやった。あっぱれだ」

女はふりかえって笑い、

「寝てないで」

といって怒った。

「起きてそういって」

私はソファから体を起し、女と握手した。しっかりした肉と精密な骨があるのにどこかひよわでもある掌《てのひら》である。

午後遅くに大学から帰ってきた女といっしょに部屋で夕方がくるのを待ち、ぶどう酒を飲みに外出した。黄昏《たそがれ》が沁《し》みだしているお屋敷町をぬけ、森をぬけ、フェリーにのって河をわたり、対岸の河岸沿いの道をかなり歩いて、汗ばむころになって酒場についた。女の話では三〇〇年の伝統を持つ古舗で瓶にレッテルが貼《は》ってない酒をだすが名声はタンポポの種のように広く散っているとのことである。頑強な角材を組んだ古い門をくぐると赤煉瓦《あかれんが》を敷きつめた中庭があり、大樽《おおだる》や、馬車や、ぶどう摘みの籠《かご》などがころがっていて、熟しすぎたトマトのような大女が微笑しつつあらわれた。

「辛口、甘口、どちらにする？」

「まず一杯ずつ両方をとろう。それから飲んでみて、あとはどちらかときめて、とことんやってみようや。お金はおれに払わせてくれ。お祝いだよ。食べものと夕焼の話のほかはごめんこうむりたいや。それから帰るときにタクシーだ、バスだとガタつくのもかんべんしてくれ」

「いいわよ。賛成。それからお酒は粒選り、遅摘み、粒選り遅摘みと、いろいろあるけれど、どれにしましょう？」

「その叔母上にまかせなさい。今晩飲んでいちばんうまいのはどれかと聞くんだね。それにしよう。まずまちがいないと思うね」

「ＯＫ！」

女の話を聞いてトマトのような大女はつぶれて汁がでそうなほど大きく笑い、ひとことふたことつぶやいて母屋《おもや》に消えた。うっかり肘をついたらどうかなりそうなほど厚くて頑強な樫《かし》のテーブルにやがて酒がはこばれてきた。辛口、甘口、どちらのグラスもしっとり冷汗をかいてくもっているが、それに夕陽が射《さ》すと、辛口は淡い金《きん》、甘口はやや濃い金《きん》に輝き、白夜の太陽が小さくなってどちらにも入っているようだった。辛口は水のようにのどをすべり、甘口はひとつまみの匂いを口のなかにのこした。二杯めからは辛口だけにして、九時までそればかり飲んだ。

女はうなだれてちょっと泣いた。

また、眠くなってきた。

論文を正式に提出したあとでも女は休暇前の残務が研究室にあるとかで、買物をかねて、毎日一度は外出する。二、三度私はいっしょについていった。隣町の首府まではバスですぐである。首府といっても夜の灯かげでかいま見たのとおなじくらい白昼光で見ても小さい市である。大きなデパートもないではないが、駅前を古い市電がゆっくりと這い、そのチンチン鳴らす音がタクシーの騒音にかき消されることなくひとつひとつ聞きとれるくらいである。私は地形の記憶力がそれほど強いほうではないけれど、この掌みたいな首府のだいたいの街路図はしばらくするうち体に入ってしまった。私は大学のキャンパスを散歩したり、市場をのぞいたり、釣道具店に入って鱒釣《ますつ》りのスプーン鉤《ばり》や毛鉤のコレクションを見せてもらったりした。栗《くり》の木のしたでお茶を飲み、町はずれの丘の頂上にあるガラス張りの料理店で簡単な食事をした。

陽射しはこれまで淡くて乾いて澄明《ちょうめい》であるばかりだったが、ようやく激しさと熱がみなぎりはじめている。午後になるとそれがでるようである。あらゆる事物がまばゆい輝きのさなかで倦怠《けんたい》を分泌《ぶんぴつ》する。光がゆるんだり、うるんだりしはじめる。ショーウィンドウというショーウィンドウは淵《ふち》の暗さがあらわれるまで磨きこまれ、その奥で脂っぽい頬が閃《ひら》めいたり、ゆっくりと影がうごいたりする。丘へのぼる森のほの暗い小道と、にぎやかな市場と、古い裏通り、それぞれのある部分が私は好きになった。けれど、だいたいの街路図がのみこめると、それきり私は外出するのをやめた。女がいくら誘っても、何やかやと口実をもうけて私はソファからおりようとしない。女はシュタインコップ教授や、記者で詩人の男や、研究員仲間や、学生たちに私を紹介し、部屋へ呼んできてピッツァ・パーティーをひらこうと考えているらしいのだが、私はのろのろといいかげんな返事ばかりしている。

枕《まくら》もとにサイドテーブルをよせて火酒の瓶とグラスをおいておく。そのよこに外出のたびに女が買ってきてくれた新聞、週刊誌、本などが積んである。それはわざわざ駅の売店や書店で私の読める国の言葉で印刷されたのを選んできたのだが、私は一つの記事をさいごまで読みとおす力がない。二行か三行読むと、いま眼がさめたばかりなのに、もう睡気《ねむけ》がそこにきている。寝るまえに飲んだ火酒がニコチンとまじってやな匂いを口にこもらせている。それを新しい火酒ですすいで胃に送ってから私は眼を閉じ、ゆっくりと沈んでいく。いくらでも眠れる。その気になりさえすれば眠れる。ソファの革にはおぼろだけれど確実な形で私の寝姿の凹《くぼ》みと皺《しわ》が浮かびあがりかけている。一度か二度寝返りをうつだけでそれを見つけることができる。寝返りをうつまでもない。ただコロリとよこたわっただけではまりこめる。はじめてここへきた夜に一瞥《べつ》したとき、ソファは磨きぬかれたサラブレッドのようだったが、いまは一変し、従順で親しいばかりである。

私は読めないし、感じられないし、考えられない。ねっとりしたクリームのような睡気が体のなかにひろがっていて、角張った荷物が泥に沈むようにして私は沈んでいくだけである。やわらかな無数の繊毛が音もなくうごめいてしのびよってくると、脳だろうと、腹だろうと、感じたその箇所から私は眠ってしまうのである。バルコンからの微風が足のうらを撫でてくれる。だらりとのびきった睾丸《こうがん》の生湿りした皺のひとつひとつを軽い羽毛のように撫でられるとうきうきしてきそうだ。私は足のうらや睾丸の皺から眠りはじめるのである。そこから形を失い、体重を失っていくのである。全裸の腹にのろのろと毛布をのせ、ときには晴朗な、ときには朦朧《もうろう》とした、まさぐりようのないほど広大な空虚のなかを漂う。しびれた脳のどこかで本や議論のないところへいきたいなと思うが、無人島などというものはこの時代にはないのだと思う。しばらくして、ここが無人島なのだ、ガラス壁で囲まれた無人島なのだ、空のなかの島なのだと思う。

人声もしないし、物音もしない。ときたま電話が鳴ると、女が部屋にいるときは噴水のような高声と笑声がひとときとびかうが、それくらいである。女の話ではこの建物にはチリーの学者、日本の学者、インドの学者、北欧の学者などが住んでいるそうだが、誰も訪ねてこない。私は部屋から一歩もでないから階段ですれちがうこともない。女が何度もピッツァ・パーティーをしようといいだしたが、私はおびえてしまい、懇願するようにしてその考えを捨てさせた。知らぬ人と会って、握手して、議論して、まなざしの明滅をうかがい、そうしながら相手の肩ごしにべつの男の眼や横顔にも視線をくばり、前後左右からふいにピンポン玉のようにとんでくる言葉をうちかえしたり、うけとめたり……あのいらだたしい空虚のことを思うと、ねっとり汗ばんだ巨大な道具のような手と握手することを考えただけでうなだれてしまいたくなる。いまの私はソファから落ちないように努力するだけが精いっぱいなのである。人まじわりできる身分ではないのである。靴をはいて戸外へでていっても私にできることといえば栗鼠《りす》のために水道栓をひねってやることと、椅子《いす》からずり落ちないようにテーブルのはしをしっかりとおさえていることぐらいである。

「……誰も何もいわないけれど、私にはわかってるのよ。ちゃんとわかってるの。ここでも大学の研究室でもみんなコソコソにやにや噂《うわ》さしてるのよ。私がちょっと週末旅行をして男をくわえてもどってきたナって、いいあってるの。あれもやっぱり女でしたな、とか、自然は意志なき偉大でありますな、なんて。なかには、男をつかまえたまではいいけれど、ああ寝てばかりいたんじゃ、影のない男か、砂男みたいなもんですな。孤独な女には不幸でもないよりはマシなのでしょうね、なんて。わかってるんだから。でも私は、平気よ。平気、平気。気のすむだけ寝てててくださいな」

外出からもどってくると女はそんなことを早口にしゃべりながら、厭味《いやみ》とも誇りともつかない笑いを頰にうかべ、ブラジャーやGパンをぬぎすてる。たわわな全裸になり、首からエプロンをさげる。ポパイや、ミッキー・マウスや、ドナルド・ダックのアップリケを縫いつけた、幼稚園の先生がしそうなエプロンである。それで前面いったいをかくしているのだが、キッチンに入っていく後姿を見ると、うなじのあたりで赤い紐《ひも》がひらひらし、肩も背も臀《しり》もまるだしである。白い山塊が右に左にひきしまったり、ゆるんだりする。

ときどき空のどこかによこたわっているような気のすることがある。夜があまりに静謐《せいひつ》で澄明なため、半覚半醒《はんせい》でうつらうつらしていると、この大きなガラス箱が空のどこかに浮かんでいて、ガラス壁もソファもなくなり、むきだしのまま私は空に漂っている。その感触がまざまざと全身につたわるのである。私がこちらのソファによこたわり、女があちらの壁ぎわのベッドで本を読むか眠るかし、部屋のなかにただ乳黄色のやわらかいスタンドの灯と火酒のかすかな茴香《ういきょう》の匂いだけがあるという時刻である。そういう時刻に、風が足音をたてず、フクロウの鳴声もせず、ただ夜と森の深沈とした気配だけが感じられ、きれぎれだけれどたえまない私の回想もたまたまおだやかな遠景でしかないときには、私は肉の袋からぬけだし、よごれた脂肪と意識をあとにして揮発していく。そのとき寂寥《せきりょう》はあるが孤独はなく、自由はあるけれど焦躁《しょうそう》はないのである。入学試験や牛に追っかけられる夢のほかに子供のときからよく私は闇《やみ》のどこかからふいに落下しはじめる夢で苦しめられた。はるか下方に小さな粒として光るものがあり、地球だとわかっている。それをめがけてまっしぐらに落下していくのだが、ゴマ粒ほどの光点であるにもかかわらず私の体のどこかには、広大な、深い草の茂る、どっしりとした草原がそこにあると感じられる。にもかかわらずそこに到着できるかどうかがわからない。衝突して粉ごなになるのではあるまいかということはちらとも考えず、ただそのことだけが不安でならない。氷結しそうな、わくわくする不安で私は落下していき、よじれそうになり、思わず失禁しそうになって、そこで眼がさめる。ふとんのなかで私は手や足がしびれ、冷たく硬直して、眼をひらいていた。それ以後いくら年をとっても闇を一瞥すると、それがふちのまさぐりようのない闇だと、私のどこかにはきまってこの記憶が浮かんでくるのである。けれど、どうしてか、いまは何かの条件が整備されているらしい。革のうえで感ずる闇には墜落が起らない。額や肩からぬけだして揮発した私はクラゲのようにのびのびと夜空を漂う。

朝になると形がもどっている。無碍《むげ》の放下は消えている。私は脂《あぶら》っぽい、大きな袋に封じこめられ、顔をねっとりした脂と汗で蔽われてソファかヤクの皮にころがっている。日光といっしょに意識が射してきて、しばらくうつらうつらしているあいだはいいけれど、ある無慈悲さに追われ、やがて浮かびあがっていく。部屋は光と影で鋭い峡谷のように区切られているが、日に日に輝きや、微風や、熱には夏の進行していることが感じられる。私はキラキラする汁でいっぱいの巨大な明るい果実のなかによこたわっているらしいのだが、少しずつだが確実に足から力のぬけていくのを感ずると、食べて吐くだけのミミズになりつつあるような気がする。私はのろのろ体を起して浴室に入っていく。ひりひりするような、鋭くて熱い湯に全身を浸していると、火酒が苦汁といっしょにしぼりだされ、残酔がひどいときには湯が酒精の匂《にお》いをたてることがある。森の苔《こけ》の匂いのする熱い泡のなかに顎《あご》まで埋もれてしばらくじっとしていてから、ふいにたちあがって冷たいシャワーを浴びる。それで靄《もや》のかたまりになったものが体となり、芽生えかかったぐにゃぐにゃしたものの葉や蔓《つる》が消える。そのあと冷水で顔を洗い、口をゆすぎ、うがいをする。ひねったり、つねったり、集めたり、こねたりして頬をいじりまわすが、冷水のなかでそうしているあいだはいいけれど、終って鏡をのぞくと、中年男の顔は脂っぽくて蒼白《あおじろ》いもやもやである。汚水があちらこちらにしみだしていて手のつけようがない。一眼見て顔をそむけたくなる。

隣のキッチンに入ると、ステンレスの台にナプキンで蔽《おお》った皿がおいてある。ナプキンをとると、サンドイッチと紙きれがある。私はたったままサンドイッチを食べ、冷蔵庫をあけてインキ瓶のようなビールの小瓶をとりだす。鍋《なべ》、フライパン、皿、鉢、瓶、すべてがいつ見ても磨きぬかれ、輝き、きちんと整理され、汚点《しみ》も垢《あか》も汁もついていず、まるで台所用品会社のモデル・ルームのようである。ときどきここで仕事をしている女の後姿の臀のうごきを見ているうちによってうしろからたったままで抱くことがあるのだが、したたったものの痕跡《こんせき》の気配など、いまはどこにもない。

紙きれに書いてある。

『本日の霊感　睡眠は脂肪である』

昨日は違っていた。

『本日の霊感』

とあって、

『眠れるのはまだ若い証拠ですヨ』

とあった。

サンドイッチを食べ、ビールを飲みほしてしまうと、ちょっと私は目的ある人の気分になる。これからパンツをはき、シャツで蔽い、ベルトで腹をしめ、靴で足を固め、すっかり形をかくすことで形を作りあげ、いそぎ足に階段を戸外の夏へかけおりていくのだという気分になる。しかしそれは二歩か三歩いくうちに跡形もなく消え、私は腸をチクチク軽く刺すビールを感じながらソファのところまで歩いていく。寝姿の皺を見るとひとたまりもなく体を倒し、ゆっくりと眼を閉じる。皺は音もなく私を吸いこみ、しっとりとよりそってくる。体のあちらこちらにたちまち甘い弛緩《しかん》が起り、形がとけはじめる。ゆらゆらと私は沈んでいく。

午後になってから女がいそぎ足でもどってくる。ふいに鍵《かぎ》の音がするのでびくッとすることがある。女は部屋に入るとすぐ全裸になって首からエプロンをぶらさげ、いったりきたりしながら大学や町で見聞したことを手ぶり口真似《くちまね》を入れて話をする。トルコ式腰かけを持ってきて腰をおろし、日本の友人に送ってもらった石油罐いっぱいの〝柿《かき》の種〟を足のあいだにおき、ポリポリとオカキを嚙《か》み砕きながら、いつまでもおしゃべりをする。私は戸外へでて人まじわりをすることができないけれど、女に濾《ろ》過《か》されたそれは学生の立話なので、聞くでもなく聞かないでもなく、うとうとしている。耳よりはむしろ眼が、うとうとしながらも、乳房や、臍《へそ》や、陰毛や、大陰唇《だいいんしん》が女のたったりすわったりするたびにエプロンのかげでどう出没するかを追っている。ときどき起きていって女をおしたおし、湿り気味だったり乾いていたりする剝《む》き身の貽《い》貝《がい》を吸ってからソファにもどって話の続きを促すこともある。女は髪の乱れをなおしつつ少し遠くなりかかったまなざしで起きなおり、腰かけに腰をおろして、シュタインコップ教授が急進派学生と家庭問題に挾撃《きょうげき》されて苦しんだあげく日夜酒浸りになっている話をつづける。

ひとしきりしゃべってから、きっと女は、

「今日は何してたの。話して」

という。

ほかに答えようがないので、私は、

「寝てた」

という。

女は苦笑して、

「昨日もそういったわ」

とつぶやく。

私は、

「一昨日《おとつい》もそうだよ」

という。

「外国へでると、いつもこうなの？」

「東京にいるときだっておなじだよ」

「いつ見ても寝てるんだもん。呆《あき》れるよりさきに感心しちゃう。これはひょっとしたら一種の才能かもしれないと思ったりすることがあるわ。きっと、よほどくたびれてるのね。あなた、くたびれてるのよ。だから嗜眠病《しみんびょう》みたいなんだわ。ときどき死んじゃったのじゃないかしらと思って心配になることがあるわよ」

「死んでるようなものだよ」

「死人にしてはイビキが盛大すぎるわね。イビキが聞えだすと、あ、生きてるな、って安心する。市場で買物をしてると、私、ときどき妙な気持のすることがあるの。ギャングをかくまってる女とか、ヒモにみついでる女とかいうのはいまの私に近いのじゃないかしらと思ったりするのよ。わるくない気持だけどさ。何しろあなたって、一歩も外出しないで寝たきりなんですからね。世話が焼けないのはいいけれど、ちょっとたよりないナ。近頃ちょっとそんな気分ですよ」

「すりきれかかってるんだよ」

「そうらしいわね」

「おれはすりきれかかってるんだ」

「外へはでない、パーティーはイヤだ、茶飲話もイヤだ、人に会うのもイヤだでしょう。新聞は読まない、本も読まない、テレビも見ない、ラジオも聞かない。ないないづくしですよ。たまに夕方に外へでるのでオヤ珍しいと思ったら栗鼠に水をやりにいくだけだ。出たと思ったらもう帰ってくる。そしてまた寝ちゃう。いま眼がさめたところなのにもう寝てる。私がキッチンへ入って出てきたらもう寝てるのよ。何だか子供みたいなところがあるわ。家をとびだしたらさいご半日も一日も帰ってこないのに、帰ってきたとなったらコロッと寝てしまってそれきりというのがよくいたわよ」

「それだ。それに近い」

「子供だというの？」

「男はいくつになっても子供だよ」

「そこが女にはつかみにくいのよ。いつもそこでモメるのよ。さっぱりわからないのよ。男ってみんなおんなじだと見えることがあるけれど一瞬も油断できないというところもある。それがたいてい、男のなかの子供の仕業なのよ。世のなかのたいていのモメごとやドでかいことは男のなかの子供のせいですよ。太郎ちゃん、じっとしてなさいといったって聞かないんだから。いつのまにか天までとどく塔を建ててやろうなんて考えて、それを実行しようとするんだから、モメてくる。たまにじっとしてるなと思ったら三年寝太郎、むこう向いたきりだ。どうなっちゃってんだろといいたくなるわね」

「自然のいたずらだよ。君の言い草だが」

「神様の、とはいわないか」

「自然だね」

「意志なき偉大なのかしら、やっぱり」

女は両膝《りょうひざ》に肘《ひじ》をのせてまえかがみになり、足のあいだにおいた石油罐からオカキをつまんでちびちび食べ、真剣なまなざしでだまりこんでいてから、吐息をついてたっていく。

しかし、ピッツァはおいしい。これは認めておかなければならない。私は性か食か排泄《はいせつ》かのためにしかソファからおりなくなってしまったが、女の作ってくれるピッツァはうまかった。イーストを粉に仕込んで練りに練り、それを何時間も寝かせてふくらまし、すみずみまで巣穴がはびこって柔らかく香ばしくなるのを待つ。それをのばしてたたいてうちわみたいにしてから、シャンピニオン、サラミ、アンチョビ、ハム、ベーコン、トマト、パプリカ・トマトなどをふんだんに盛りこみ、塩と酢に漬けた青い木の実も忘れずに入れ、ふちをオリーヴで飾り、チーズとケチャップをたっぷりふりかけるのである。オーヴンからとりだして、どこかから借りてきた大皿にのせ、眼の高さに支えて女が小走りにキッチンからころげだしてくる。バターの香ばしくて熱い靄がゆらゆらするなかでとけたチーズの黄といちめんのケチャップの赤が灯のように輝いている。ひときれ切りとって中心部のぐじゃぐじゃに熟したところを頰ばってみると、酸、苦、甘、辛、鹹《かん》がいっせいに声をあげて口のなかで踊りだすようである。素朴なお好み焼だけれど材料に醱酵物《はっこうぶつ》がたっぷり入っているので襞《ひだ》の深さが成熟のうちに味わえるのである。体を起さないではいられないのである。

「榨菜麵《ザーツァイめん》のときはお粥《かゆ》の話をしてうまくそらされちゃったけど、これなら大丈夫と思うわよ。あなたをピンでとめておけると思うの。もう何十回とテストしたんだもン。プロがアマチュアをよそおって作った料理ですよ。理想。それに近いもの。ですわヨ」

「うまい。できてる。おみごとだ」

「お粥の話、しちゃダメよ」

「しないよ」

「だされた料理を批評しないでほかの料理の話をするのは優しいけれど、作るほうにしてみればコタエたわよ。いい勉強にはなったけど」

「うまい。これはうまい。イタリアへいったみたいだ。きつくて、体があって、血が熱いや。栄養と淫猥《いんわい》が手をとりあって踊ってるわ。そういう味だ。また眠くなりそうだな」

「いいわ。寝てよ。心に通ずる道は胃を通ってるっていうけれど、あなたの胃を通っていったら心はたどりつくまでに眠っちゃってるってわけよ」

「うまく眠れる料理ってざらにはないよ」

「ありがとう」

「それに、ひとことだけいわせてもらうけれど、一年三百六十五日のうちでほんとにいい眠りっていうのはホンの一回か二回あるきりなんだよ。それもあるかなしか。名作といえるくらいの眠りというのはほんとに稀《ま》れなんだ。目下おれはそれを考えてるところだけれどね。寝てるからってたのしんでるとはかぎらない。凡作、愚作、駄作の眠りが大半なんだからね。むつかしいんですよ」

瓶の腰までを藁《わら》で巻いた安物の赤ぶどう酒はトゲトゲしく刺したり、ザラザラと舌をこすったりしたが、ピッツァの柔らかくて深い厚さがそれを忘れさせてくれた。

女は飲んだり食べたりしながらピッツァ作りの苦心談や研究室での評判などをしきりに話したが、そのうち、今週中にもう一回焼いてシュタインコップ教授を招待したいといいだした。教授は妻と別れて秘書と結婚したがっているがカトリック教徒であるため離婚を認められないので、いまは休暇にもいかず、大学では研究室、自宅では書斎にこもったきりだそうである。先週、某夜、妻が書斎のドアのところへ椅子《いす》を持っていって徹夜をしたという噂《うわ》さがたった。妻は叫んだり、ドアをたたいたりなどはせず、ただ椅子に腰をおろして一晩中ひそひそと泣きつづけたが、教授はドアを閉ざしたきりであった。学者仲間ではいろいろの説と主張があるが、女の見るところではこれは性格の悲劇である。教授、妻、秘書の三者のうち誰か一人をとりあげて〝独立的に排除して〟非難するということができないし、だから、誰か一人だけに同情するということもできない。

「……あなたにひきあわせるということでなら先生を招待してあげられるのよ。それで慰めてあげたいの。あんまりひどいんですもの。あなたは何もむつかしいこと話さなくてもいいのよ。世間話でいいの。魚釣りの話なんかでいいの。先生はたいへんな酒飲みだからきっとあなたとは話があうと思うわ。そうよ。お酒の話でいいんだわ。きっと先生、およろこびになると思うナ」

「おれは寝てたいんだけどね」

「くたびれてらっしゃることはよくわかるの。あなたは病気なのよ。そう考えたほうがいいと思うの。でもね、たまに一人ぐらい、人に会ったっていいじゃない。そのほうがいいのじゃないかしら。パーティーのあとでまた寝るといいわ。刺激のあとだからぐっすり眠れるわよ。あなたがパーティーぎらいなのは知ってるけれどお客さんは先生一人なのよ、たまには私の顔もたててよ」

「すりきれかかってるんだ。おれはいますりきれかかってるんだよ。知らない人と会って握手したり挨拶《あいさつ》したりと考えると、それだけで息がつまりそうになる。山が崩れかかってくるような感じなんだよ。いまに君と話をすることもできなくなる。それからさきどうしたらいいのか、一日のばしにして考えないようにしてるけれどね。できたらほっておいてくれないか。おねがいだ」

「ちっとも私のこと考えてくれないのね」

「そういうことじゃないんだよ」

「あなたは自分しか愛してないんだわ」

「……」

「自分すら愛してないのかもしれない」

「……」

ピッツァの熱と快活が消えた。女のまなざしと口調に冷たいけわしさがあらわれている。これまで何とか見ずにすませてこれたものがまざまざとあらわれている。女は私の顔を見て眼をそむけ、ふいにしなやかだがすばやい動作でたちあがると、皿や、フォークや、酒瓶をキッチンへはこびはじめた。

名のない憂鬱《ゆううつ》が薄い汚水のようにひろがりかけている。それは私からにじみだしてあたりに漂い、早くも足を這《は》いあがって腰までを浸している。〝愛〟という言葉を聞くたびにおぼえる、とらえようのない当惑と居心地悪さが憂鬱にまじってゆっくりとうごいている。この言葉を耳にするたびに私は痛切と朦朧《もうろう》を同時におぼえてしまってぼんやりとなる。透明で柔軟だが貝殻のように不浸透の膜に包まれて外界を眺めるようなのである。遠くの薄明に何人かの女の眼や顔や裸の肩が見える。どの女もいま浴びせられたのとほとんど変らない言葉を口にした。ある女は情事のこだまが消えるのを待ってからおもむろに顔をあげて私が自身すら愛せないでいるのだといった。ある女は昼下りの料理店へ、それだけいおうと思ってやってきて、私は女の下半身に惚《ほ》れるけれど上半身にはまるで興味が抱けず、興味を抱こうとあせることも知らないでいるのだといい、フル・コースの食事を食べてでていった。ある女は、これも情事のこだまが消えかかってからだが、丹念だがものうげなフェラチオをしながら腿《もも》のあいだからふと顔をあげて、私は空中から言葉をつかみだしているだけだといった。

それぞれふいで、また、えぐりたてるような痛烈があった。愕然《がくぜん》とする正確さがこめられているのだった。女たちは私がそれらしいことを何もいってないのにとつぜんどこからか言葉をつかみとって口にし、私がおどろき、そのおどろきが私につづいているのに女たちはもう忘れてしまったかのような顔をして、一瞬前の英智《えいち》とはおよそかけはなれた、どこそこの店のアイスクリームはメリケン粉が入っているとかいないとかの話題にいきいきと興ずるのだった。そこで油断をしていると、いつかふいに切れた主題がとつぜん顔をだして、またしても必殺的な寸言をひょいと口にして私をおびやかす。持続があるようであり、ないようであり、峻烈《しゅんれつ》このうえなく、愚昧《ぐまい》もこのうえない。しかし、私が愕然とするのは、思いがけないときに思いがけなく女たちが口にする峻烈さであった。それは女のくちびるからこぼれ落ちた瞬間にそれ自体の質量を帯びて肉薄してくる。女はとっくにどこかへいってしまっている。トゲが刺さって痛がるのは私であるようだ。私はそれがどこまで膜をやぶってなだれこんでくるかを待った。しかし、女たちが〝愛〟を純溜《じゅんりゅう》しようとすればするだけ私はおびえつつ朦朧となっていくのだった。すべての言葉には両極併存の朦朧でもあり寛容でもあるものがこめられているが、人事の原子単位の痛切を決定しようとするこの言葉が顕微鏡でありながら望遠鏡でもあるらしい気配を背負わされているために、広大と痛切のどこに自身をおいていいのか私にはわからなくなるのだった。女に白い臀《しり》が〝好きか〟と聞かれると私は明瞭《めいりょう》な口調で答えられる。けれど、それを〝愛しているか〟とたずねられると、たちあがるまえにうずくまることを考える。それが臀でなくて、〝心〟とか、〝私〟になると、いよいよすくんでしまう。男は具体に執して抽象をめざそうとしているが女は抽象に執しながら具体に惑溺《わくでき》していこうとする。私は男根の尖端《せんたん》と亀頭環《きとうかん》に全神経を集中しつつも汗まみれになって何かべつのことを考えているけれど、女はうらやましいほどの没我の精力でまっしぐらに膣《ちつ》へかけこみ、全身で動乱する。〝愛〟ははるか後方にはかなく漂っている。にもかかわらず芝居が終るとふいにそれが、それしかない立役者のように呼びだされてくる。

私の眼のまえをたくましくて白い腿と脛《すね》が長くて鋭い筋をいきいきと明滅させながらいったりきたりしている。ピッツァと赤ぶどう酒にみたされた私はとろりとなりかかっているが、苦汁があるので睡気《ねむけ》はためらっている。女は堂々とし、孤立して、怒っているそぶりである。皿を洗い終るとキッチンからでてきてトルコ式腰かけに腰をおろし、私から少しはなれたところで、顔をガラス壁に向け、〝柿《かき》の種〟を威厳をこめてかじりはじめた。エプロンのかげで白い、みごとな胸がゆっくりと息づいている。

「きみがそうしてると金太郎さんみたいだね。金太郎さんの前掛けにそっくりだよ。㊎のかわりにポパイがあるんだね。面白い眺めだよ」

いつもなら女がさっそく私の冗談を上回る冗談で切ってかえすところだろうが、いってしまってからいそいで口を閉じたけれど、もう遅かった。ふいに女はオカキを石油罐にすてててたちあがり、エプロンをかなぐりすてて全裸になると、すばやくブラジャーやGパンをつけたうえ、シャツまで着こみ、

「……！」

鼻と口をくしゃくしゃにしてイーッと私に見せつけてから、ベッドへ走っていってとびこみ、壁のほうを向いたきり口をきかなくなった。怒るかもしれないなと、ちらと思ったのだが、口にするととまらなくなったのでついそのままいってしまったら、やはり女は怒ってしまった。

日のけじめがつかない。

女はその後パーティーのことを口にしなくなった。教授の風貌《ふうぼう》や身辺についてはこまかいところによく気のつく女弟子としてしじゅう話して聞かせるけれど、ピッツァ・パーティーをひらいてなぐさめてあげようとは、二度と口にしなくなった。口にだしたいがそうするまいとしている気配はなにげないまなざしや話のはしばしに感じられることがあるけれど、おぼろに漂って消えていく。研究室の残務整理が終ると大学へいかなくてもよくなったので女は部屋にこもり、ときどき食料品や新聞を買いにでかけるほかは外出しないで、食事をつくったり、本を読んだりしている。寝て、食べて、おしゃべりをして、読んで、食事をつくって、また寝る。それだけの毎日である。ときたま夕方になって昼の暑熱が薄らぐ頃、二人で散歩にでかけることがあるが、なるべく人に逢《あ》わないですむ道を選び、栗鼠《りす》に水をやってから森をぬけ、河をしばらく眺めて、もどってくる。

ある日、とりたてて傑出したところのある黄昏《たそがれ》ではなかったけれど、二人でバルコンにいるとき、ガラスの鳴る音が聞えてきた。夏物の特価売出場で買ってきた安物のデッキ・チェアにもたれて女は氷を入れた紅茶をすすり、私は火酒を舐《な》めているところだった。毎日その時刻にきまってあらわれるしっとりした優しさと爽《さわ》やかさがあたりに漂い、空と森が昼いっぱいつづいた暑熱のほとぼりを消してようやくとけあいかかっていた。そのときどこからかガラスの鳴る音と幾人かの男女の笑声が聞えてきた。ここからは淡い夕映えの樹海と空しか見えないので、まるで一群の男女が森のなかに集って灯のように笑いさざめくのを通りがかりに耳にしたようであった。声は柔らかく、愉《たの》しげだったが、澄みきってひっそりした黄昏のなかで水晶質のこだまをひびかせて去っていった。誰とも会わず、話さず、飲まないで暮すようになってからずいぶん久しいと感じさせられた。何かの信号を聞いたような気がした。

女が頭をかしげ、

「パーティーをしてる」

とつぶやいた。

「インド大使館かしら」

私はだまって冷たい火酒をすすった。女の声にはいきいきと羨望《せんぼう》がうごいていて、いまにもとびたちそうな気配があった。女のなかには清涼で澄明《ちょうめい》な黄昏にふれて一新された精力がしぼりたての牛乳のように泡をたててわきたっているらしいことがありありと感じられた。夏とガラス箱と膣にとじこめられて女はいらだち、皮膚の外へでたがっている。女は灯と人と匂《にお》いと言葉のなかを笑ったり冗談をいったりして船のようにすべっていきたがっている。

「……インドじゃないかもしれない。あれはもっと西のほうだったと思うわ。どこかアフリカの大使館だわ。リベリアとか、ガボンとか、ザンビアとか、そういう小さいのがこのあたりにかたまってるのよ。国旗を見ても見当がつかないし、それにあの人たち、みんなマッチのさきみたいに小さくて丸くて固そうな頭をしてるじゃない。ほんとに見わけがつかないわ」

女はおだやかにひくく笑った。その笑声にはあらわな羨望が消え、窓の外に見とれながら病人の枕《まくら》もとからうごこうとしないでいる看護婦の忍耐みたいなものがあらわれていた。忍耐と精力があきらめのなかでひそやかながらも強くせめぎあっているらしい気配がいたましかった。私は冷たくてひそやかな苔《こけ》の匂いのする薄暗がりにのびたまま重錘《おもり》のように沈んでいき、だまって火酒をすすった。私の偏執のために女は不幸になりかかっているが、私はどうすることもできない。ただグラスに酒をつぐだけである。

一昨日も、昨日も、今日も、私にはけじめがつかなくなっている。ソファに寝そべったきりで毎日ほぼおなじ回想とおなじようにきれぎれにたわむれ、しかもこのところ眠ることよりも眠りから浮きあがってきて半覚半醒《はんかくはんせい》の状態にあるほうを私は好み、なるだけ眼をあけるのをさきへさきへのばし、いつまでもうつらうつらしていようと努めるばかりなので、いよいよ日のけじめが朦朧となる。ソファの革は腹や背や頭のしたでぐにゃぐにゃになった。俊敏そのもののサラブレッドが従順な稽古馬《けいこば》に変ったと思っているうちに、いまでは、骨だけがたくましくて筋肉も腱《けん》もすべてがだぶだぶにふやけゆるんでしまった廃馬と化したかのように感じられる。廃馬のうえに廃馬がかさなって寝起きしているのである。日は一つの鞘《さや》をでたり入ったりしていて、昨日が柄《つか》まで入ってからあっけなくでていき、今日が柄まで入ってあっけなくでていくのを私はよこになって眺めている。

入学試験に失敗したり、牛に追っかけられたり、地球めがけて墜落していったりすることはないが、そのかわりこの頃私は文章を書きはじめた。眠りからのさめぎわにきまって私は文章を書くのである。小説か論文の一節らしいのだが、眺めている眼のしたで主題がのびのびとすこやかに育っていき、いくつかの副題がいい枝ぶりでひろがって全体に爽やかだったり、深かったり、愉しかったりする影を落してくれる。主題が明晰《めいせき》にのびつづけるかたわら伏線があちらこちらにたくみに出没し、動機が堂々と述べられながら静機もはっきりと、しかしひそやかに姿をあらわし、単語はひとつひとつ雨を浴びたあとの光沢で輝きながら繁饒《はんじょう》な茂みとなって意図や即興や必然や偶然の組みあわせを蔽《おお》うのである。いつもそれは一本の樹木となってあらわれるのだが、私は育てるのに熱中しながら第三の眼で少しはなれたところから眺めてもいて、何よりも明晰さに恍惚《こうこつ》となり、展開のあざやかさにうたれて茫然《ぼうぜん》としてしまうのである。しかし、眼がさめてしらじらしい日光といっしょに汚れた意識がもどってくると、それほどみごとな構築が跡形もなく消えてしまって、いったいそれが小説だったのか、論文だったのか、それすら思いだすことができないのである。ただあっぱれな明晰ぶりであったという意識のこだまだけが糸のような煙となって漂っているので、けっしてあれは夢ではなかったのだと感じられるのである。

うとうとしながら私はいま背を見せて遠ざかりつつある眠りのことを凡作とすべき

か、愚作とすべきかと考える。疲労やしびれがどこかにのこっていないか、汗や体臭にまみれていないか、混濁がないかどうかと、あちらこちらをまさぐってみる。そして理想としての眠りは理想としての酒とおなじくらい考えるのがむつかしいと考える。食慾《しょくよく》、情慾、運動、労働、思考、煩悶《はんもん》、愉悦、すべてが、いっさいがっさいが、生そのものが眠りによってのみ完成されるはずなのに眠るまえのことと、眼がさめたあとのことだけが論じられたり、評価されたりするのは不当でもあれば、ひどい手落ちではあるまいかと、うとうと考える。せいぜい論じられるのは夢のよしあしによる後味ぐらいで、無数の作家たちが性の描写に熱中するほど眠りの描写に熱中しないのはどうしてだろうかと、うとうと考える。淡くて明るくて朦朧とした波のなかをたゆたいながら私はこれまでの四十年間に何のうえで寝たことだろうかと考えてみる。ふとん。ベッド。フォームラバー。鳥の羽根。藁《わら》。ハンモック。床几《しょうぎ》。駅のベンチ。汽車の座席。牧草地。貨車の床。梱包《こんぽう》された荷物。舗道。畦道《あぜみち》。村道。ゴミ箱のかげ。ジャングルの枯葉。女の腹のうえ。じつにめまぐるしいばかりではないか。めまぐるしいばかりの場所と材質についてこのうえない親密な関係を結んでおきながら大半を忘れてしまって、ありありと思いだせるものといえば心細いくらい少い。忘恩といってよいふるまいではあるまいか。この滅形のひどさはどうしたことだろうか。

阿片《あへん》の眠りは滅びてしまった無数の眠りのなかで珍しく形がのこっている。ドラマめいたものは何もなかったのに大洋のなかの岩のようにそれだけは孤立して顔をこちらに見せている。阿片を吸った直後にきたものは二度試めしているのに全身と関節のけだるい弛緩《しかん》の味のほかにこれといってほとんど何も思いだせないが、ホテルへもどってからベッドのなかで味わったゆりもどしとしての眠りはよくおぼえている。その鮮明さはまったく予期しないものだったので、不意をうたれた愕《おどろ》きの味も記憶を手伝っているのだと思う。酒を暴飲して翌朝ひどい宿酔《ふつかよい》に苦しめられても、一度眼をさましてからアルカ・セルツァーを呑《の》んだり、熱い番茶に梅干を入れたのをすすったり、熱い風呂《ふろ》に入ったり、一連のおきまりの儀式をやったあとで、もう一度寝なおしてみると、ときにその二度めの眠りに思いがけぬいい味のものがくることがある。阿片も私には二度が二度とも〝ゆりもどし〟の眠りがよかった。

あれはショロンの同慶《ドンカン》大酒店のうらにある〝国民中学校〟という学校でテロがあったときのことである。それはありきたりのみすぼらしい学校だが、そこのみすぼらしい教室で男の先生と女の先生、四人が昼飯を食べているところへ二人の若者を護衛にしたオバサンがあらわれ、モーゼル連発拳銃《けんじゅう》をいきなり乱射して立去ったとのことであった。私が現場へいったのは二〇分か三〇分後であった。一人即死、三人重傷と聞いたが、死体はなくて、タイル張りの床におびただしい血が流れていた。頭を射たれるとひどい量の血がでるものだが、血塊は早くも凝結しかかっていて、それが血のかたまりというよりは、何かの生肉か内臓のかたまりを投げだしたようにこんもり盛りあがっていた。あたりにはサンダル、眼鏡、茶碗《ちゃわん》、箸《はし》などがころがり、あぶらっぽいような、淫《みだ》らなような匂いがねっとりとよどんでいた。茶碗には御飯が盛ったままで、大きな鉢にはスープが入っていた。その御飯は血でお茶漬けをしたようになり、スープはケチャップをとかしたようになっていた。

事件の原因はわからなかった。警察で聞いたり、新聞記者に聞いたり、ヴェトナム政府の情報部で聞いてみたりしたが、誰も知らなかった。サイゴンではしょっちゅうあることなので誰も特別の興味や関心を抱いている様子ではなかった。テロリストが中年女だという点がちょっと珍しいといえばいえるが、それはよその国のことで、ここではウドン売りのオバサンでも十八歳のタイピストでもテロリストになるのである。これが華僑《かきょう》とヴェトナム人の抗争なのか、私的制裁なのか、政治的制裁なのか、華僑同士のそれなのか、華僑の北京《ペキン》派と反北京派のそれなのか、殺された先生たちは生徒に反共教育をしていたのか、親共教育をしていたのか、それともオバサンは息子が宿題をしなかったのを先生にとがめられたと聞いてカッと腹立まぎれに——ここではちょっと腹がたつと手榴弾《しゅりゅうだん》やピストルや自動小銃やガソリンに手をだす習慣がある——やったことなのか、私には何もわからずじまいであった。妙な暗合ではあるがその学校のとなりが葬儀屋で、通りがかりにのぞいてみると薄暗い店のなかで人影がうごき、赤や黄をけばけばしく塗りたてた棺《ひつぎ》が天井まで積みあげられ、軒ばたにおかれた新品の棺のなかで赤ン坊が眠っていたのをおぼえている。

阿片屋へいったのはそれから二日後だった。日本のある新聞社の支局で通訳としてはたらいている中国人の青年に教えてもらったのである。はじめのうちその通訳はいやがったり、私を脅したりしたが——外国人がうっかりいくと身ぐるみ剝《は》がれたうえで眠っているうちに刺されてミト河岸の運河にほりこまれたりするというのである——女を二人買えるだけの金をだして私は彼にむりやり地図を書かせ、誰にもいわないで、一人でいった。ショロンのごみごみしたひどい裏町の、家というよりは小屋、小屋というよりは立小便で緑いろに腐った壁のなかの穴、そういうところだった。むきだしの床にアンペラが敷いてあって、みんなどういうわけかズボンやシャツをとって壁にかけ、パンツ一枚になって寝るのである。そのため穴のなかは古着屋の倉庫のように見えた。私がカタコトのヴェトナム語と身ぶりでたのむとゴム草履をはいた小僧がでてきて煙管《きせる》を仕立ててくれた。コンデンスミルクの空罐に黒褐色の靴墨にそっくりのねばねばしたものが入っていて、それを長いピンのさきでランプの火にかざして練り、プップツ泡をたてるのを煙管のなかへ、ドーナツ状にまんなかへ穴をあけるようにして仕立てるのである。ひどく貧しい男たちがまるで骸骨《がいこつ》を並べたように眠っていて、汗や垢《あか》の匂いが煙にまじってたちこめ、鼻や口がさまざまな音をたて、一本々々かぞえられる肋骨《ろっこつ》がゆっくりと上下するにつれて凄惨《せいさん》なほど薄くなった腹も上下し、臍《へそ》が浮いたり沈んだりする。男たちは苦力《クーリー》、波止場人夫、三輪車曳《ひ》きといった人びとなのだろうと思う。私はやがて全身が弛緩していって、あとになっていくら努力しても味の思いだせない眠りを眠った。そしてさめぎわにひどい嘔気《はきけ》をおぼえ、よろよろして穴から道路へでた。

ホテルへもどってベッドにころがり、夕食は何にしようか、もう阿片はやめだと思っているうちに私はうとうと、ゆりもどしの眠りにおちていったのだが、それがはからずも異境をかいま見させてくれたのである。形のあるものは何ひとつとして登場しなかったけれど、昏睡《こんすい》におちこんでいるはずなのに意識がすみずみまで澄みきっているのである。その澄明の感触がいまでも顔をこちらに向けている。不安もなく、焦躁《しょうそう》もなく、愉悦すらなく、感動もおぼえず、ただ冴《さ》えきった静穏だけがある。骨、肉、内臓、皮膚、すべてが消え、純粋そのものなのにきびしさがなく、ただおだやかな澄明が音もなくひろがっている。その展開に面積や距離や方角は感じられなかった。ただ私は安堵《あんど》しきって澄明にまじまじと見とれていた。いっさいの肉につきまとう属性が気化してしまって、眼がのこったという意識はないのに、見とれていたという感触がまざまざとさめてからあとにのこった。眼をあけたまま眠っていたような感触がさめたときの私にあった。安堵と澄明の徹底が熟眠のあとの爽快《そうかい》となって全身に優しいこだまを漂わせていた。私は茫然としてベッドによこたわり、夜のサイゴンのざわめきが壁と窓をふるわせる気配に耳をかたむけた。疲労のない忘我を私はそれまでに味わったことがなかったが、《無》の晴ればれとした澄明はそこまで浄化してくれたらしかった。さめてしばらくすると私はさっそく言葉をさがすことにふけりはじめ、今日までにすっかりその周辺を塵芥《じんかい》捨場のようにしてしまったが、いつかどこかでひろい読みでおぼえたらしい『拈華微笑《ねんげみしょう》』という言葉がいつまでものこっていく。文字を使わずにいっさいが通じあえる異境をさすのに文字を使わねばならないのがこの言葉の苦しい矛盾かと思われるが、それにこだわる気持がまったく私に起らないのは、あの静穏で澄明な《無》が、いまだにどこかで、私のどこかで、指紋ひとつつけられないで生きのこっている証拠であるかもしれない。

女が考えこんでから、ふと顔をあげ、

「死んだらそういうところへいくのかしら」

とつぶやく。

私がタバコに火をつけながら、

「それだといいね」

という。

女がひくく笑いながら、

「だけど、どうかしら。阿片を吸わなければそんないい思いができない。それはやむを得ないとしてですネ、その煙屋があなたみたいな汚穢《おわい》趣味の人でないと潜りこめないというんじゃ、私なんか、とてもダメだ。話を聞いただけでムカムカしてきそうだわ」

という。

「ひどいなんてものじゃない。まるで糞溜《くそだ》めだね。煙管の吸口には歯型がついていて、さきに吸ったやつのツバやら何やらでべちゃべちゃ濡《ぬ》れてる。煙を吸うんだか、バイ菌を吸うんだか。よくわからないね。見ただけでムッとくる。それがあそこではいっこう平気で、気にも何にもならないね。問題はそのあたりだ。そのあたりから別れてくる」

「阿片も酒も酔ったあとのゆりもどしの眠りがいいってのはどういうわけかしら。どちらも暴力なのよ。人体にはどちらも暴力なのよ。脳が酔ってシビれてふらふらになるんだから、二度めの眠りがおだやかでいいってあなたがいうのは、たたきのめされたあとで平衡をとろうとしてそういうのがでてくるのよ。きっとそうだわ。《拈華微笑》とやら、御大層なのは、疲労のあとのバランス作用の産物なんじゃないかしら。右へいった振子が左へもどろうとするとき一瞬停止するみたいに見えることがあるでしょ。あの空白なのよ。だから安らかなのよ」

「よくごぞんじだね」

「上げ潮がひたひたさしてくるような感じじゃないかしら。土左衛門が波うちぎわでぴちゃぴちゃと、ゆっくりゆれてるでしょ。とても気楽で気持よさそうじゃない。どうオ。あんな感じじゃなかった？」

「とにかくあれは名作だったね。阿片の力を借りてつくったから例外としておくべきだろうが、眠りというのは例外でないとおぼえておけないのかもしれないな。あざやかなものだった。いまだにおぼえてるんだからたいしたもんだ」

「忘れられないことがたくさんおありね」

「たくさんじゃないけど、あるね」

「私の知らないことがたくさんね」

「それ以上いっちゃいけないよ」

「いけないことがたくさん」

「おたがいにあるという意味ですよ」

「まあね」

しばらくして女は本をベッドに伏せてたっていく。明るく清潔な浴室に入って歯を洗う。私はものうくソファのうえで寝返りをうち、水の音を聞くともなく聞く。やがて女はでてきてネグリジェに着かえ、ディオリッシモをうなじに一滴、顎《あご》に一滴つけてから、おやすみなさいといってベッドにすべりこむ。私は火酒をつぎ、タバコに火をつけ、棺のなかですやすや眠っている赤ン坊や、泡の音をたてる粘膏《ねんこう》や、餓鬼のような男たちのぺちゃんこの腹のうえで上ったり下ったりする臍のほうへもどっていく。

事件があって二日たってから阿片屋へいったのは、血は血、煙は煙だ、おれは血の記憶を煙で消そうとしているのではないのだと弁解したいためだったように思う。その二日間に私は警察、政府の情報担当官、顔見知りのアメリカ人やヴェトナム人の新聞記者たちに会って真相をたずねてまわっているのだが、結果からすると、そういう無駄をやったおかげで光景は遠ざかり、〝一切不明〟という形式のなかに半ば姿を埋め、目撃した瞬間のものではなくなった。私はそれまでに何度か目撃した町のなかでの流血事件や、最前線のジャングルや、病院や、水田のほとりをあれこれと思いうかべることをした。私はどんな場所でも血を見ると平静でいられない。何度見ても慣れることができない。血は流れたてのでも、凝固しかかったのでも、乾いたのでも、いつもじっとしていられない鮮やかさで迫ってくる。ただ愕然《がくぜん》として佇《たたず》んだまま眺めるしかない鮮やかさである。だからあれこれを思いだして比較するうちに時間がたってくれるのを待つしかないのである。ショロンに向って走る、床《ゆか》に大穴があいてドアのハンドルが針金で代用してある四ツ馬印のルノーのなかで血は血、煙は煙だと内心で私がつぶやいていたのはとりもなおさず血の影のなかにあった証拠である。壁の穴に入っていきながら私がかつぎこんだのは〝革命〟や〝正義〟や〝革命後〟をめぐる、うんざりするほど毎日反芻《はんすう》しながらいつまでたっても朦朧《もうろう》にしか私をおいてくれない、指紋でよごれきった思惟《しい》の群れであった。殺す覚悟か、殺される覚悟かがなければ血を高声に批評する資格はないと私には思われた。そしていずれかの覚悟は文章ではなく肚《はら》のなかに書かれることなのであり、それはもっぱら〝革命後〟に何事かを期待するかしないかの態度からくるものと思われたが、私はあまりにも剝げていた。私にできることといえば、見ることだけであった。私がそうしようとしたために右からか左からか銃弾か破片がとんでくるのならば私はただそれに耐えるしかなかった。一匹の犬として殺される覚悟を精錬するしかなかった。

床のところどころに豆ランプがおかれ、小僧がコンデンスミルクの空罐と、長いピンと、脂《やに》で飴《あめ》いろに染まった煙管を持って薄暗がりのなかをうごきまわっている穴の光景は異様なものだったが、たちまち私は慣れてしまった。餓鬼のようにやせさらばえた男たちは手術をうけにきた人たちの姿勢で眠りこけながら部屋を呼吸音でせわしくざわめかせていて、ふと私は、床屋か銭湯にきたような気持になることがあった。シャツとズボンをぬいでじとじと湿った壁の古釘《ふるくぎ》にかけたあと、パンツ一枚で固いアンペラによこたわり、はじめのうち私は自分が肥厚していることを恥じる気持でぐずぐずしていたが、ランプの淡い火のなかで小僧がところどころに優しさのある手慣れきったしぐさで煙管を仕立ててくれるのを眺めているうちに、何も気にならなくなった。ところどころに象牙《ぞうげ》をあしらった長いラオスの竹の光沢《つや》、とぼしい灯に浮かんだ小僧の低い鼻、いきいきといたずらっぽそうな眼、熟練家の静穏なものうさなどが私をほのぼのとした安堵にさそい、ここへくるまでに重荷でならなかった役立たずの反省は、どうでもよくなってしまった。いびき、吐息、ためらうような気配はあるがつかずにはいられないらしい深呼吸、歯ぎしり、塩辛い汗の匂《にお》い、甘酸《あまず》っぱい膿《う》んだ足の匂い、阿片《あへん》の異香、それらにみたされた闇《やみ》の、せわしいけれどつつましいところのあるざわめきのなかに、すぐ私はけだるくとけていった。手を失い、腹を失い、形を失っていった。となりの男の顔をちらと豆ランプの灯のなかでうかがうと、まさにやせさらばえて秋霜烈日の気配をたたえた荘厳の皺《しわ》に荒されているが、手足をのびのびとのばし、高い頬骨に輝くような血のいろを射《さ》していた。彼が私よりはるかに年長であるらしい気配に私は安堵をおぼえ、静穏だが活潑《かっぱつ》に息づいているらしい気配にも安堵し、どうしてか、これほどの男までができているのだからという気持になった。薄いアンペラにおかれた手首が削《そ》ぎに削がれてマッチ棒のようになった骨で組まれているのが見えた。それが眼のすみにのこって音が消え、匂いが消え、壁が消えた。

当時私は自身が剝げかかっているのを知りながら眼をそらすことにふけっていたが、近頃は、ことにいまは、眼をそらすことができなくなっている。私はすりきれかかっていて、接着剤が風化して粘着力を失い、ちょっと指でついただけでたちまち無数の破片となって散乱してしまうように感じられてならない。いつか女が駅前広場の早朝の酒場で外国暮しをしていて〝人格剝離《はくり》〟が起るとつらいといったと思うが、私には〝人格〟と呼べるほどのものがあると思えないのに〝剝離〟だけがひどく感じられる。東京にいても外国にいても、道を歩いていてふいにたまらなくなってしゃがみこんでしまいたくなったり、ホテルのドアをすりぬけようとしたはずみに愕然とたちどまりたくなったり、夜なかに眼がさめてライターをとろうと手をのばしたはずみに凍りついてしまったりする。それはきざしもなく、予感もできず、ふいにやってきて瞬間的に私の足をすくってしまう。人と話をしたり、酒を飲んだりしているときに、とつぜん奈落《ならく》におちこんでいくような衝動が起るのである。雪崩《なだ》れのようだったり、足場の砂がくずれるようだったり、とつぜん足がガクンとなるようだったり、さまざまだが、一度それが起ると、私はしびれて阿呆《あほう》みたいになってしまう。必死でその剝落をかくそうとして私はひきつれたような微笑を頰にうかべるのだが、とつぜん流暢《りゅうちょう》にしゃべっていた相手の男が眼をそむけてあいまいになったり、ぐずぐずしたり、倦《う》んだそぶりになったりするので、眼が私を裏切っているらしいことが察しられる。体が椅子《いす》からころげおちないようにテーブルのはしをつかんでいなければならない。音もなく表層や内部を崩れおちて走っていくおびただしいものの気配に私はおびえ、子供のような眼をしているのだと思う。

瞬間は私がひとりでいるときにも、人といっしょにいるときにも、雑沓《ざっとう》のなかにいるときにもやってくる。東京の地下鉄の構内でも外国の裏町でもやってくる。食事のさいちゅうにも情事のさいちゅうにもやってくる。気まぐれで、苛酷《かこく》で、容赦なく、選り好みということがない。一瞬襲いかかると、圧倒的にのしかかってきて、すべてを粉砕して去っていく。会話、冗談、機智《きち》、微笑、言葉という言葉、すべてが一瞬にさらわれてダスト・シュートにさらいこまれてしまうのである。待てと声をかけるすきもない。気がついたときはいつも遅すぎて私は茫然《ぼうぜん》として凍え、音も匂いもない荒《こう》寥《りょう》の河原にたって、あたりをまじまじと眺めている。そうでなかったら、酒瓶や、皿や、コックの頬肉や、ピカピカ光るガラス扉や、その向うに見える巨大なビルなどが、壮大で無慈悲な塵芥の群れ、手のつけようのない屑《くず》と感じられ、私は波止場におりたったばかりの移民のようにたちすくんでしまう。

この十年間、私は旅ばかりしていたが、こうしてソファによこになって火酒をだらしない海綿のように吸いとりつつ考えてみると、ただあの瞬間に追いつ追われつして逃げまどい、しょっちゅうさきを越しているつもりでいながらいつも待伏せしてたたきのめされ、ひとたまりもなく降服して、あてどない渇望《かつぼう》とおびえのなかでうろうろしていただけのように思えてくる。たしかに旅の感動は出発にあるけれど、空港に向う暗いハイウェイの自動車のなかですでに私は火が消えかかるのを感ずる。帰国となると日本茶、ソバ、海苔《のり》、冷《ひ》や奴《やっこ》を食べたい一心ではあるけれど、他にはほとんど何もないのである。むしろ嫌悪《けんお》や憂鬱《ゆううつ》が空虚のふちにただようばかりである。私の褪《あ》せやすさはこのガラスの部屋にきてから何日もたたないうちにただソファに寝てばかりという事実にもあらわれているようだ。しかも出発にも帰還にもめざましさらしいめざましさが何もないのに帰国してからものの三カ月もたつと私はそわそわして焦躁をおぼえはじめるのである。沈澱《ちんでん》をにくみはじめるのである。すわったままで頭からじわじわ腐敗しだすように感ずるのである。旅はどのつまり異国を触媒として、動機として静機として、自身の内部を旅することであるように思われるが、自身をめざすしかない旅はやがて、遅かれ早かれ、ひどい空虚に到達する。空虚の袋に毎日々々私は肉やパンや酒をつぎこんでいるにすぎないのではないか。

旅をしすぎたために褪せやすくなったのだとするなら気が楽である。しかし、あの瞬間は旅をしてもしなくても、十八歳のときにも四十歳のときにも、まったくおなじ強さを持っているようなのだ。子供のときから私は名のないものに不意をうたれて凍ったり砕けたりしつづけてきた。いつ剝離するかしれない自身におびえる私には昂揚《こうよう》や情熱の抱きようがなかった。情熱は抱くのもおそろしいがさめるのもおそろしかった。昂揚のさなかにあの瞬間に襲われた場合を考えると何にも指をふれることができなかった。私にはいつもどこかに人の視線の射《さ》さない薄暗い部屋が必要だった。瞬間に剝奪されたときにそこへもぐりこんでうつらうつらしながらひたすら破片がもとへもどって〝私〟という心臓のある人形の形になるまで潮がさすのを待つようにしていられるひっそりとした小部屋が必要だった。ときに瞬間は掃滅的に走るあまりその小部屋をも砕いて流し去ってしまうことがあったが、そういうときには昼だろうと夜だろうとかまっていられずに歩きまわり、顎が落ちそうになるまで歩きつづけた。また一日につぎからつぎへのべつに七つの映画館に入ってはちょっと見て出てしまってまたべつのに入るというようなことをしなければならなかった。白昼と闇とが句読点も文法もない支離滅裂の文章のように入りまじって、そのことに苦しむ力もなくなり、膝《ひざ》がふるえだすほどくたくたになってしまわなければならなかった。無数の色をかさねてついに白となるのを待つような望みのない作業だが、闇から白昼へ、白昼から闇へ、昼のコウモリのようにせかせかとび歩いていると、懈怠《けたい》にふけっているはずなのにひょっとすると私は激情家、熱狂家なのではあるまいかと思われることがあった。瞬間に襲われてトランプのお城よりも脆《もろ》く崩れてしまった自身に耐えたり、たておしたりするのに、おそらく私は手を使うべきだった。事物を壊すのでもいい、作るのでもいい、ただ触れているだけでもいい。手を使うべきだった。バクチでもいいから手を使えといった中国古代の哲学者や指を水に浸して内的独白にふけるインドの哲学者に倣《なら》うべきだった。しかし、私は牧場や工場をさがしにいってるゆとりがなかったし、瞬間はいつ、どこであらわれるかわからなかった。私は通りすがりの映画館に入って眼を酷使した。呼吸のざわめきや、いやな匂いをたてるぐにゃぐにゃと温かい皮膚にみたされ、たえまなしに色と音が変りつづけているその闇にもぐりこんでいると潮のように迫ってくるものからしばらく体をかわすことができた。そうするとひりひりする、それでいておぼろな不安にまじって、一抹の優しい安堵《あんど》がにじんでくるようなのだった。はるかのちになって古着屋の納屋《なや》のような阿片屋の闇のなかでのびのび手や足をのばして晦冥《かいめい》に沈んでいったことを思いあわせると、十代、二十代、三十代の私を追いたてたものはやっぱりいまだに追ってきている。

映画館からでてそれがまだ白昼だと、外光にふれた瞬間にひどい一撃をおぼえる。まるで背後からつきとばされるようである。新宿や有楽町などのなじみの界隈《かいわい》だったときにはよく知った看板や建物があるので眼は吸収してハリボテのようなものでも形を私にあたえてくれるが、たまに五反田や江東などの見知らぬ地区でそうなると、まぎれもない東京なのに、まるで異星におりたような孤独をおぼえる。滅形がたちなおるどころか、いよいよ深く食いこんでくる。それが夜だと私はどこにいても安堵をおぼえられる。孤独はあるが、よく着なれてぴったり体にあい、洗濯されて繊維がすっかりいきいきとなったシャツを着るように体にまとうことができ、むしろ爽快《そうかい》をおぼえるほどである。

喜劇。悲劇。西部劇。家庭劇。笑劇。ミュージカル。マンガ。探険。戦争。記録。看板を見て私はそのときそのときどれだけの気力がのこっているかを測ってから闇に入っていく。そして科白《せりふ》やシーンのちょっとしたきっかけにそよいでたちあがってしまい、またつぎの館へせかせかと入っていく。顔の見えない人びとの嘆息、笑い、舌うち、声になりきらない嘲《あざけ》り、発作としての哄笑《こうしょう》、それぞれのいくらかずつを破片として私は吸収し、科白や、視線や、光景の手のつけようのない玩具箱《おもちゃばこ》となって穢《よご》れた舗道を歩いていく。破片にすぎないのに切実な科白や辛辣《しんらつ》な科白が浮きつ沈みつして、私は煮込み鍋《なべ》のようである。暗示をうけ、えぐられ、広大なものを一語に短縮してみせたシナリオ・ライターの職人業におびえたり、舌うちしたりしながら最終の郊外電車にのる。へとへとにくたびれて息をつくのもやっというありさまだけれど、闇からいきなり白昼へつきだされたときのような苛酷さはない。酔った男、酔った女、酔えない男、酔えない女、荒廃した少女、無気力な若者、吐瀉物《としゃぶつ》の泡と汁、競馬場のような紙屑などにみたされた古鉄の箱の蒼白《あおじろ》い荒寥は、むしろ、私にふさわしいものと思える。屑と騒音にみたされた深夜電車以上に私にふさわしいものはないように思える。たがいに自身を蔽《おお》う気力を失ってしまい、さらけだしてしまって、魚か蛙《かえる》のような眼になりながら、見かわしあって恥じることもなく、避けることもない。ひとかたまりのスポーツ新聞が城のような影を床におとしている。

サイゴンで政権交替がかげろうのゆれるようにおこなわれていた頃、外国人の記者がその点を指摘すると、情報担当官は冷静なまなざしで、フランス大革命当時とおなじですよと答えたことがあり、その夜の記者たちのカクテル・サーキットで話題となった。その返答を揶揄《やゆ》するかしないかは歴史の知識のあるなしと、この国の命運にどれだけ沈潜するかしないかでどうにでもなることだったが、記者たちはもっぱら大時代すぎるという一点に拠《よ》ってにがにがしく嘲っていたようである。からからに乾いた骨からでも脂汗《あぶらあせ》をしぼりだしそうな蒸暑さにあえぎながら角度のにぶくなったドライ・マーティニをすすって私もいいかげんに、ただ嘲りだけは鋭くしようと構えて笑っていた一人だったが、自国でおこなわれつづける〝大時代〟には真摯《しんし》なのに遠い異国でおこなわれるそれについては皮肉や機智を考えることしかしないのは、どれだけこの国について肉でないかの証拠にほかならなかった。

ある日、私は日本の記者の一人と首相に会いに官邸にでかけた。質問の時間は短く限定され、記者だけが質問できて、私は黙っているしかない条件にあったのだが、一連の質問のあとで、記者はきわめて痛切な質問を発した。

「現在の戦争を終らせるためなら原爆を使用してもいいとお考えですか?」

首相は通訳の言葉を聞いてから、しばらく厚い首をさげて牡牛《おうし》のように沈思した。彼はのちに判明したことだが八十日か九十日ほどしか政権を担当することができなかったのだが、誰に聞いても、清廉《せいれん》、潔白、剛直の人物であった。腐敗そのもののなかにあって断じて腐敗に染まることがなく、ディエム時代には主義をおなじくしながらプーロ・コンドール島に流島《るとう》された惨苦の経験の持主でもあるのだが、不遇時代には三輪車曳《ひ》きやタイピストをしたことまであると伝えられ、少くとも清廉では右にでるものがないという噂《うわ》さの人物であった。彼は見たところ肉の厚い村長であった。首も、手も、胸も厚く、機智や謀意で眼がうごくことなく、どこもかしこも野暮で重厚でにぶかった。バナナの林でかこまれた遠い水田のほとりの村からふいに昼寝をたたき起されて泥や、重税や、果てしない苦役などを体現しつつ首相室に登場したようなところがあった。

首相は低い声で答えた。

「世界が同意するならそうします」

貧しいが剛直で自身の信念のためにしか生きていないと思われるこの反共主義者が、狂信家の閃《ひら》めきや熱情をどこにも見せずにそうつぶやいたとき、私はぼんやりして、ただ彼の日焼けした、たくましい首すじにある、数知れない皺《しわ》を眺めているだけであった。非妥協の容赦なさを彼は私のまったく知ることのない離れ島の監獄や、ぬらぬらする三輪車のハンドルや、眠ってしまいたくなるようなタイプライターの音などのなかで精錬してきたはずで、その敵については日夜考えぬき、迷いぬき、観察しぬいてきたあげくのものにたって発言していると感じられた。のちに私は彼が彼よりはるかに年下の三文役者たちに追放されたと教えられたとき、原因が彼の頑愚なまでの清廉と剛直の性癖にあると知るようになった。

しかし、そのときソファに腰をおろしていた私にあったのは、蒸暑さのために汗にぬれしょびれて形を失ってしまった剝落感であった。世界が同意するなら原爆を使ってもかまわないと低いがはっきりといいきるこの重厚な村長風の人物の決意にまったく私は触れていなかった。否定もなく、肯定もなく、好意もなく、憎悪もなく、ただ私は眼をひらいて、淡々とした相手の横顔を眺めているだけであった。東京の終電車に散らばる新聞屑の影をまじまじ眺めるようにその深い首すじの皺を眺めているだけであった。外交辞令として彼が自身の信条の熱烈と徹底を表明したくていい慣れた科白としてそういったのか、どうか、私には察するすべがなかった。私にわかるのは愛、憎しみ、嫌悪、侮蔑《ぶべつ》、共感、恐怖などの、どれも私にないことだった。そのうちのどれも、ひとかけらとしてなかった。あきらかに彼の惨苦をきわめたらしい生涯の、私がどう逆立ちしても及びもつかないらしい経験の苦汁があちらこちらに沁《し》みだしている気配に圧倒されながら、いっぽうで私はエアコンがきかないために汗がしたたりつづけるのをわずらわしがりつつ、風邪をひいたゴムのようににぶい自身を持てあましていた。

夏が膿《う》んでいる。

夏は熟するというよりは膿んできた。早朝には森のほうで鳥の声が聞え、日光に軽快でわきたつ歓声のようなものがみなぎっている。しかし、それはせいぜい十時頃までで、それをすぎると、空は白い輝きにみたされ、やわらかくて膜をかぶった膨脹《ぼうちょう》がいたるところにあらわれる。バルコンのドアをいっぱいにひらいておいても微風はたるんでだらけてしまい、ぬるま湯のようによどみ、さきほどまでの刃のような爽快さがどこにもない。カーテンのうしろに大きな影ができて私はカニが穴に入るようにそこへ入っていって寝そべるのだけれど、淵《ふち》の涼しさも何もない。永い午後いっぱい部屋のまわりにもなかにも熾《おこ》った炭火の透明なゆらめきのようなものがたちこめる。昼寝からさめると私はシャワーを浴びにたつが、膚《はだ》を水が走っているあいだだけ形がもどり、ソファにもどると、もうとけかかる。熱くてむっちりしたゆらめきのなかをよこぎってソファと浴室のあいだをいったりきたりするだけで私はせいいっぱいである。いまは駄馬よりも皺くちゃで柔らかくみじめになったソファのなかで私は汗をかきつづけ、とけかかったバターのかたまりとなっている。女がブラジャーひとつになって汗をぬぐいぬぐい粉を練りあげて作ってくれるピッツァはこってりとした栄養にあふれ、澱粉《でんぷん》や脂肪や蛋白《たんぱく》でいっぱいだが、私はそれを一片ずつ口にはこびながら、粉は腹にやわらかい肉をつけ、魚は頬に袋をつけ、サラミは胸にだぶだぶした蔽いをつけるように感ずる。食事をすませてたちあがると全身が汗ばんでずっしりと重くなり、体のあちらこちらにわずらわしいさまざまなものがぶらさがるように感ずる。

「呑《の》みこんではだし、呑みこんではだし、まるでこれではゴカイかミミズだね。ミミズの平和だよ。消費してるだけだ。眼もなく、耳もなく、ただ太って、それでいて異議の申したてようがない。甘くて無為。ドルチェ・ヴィータとはどのつまり太るということかね？」

「いいじゃない。私は気にならないわよ。私の作ったもので太ってくれるのならたのしいわ。いらいらしなくていいの。あなたは目下休暇中なんだから食べて寝てたらいいのよ。私の影のなかに寝そべって太るんですね。どこへも逃げだせないくらい太らしてあげる。たのしいわヨ。親ネコになったみたいな気分だわ」

「町はどうなってる？」

「毎日人が減っていくわ。酒屋も食料品店もどんどん閉まって、品物を見つけるのに一苦労よ。昨日まであいてたお店が今日は閉まっていて、錠がおりて、三週間の休暇をとりますなんて紙が貼《は》ってあるの。休暇に今年は二千万人繰りだすだろうって新聞が書いてる。有史以来のことだっていうの。道路という道路が南行きも北行きもギッシリつまっちゃって、おとついなんか四時間もストップしたところがあるというわよ。この分だと来年は二千五百万人ぐらい繰りだして、また有史以来ということになりそうね。毎年有史以来といって騒いでるわよ。もっとも騒いでるのは新聞だけで、人民は誰も気にしちゃいないけど」

「シュタインコップ先生は？」

「三人ばらばら。先生は山へいって、奥さんは海岸へいって、秘書はどこか行方不明よ。それを教えてくれた学生も今日からどこかへいっちゃうし、キャンパスも研究室もまるでからっぽになっちゃった。学生運動もとっくに空中分解よ。海岸で夏いっぱいかかって殴られたりシェパードに嚙《か》まれたりした傷を治して秋になったら帰ってきてまたやるんだといってるのもいるけれど、どうかしら。休暇は何もかも流しちゃうわ」

「残ってるのはおれたちぐらいか？」

「駅員とね」

うってかえすような口調で女はつぶやき、笑いにまぎらして口のはたに鋭い嘲りの皺をきざむ。ついこのあいだまではそれは諦《あき》らめと忍耐のふちにただよう翳《かげ》りのようなものだったが、いまは日に日に鋭く、また、あらわになってきている。

私は栄養といっしょに思い出で体重がふえている。思い出も贅肉《ぜいにく》となって体のあちらこちらにだらしない姿でぶらさがっている。毎日々々なぶりまわすものだからすっかり指紋でよごれてしまって形も顔も失われてしまった。それでいて私はソファにたおれこむときや、体を起すときや、食事でテーブルにつくときなどに、思い出で体がずっしりと重くなっていると感じたがるのである。日附や発送地名もすりきれてよく読みとれなくなった、あちらこちら崩れたり、ほどけたり、腐ったり、蒸発したりしかかっている、引取手のない梱包《こんぽう》でいっぱいになった古倉庫なのに、まるで出港前日の船であるかのように感じたがるのである。すりきれた赤いカーテンのかかっている部屋で寝たり起きたりしながら女のくるのを待っていたときのように、いつのまにか、ぐにゃぐにゃしたものが私から生えている。根をひろげ、茎をのばし、葉を茂らせ、蔓《つる》をゆらめかせている。私をからめとってソファへ身うごきできないまでにおさえこみ、無気力なまま繁茂しながら床へなだれおちてカーペットを這《は》い、ヤクの毛皮を蔽い、壁いちめんをかくそうとしている。そのざわざわとした、濃密に息づく気配は、ソファに寝そべっている私にのしかかり、蔽いかぶさってきて、全身を蔽わんばかりである。体を起すと、一瞬たじろいで消えるが、部屋をよこぎって浴室に入り、シャワーの栓をひねろうとすると、もうそこに侵入してきている。頭から私を蔽いにかかり、肩や腹のまわりで音もなく繁茂してざわめき、脛《すね》から腿《もも》へ這いあがってくる。冷たい水が頭に降りかかってくると、ちょっとたじろいでうしろへさがるが、水が頭、肩、胸、腹、睾丸《こうがん》、腿と流れおちるにつれて生温かくなっていくと、そのあとあとから私に抱きつき、からみつこうとかかってくるのが感じられる。私は部屋だ。うつろな部屋だ。人もいず、灯もないのに鬱蒼《うっそう》とした蔦《つた》で壁を蔽われた部屋だ。

一昨日のことだった。

午後四時頃、私は昼寝からおぼろにさめかかってはいたが、部屋いっぱいに白い暑熱のゆらめくのをまぶたにおぼえ、眼を閉じたまま、うつらうつらしていた。とつぜんドアのよこの壁のなかでベルが鳴り、しゃがれた男の低い声がひびいた。私がここにきてからは誰一人として訪れるものがないのでそういう装置があるとはわかっていても、鳴るのを聞くのは、はじめてのことだった。男の声は堅固、有能で、親しげだった。二度、三度つづけて女の名を呼び、私の知らないこの国の言葉で何かつぶやいた。部屋のむこうの壁にくっつくようにして寝ていた女がベッドからとびだし、何か高い声をあげながらインター・フォンへとびついていった。ふきこぼれるように女は早口でしゃべり、高く笑ったり、小さく叫んだりした。ひとしきり通話が終ると、女は裸の腰に手をあてがい、私を眺めた。ここ何日もついぞ見かけなかった快活で活溌《かっぱつ》な、いきいきとしたいろが眼のなかで跳ねている。

女は笑いながらいった。

「シュヴァルツェンベルクさんがアメリカから帰ってきた。大層な名前だけれど、ウィーンのあのシュヴァルツェンベルク通りとは何の関係もないのよ。ここの大学の数学の先生だったんだけれど、調子があわなくてアメリカの大学へとびだしちゃったの。それがいまくるというの。もとはよくこの部屋でピッツァ・パーティーをしたものよ。数学の教授だけれど、たいへんな野人なの。自分の家を作るのに自分で森へいって木を切ったり、斧《おの》で割ったりしてね。そうしなきゃ気がすまないってたちの人なの。だもんで一事が万事、大学と調子が狂っちゃってアメリカへいったのよ。釣りが大好きでね。あなたと話があうと思う。ちょっと挨拶《あいさつ》だけしに立寄ったというの。いまくる。二年ぶりだわ」

それだけいうと女はベッドのほうへとんでいって、すばやく床からシャツをひろいあげ、デニムのズボンに体をよじって足をとおした。それがすむと壁の鏡のところへかけつけて髪をなおしたり、香水をふったりした。

「ちょっと、あなた、寝てないで」

女はいきいきと叫んだ。

ソファにぐずぐずと起きなおるうちに朦朧《もうろう》とした憂鬱がひろがりはじめ、ひろがりだしたとたんにそれはおさえようもなく全身にひろがってしまった。私は裸の下半身に毛布を巻きつけてソファからおりると、皺をちょっとなおしてから、キッチンへ入っていった。うしろでベルが鋭く鳴りわたって成熟した男の声がし、女がはずんで迎える声がした。男はソファに腰をおろしたらしく、愉《たの》しげな談笑がはじまった。そのあいだずっと私は息をひそめてステンレスの湯わかしに映る淡い靄《もや》のような自分の顔を眺めていた。女は湯わかしもフライパンも皿も徹底的に磨きぬくのでキッチンはしみも、匂《にお》いも、翳りもなく、何もかもが病院の清潔さで輝いている。たえまなく女はしゃべり、高い笑声をまじえてたずねたり、答えたりしている。潑剌《はつらつ》と顔をひらいてはしゃいでいる気配がある。声がめざましいばかりに跳躍している。それを聞いているると女が私といるためにどれだけ抑圧されているかがよくわかった。いま浮いているだけ私に沈められているのである。看護婦が勤務時間後にとつぜん女にもどったような気配がある。にがりがじわじわとひろがってくる。体のあちらこちらにぶざまなこわばりがはびこり、私はまさぐりようのない嫌悪《けんお》とおびえに蔽《おお》われていた。たった一人の大学教授と挨拶をかわす気力もない衰退がにがにがしく、また、重かった。私は腰から毛布がずりおちないようにおさえながら湯わかしを眺め、指一本、持ちあげられそうになかった。足を一歩踏みだすこともできそうになかったし、キッチンからでていけそうにもなかった。壁のむこうでゆらめく暑熱がむっとたちこめ、私は汗ばんで佇《たたず》んでいた。嫌悪は壁からも水道栓からも、皿、匙《さじ》、瓶、それらの一ミリの乱れもない列や堆積《たいせき》のすべてからたちのぼってつよい酸のようにあたりいちめんによどんだ。

女が入口に佇んで声をかけた。

「こんなところにいたの」

「……」

「どこへいったのかしらと思ってたら、こんなところにかくれていたのね。そんな恰《かっ》好《こう》して、おかしいわ。でておいでなさいよ」

「先生はもう帰った？」

「帰ったわ。魚釣りの話をしたがってたようよ。会えないで残念だ。またくるって。ちょっと変ってるけれどいい人なのよ。今度は会ってあげてね。あなたならきっと話があうと思う。気楽にしていい人なのよ」

「……」

口をききかけて私は黙った。教授ののこしていったものが女の顔のうえで輝きながら優しくゆれ、女は眼も顔もひらいている。痛切な手紙をもらった囚人のようだ。かろやかにステップを踏まんばかりにはずんでいる。私が廃物になってしまっていることにまだ気がつかないでいる。感じないでいるか、感じても認めようとしないでいるかだ。私は腰に毛布を巻きつけたまま女のよこをすりぬけ、ソファに寝ころんだ。すでに見慣れない皺と凹《くぼ》みができかかっていたが、体をたおすやいなや私の型があらわれてしなやかに体重を吸いとった。息を一つか二つ、つくかつかないかにぶわぶわした脂肪の重さがあちらこちらにあらわれ、またしても気配があって、もつれあいからみあった、おびただしい葉と蔓が体のまわりを埋め、顔にかぶさってきた。いくらかの動作をしたために芽生えかかった力がたちまち萎《な》えてしまった。

夕食にマカロニを食べたあとで、いつものようにデッキ・チェアをバルコンにだし、それに長く寝そべってサクランボを食べた。空にいつもの菫《すみれ》がかった赤紫がひろがりかかっていたが、永い午後のたるみきった白熱に犯されて私は息をつくのがやっとという状態で、背後の室内には汗と体臭と膿汁《うみ》がいっぱいになっているように感じられた。私はデッキ・チェアにうちたおされ、サクランボの種子を一粒ずつ吐くのに手をあげさげするのもわずらわしくてならないほどだった。

何の話がきっかけになったのだろうか。女はデッキ・チェアにのびておしゃべりをしているうち、体をけだるくのばしているのにいつのまにか昂《たか》ぶってきた。はじめのうちは冗談めかしたいつもの口調の雑談だったのだがはかばかしく私がうけこたえしないので女がひとりでしゃべっているうちにそれはぬきさしならぬ痛烈さを帯びはじめ、自身の洩《も》らす口調に自身が誘われ、女は蛇のように首をもたげてしまったのである。

「……日本人は眼鏡をかけてカメラをぶらさげてる黄いろいのがむこうからきたらそうだと一目でわかるというけれど、私にいわせたら、歩きかたね。歩きかたで一目でわかる。ヤマトはどういうものか歩きかたが下手なのよ。ひどく下手なの。下手なだけならまだしも、きたないのよ。どこがどうってうまくいえないけど、手のつけようがないほどきたない歩きかたをする。やりきれないわ。眼をそむけたくなる。あ、ヤマトがきたなって、一町手前でわかるわ。横町へ逃げたくなるわね。私もヤマトだからあんな歩きかたをしてるのかしら。そう思うとゾッとするわね。ベッドのセックス体操を近頃の女性週刊誌では写真入りで教えてるらしいけれど、そこまでやるならどうして歩きかたを教えないのかしら。歩きかたがきたないうえにやりきれないのはあの眼つきよ。イヤな眼つきをしてる。とてもイヤな眼つきだわ。妙におどおどしてるくせに傲慢《ごうまん》なの。自信のある人はかえって謙虚になるものだと思うんだけど、その裏返しね。そうなのよ。おびえたような眼つきのくせにふんぞり返ってるところがあるの。インテリにかぎってそうだわね。レストランへいってもすみっこに壁へぴったりくっつくようにしてすわるか、日本人同士いっしょになってすわるかしないことには安心できないらしいし。どうもヤマトは一人だと不安でしようがないらしいんだナ。それがお上りさんだけじゃなくて、そういうことをあざ笑ってる新聞記者や学者もおなじなのよ。新聞記者も日本人同士でかたまって毎日おなじ顔ぶれでおなじレストランで御飯食べてるじゃない。日本語で記事を書くんだから日本語をしゃべりつけていないことには根なし草になっちゃうんだなんて気のきいたことをいうのがいるけれどウソよ。独立独歩できないのよ。だからごらんなさい。日本の新聞にでてる外国報道の記事が各社とも似たりよったりでしょう。それも為替交換所みたいに仲間同士だけでやりとりした情報がネタだし、たいていはこちらの新聞にでた記事の焼直しよ。ひどいもんですよ。新聞記者というのは新聞にでた記事を書くから新聞記者というのよ。ここの新聞記者たちが笑ってるわよ。私は何人かつきあいがあるから知ってるんだけど、日本人記者というのはお笑い草よ。しかも自分がお笑い草になってることに気がつかない。ぐずぐずと仲間同士でしか通じない悪口をいってなぐさめあってるの。その仲間同士も別れたらとたんに悪口だわ。まだその後姿が見えてるのに、いまのいままで仲よく笑ってたはずなのに、たちまち悪口をいいだすの。もっともこれは記者だけじゃなくて、学者も、ビジネス・マンも、みなおなじだけどね。ひどいもんだと思うわよ。学者もやりきれないわね。こちらででた論文をチャッと訳して、横文字を縦になおして日本語にしただけで、それがちょっと問題感覚がよくて日本のマスコミの動向にのれたらたちまち売れッ子になるんだもの。いやそのすばやいこと、かなわないわ。そういうのがこちらにきてるときはどうしてるかというとやっぱり日本人学者同士べったりつきあって、かげでおたがいの悪口のいいっくらをしてて、ただそれだけなの。こちらの学者と正面からたちむかって切りあいをして、切りきざみあうか、切りきざまれあうかして、そのあげくに結論をうちだすなんてものじゃないわよ。とても、とても。それならそれで日本に帰ってから論文を書くときにおとなしくしてたらかわいげがあるんだけど、何やらどえらい論争をしてきて、そのあげくの結論だというような口調でおやりになるんだから、またやりきれないわ。そのうえ、横文字を縦文字になおすのに、これがまた、誤訳、珍訳、悪訳とくるんだから、たまったもんじゃないわ。こちらの論文だっていいかげんなのはたくさんあるけれど、そのいいかげんさはヤマトのいいかげんさとちょっと違うのよ。京都の神さまみたいにえらい中国文学者が中国語でスピーチをしたらそれを聞いてた中国人がチンプンカンプンだったとか、東京のものすごい英文学者がロンドンかどこかのシェクスピア学会で英語でスピーチをしたらこれまた何のことやらひとこともわからなかったとか、マ、そのあたりから考えなければならないのよ。外国語で日記を書くぐらい外国に身売りした専門学者がヤマトにはいるの。岡倉天心以来聞いたことないわよ。専門家というのはそこまでうちこまなきゃいけないいんじゃないの。シェクスピア学者ならシェクスピア語で日記を書くべきですよ」

女はしのびよってくる黄昏《たそがれ》のなかでサクランボを頰ばっては種子を吐きつつ、けわしい、鋭い、ひたすら嘲罵《ちょうば》の口調で話しつづけた。蛇は一度頭をもたげたら必殺の打撃をあたえるべく一度体を躍らせるだけだと思うが、女は頭をもたげて体をゆらゆらさせ、つぎからつぎへと湧《わ》いてくる主題にとびついては嚙《か》みつき、とびついては嚙みつき、嚙みついてつぎの攻撃のために後退するたびに毒々しくなった。相手をたおすための毒が自身にまわっていくような気配を帯びてきた。自身の毒にそそのかされる焦躁《しょうそう》の気配はまだあらわにあらわれてはいないけれど、忘我の口調はハッキリとそこかしこにあった。女は日本人旅行者、新聞記者、学者などのつぎに、ホテルの廊下をステテコ姿でのし歩く農民団体を罵《ののし》った。外国旅行をする資力があるのならもっとほかに家庭の内部と周辺をしっかり整備し蓄積すべきであるのにそれをしないで遠い外国へ観光旅行にでかけるその態度を罵った。外地手当をもらって気の大きくなった貿易商社員が身分を忘れて浅薄な贅沢《ぜいたく》にふける態度を罵った。外国人の男にちょっと口説かれただけでたちまちよろめいて妊娠してしまうヒッチ・ハイカーの娘たちを罵った。酒を飲みさえすれば猥談《わいだん》をはじめる日本紳士が白人女を買いにいって裸体を目撃したらたちまち萎えてしまうくせに口さきだけは大きなことをいいたがるその態度を罵った。ホテルのボーイだろうとキャバレーのタバコ売り娘だろうとおかまいなしに浮世絵切手やコケシ人形をプレゼントしたがる旅行者たちを罵った。イタリアのカメオ屋のおっさんが日本人と見ると相好をくずして〝モシモシカメヨ、カメサンヨ〟と呼びかけることを罵った。大使館員が自宅にタクアンやクサヤの匂いをはびこらせておきながらリンバーガー・チーズを罵ることを罵った。一千万をこす人口を持つ東京のがその六割から七割に達する人口のウンコを海へ舟で持っていって捨てるしかないのにハイウェイや高層ビルの建築に夢中になっていることを罵った。日本と日本人を罵る記者や学者や評論家を罵った。翻訳文学者を罵り、出版社を罵り、新聞社を罵り、右翼を罵り、左翼を罵り、日本と日本人について思いつくかぎりのことを罵った。

それらすべての嘲罵の毒どくしい、えぐりたてるような口調のうしろにはまぎれもなく孤独があった。聞いているうちにようやく私にもおぼろげながら察しられることがあった。私の知らない、どうまさぐりようもない、この十年近くの歳月を女が何にすがって生きてきたかが、ようやく察しられるようであった。日本で〝孤哀子《クーアイツ》〟として生きるしかなく、しかし屈服するにはあまりにも自尊心が強すぎて流亡するしかなかった女は、おそらくここでも孤児として生きるしかなかったはずだが、ただひたすら日本と日本人を憎むことにすがって生きてきたのではないかと思われた。胸苦しい早朝にも、恐しいが親密な夜ふけにも、女は貝が石灰質を分泌《ぶんぴつ》するようにひたすら憎悪だけを分泌することにふけって毎日をしのいできたにちがいない。観光団の通訳や、レストランの皿洗いや、キャバレーのタバコ売りや、日本商社のタイピストなどをして女はかつがつしのいできたはずだが、だとすれば、いま全開して息つくひまもなしにたたきつけてくる憎悪は、洗剤でとけそうになった手や、くちびるのこわばりそうな紋切型解説や、のどのひりつきそうなタバコの濃霧や、荒寥《こうりょう》とした便所の粗壁などの分泌物である。タバコの吸殻などが刺さったりしている脂《あぶら》っぽい肉や魚の冷めきった残飯からたちのぼってくるものであるはずだ。闇《やみ》のなかのぬらぬら笑う濡《ぬ》れた眼や、財布をとりだす白い巨大なウジ虫のような指や、唾《つば》で光った厚いくちびるや、シンバルのうつろな激情にみちた叫喚などで、あやうく足を折られそうになりながらどうにかこうにかしぶとく耐えぬいて培養してきた、屋根裏部屋の呪《のろ》いであるはずだ。

夕焼けのなかにいたはずだがいつのまにか夜になっていた。午後の火照《ほて》りがようやく空からも、バルコンからも、微風からも消えかかって、涼しさのきざしがちらほら明滅するようになった。女はそれにも屈せず、私にというよりは闇にむかい、頭をもたげて、抑制はしているけれど高い声で何かえげつないことを嘲笑まじりに話しつづけていた。

「もういいよ。そのへんでいいよ」

息をつくために女が黙ったときに私はつぶやいた。デッキ・チェアの硬くてざらざらした帆布が冷たく膚にふれて気持よかったが、私はにぶい脂肪に蔽われていて、腐りかかった酸の不快さがどこにもあった。

「それだけ日本が憎めるのはうらやましいよ。いままできみはそれでやってきたわけだ。たったひとりでやってきた。問題はこれからだと思うな。きみは博士号をもらうだろう。きっともらえると思うね。おれはきみの論文を何も知らないけれど、そう思う。博士になったらきみは日本に復仇《ふっきゅう》できる。みごとにできる。するとそのあと、どうなる。これまでのように日本を憎めなくなるよ。大願成就《じょうじゅ》するんだからね。すると、憎悪という情熱が殺される。酔いがさめる。酔えなくなったら生きていくのはつらいよ。つぎは何にすがったらいいか。そこをどう思う。何か酔えるもの、夢中になれるもの、ある？」

とつぜん暗闇のなかで女が息を吸いこむ気配がした。ふいをうたれたように女はだまりこみ、体をこわばらせた。その敏感さが私には好ましくもあり、いたましくもあった。私は自身にたずねることを女にたずねてしまったのだが、それまでの毒どくしい雄弁を一瞬沈黙がおさえてしまったらしい気配に女のおびえがまざまざとつたわってきた。

しばらくして私がつぶやいた。

「おれにはないんだよ」

女が息を吸って、低く、

「私にもないわ」

とつぶやいた。

しばらくして女はデッキ・チェアからたちあがり、何もいわずに部屋へ入っていったが、いつまでたってももどってこなかった。葉や蔓《つる》をひきずって部屋に入ってみると、女はソファに腰をおろして足もとのヤクの毛皮を眺めていた。頬が蒼《あお》ざめ、眼がうつろで、くちびるを少しあけていた。私は冷蔵庫から火酒の瓶をとってくると二つのグラスについだ。グラスはたちまちこまかい霜で霧がかかったように白くなったが、女は手をだそうとしなかった。

女はのろのろとつぶやいた。

「あなたはひどいわ。恐しいことをいったわよ。私がひたかくしにして恐れてるところをついたわよ。ついただけじゃない。いきなり足場を切りくずしちゃったの。高いところにあるものを背のびしてとろうとしてるのをいきなりやってきて踏み台をとっちゃうようなことをしたの。カンはいいけれど無情すぎるわよ」

「そんなつもりじゃなかったんだよ」

「わかってるわよ。私をだまらせたかったんでしょう。みんなそうだわ。私が日本の悪口をいだすとみんな顔をそむけるの。それまでいっしょに悪口をいってたのもだまっちゃう。イヤなところが私にはあるんだわ。体臭みたいなものね。自分の体臭は自分にはわからないからつい私は夢中になっちゃうんだけど、イヤなんだと思う。ときどき自分でもハッとして顔をそむけたくなることがあるくらいだもの。一人でこんなとこにいるうちにいつのまにかこんなになっちゃったのよ。あなたのいうとおりなの。日本を憎むよりほかにすがりつくものがなかったの。何から何まで憎かったの。憎んで憎んで、それでただもう馬車馬みたいに走ってきたって気持だわ。それが消えたあとどうするんだってあなたはいうけれど、コタエたわ。そのとおりなんだもの。ときどきそこを考えてゾッとなることがあるのよ。人前ではだささないけどね。ふいに奈落《ならく》へつきおとされたみたいになるの。しびれちゃって。バカみたいにぼうッとなっちゃうの。なっちゃうのよ。体のなかをころがりおちていくみたいなの。私、こわいわ」

つぶやきつつ女はゆっくりと顔をあげ、茫然《ぼうぜん》と室内を眺めた。ふいにやつれて幾歳も老《ふ》けてしまったようだった。くちびるのわきに傷のような長い皺《しわ》がくっきりとうかんでいた。肩をおとし、背を丸め、すくんでいて、白皙《はくせき》で広い背や豊かな腰も日頃の精悍《せいかん》さをことごとく失い、どこもかしこも子供のようであった。女はかつてなく閉じて凝固しているが、まだ破片にはなっていず、予感で苦しんでいると思われたが、稀《き》薄《はく》になったためにかえって濃厚なものがまわりにたちこめているようでもあった。

「皿洗いもしたし、タバコ売りもしたし、恋もしたし、旅行もしたの。黒の絹のストッキングをはいてバニー・ガール・スタイルでタバコを売って歩いたの。首から木の箱ぶらさげてね。でもキャバレーのおっさんにいわせると私の顔は悲劇的なんですって。お客がしめっぽくなっちゃうんでしょうね。恋は熱烈なのをした。何人という必要はないけれど、熱烈なのをしたの。結婚しようかと毎夜徹夜で考えたのが二つあったのよ。男は二人とも学者ですけどね。日本人じゃない。影のない男ではなかったわ。実体も影もあって真剣だったわ。だけど、とどのつまり、私はイザというところで踏みきれなかったの。その頃、奨学金をもらえるようになって大学へかよいはじめていて、私はもう一度学生にもどって、日本でやろうとしてもできなかったことをフリダシからやるんだと意気ごんで夢中だったから自由を失いたくないって気持が勝ったのよ。少くとも自分ではそういい聞かせたのよ。結婚しても勉強をつづけたらいい、協力するって相手はいってくれたけれど、私は酔ってたな。やっとつかんだ自由に酔ってたの。自分を捨てたい一心だったのがたまたま拾えたっていうところだったから酔っぱらってたのよ。結婚なんかして捨てたくなかったし、傷つけたくなかったの。だけど近頃になると、心細いことが多いもんだから、お金や暮しのことじゃないのよ、それはもう何の心配もいらないの。だけど、さっきいったみたいに心細いことが多くてね、ふっと子供がほしくなったりするのよ。以前には考えてみたこともなかったし、頭からふり捨てることにしてたんだけど、夜なかにひとりでタイプライターをたたいてると、ムラムラッと子供がほしくなるの。こんなとき子供がいたらどんなだろうかと思ったら、矢も楯もたまらなくなってくるのよ。私は不具じゃないかと思えてきたりしてね。バカな話よ。断固として自由を守りぬきたい、そのためには日本も捨てる、結婚も捨てるって誓ったのが、あなたのいいぐさどおり何かを得るためには何かを捨てなきゃならないんだといってたのが、いまになってね。ときどきそれがひどくなると、男なんかどうでもいい、誰でもいい、試験管ベビーだってかまわないって気持になってくるの。人工授精だって私は平気よ。てなし子だって何だって平気。私がそうなんだから。かまうもんですか。何だろうと平気よ。こたえない。私にはやれるんだもン。いままで、ほら、やってきたんだもン」

とつぜんまじまじと瞠《みは》った女の眼から涙がふきだしてきた。それはたちまち頰をつたって顎《あご》へしたたり落ちた。女は白い拳《こぶし》をにぎりしめて、白い、たくましい膝《ひざ》においたが、涙は流れるにまかせておき、しばらく耐えていてから、とつぜんソファにたおれた。涙はつぎつぎとあふれ、女は声を殺して静かに泣きはじめ、ときどき嗚咽《おえつ》で肩や腹をふるわせた。崩れてしまったことを恥じるか嘲《あざけ》るかのようなしぐさで二度ほど拳で、めだたないがはげしくソファを撃った。その痛恨は従容《しょうよう》とし、堂々としていた。

女はうめくように、

「子供がほしいわ、いまほしいわ」

といった。

私はじっとしていた。何か二言か三言つぶやいたが、慰めにもならず、忠告にもならず、励ましにもならなかった。それは冷たいまま狼狽《ろうばい》したこころから泡のようにあがってきたが、くちびるからこぼれたときにはあいまいな靄《もや》となり、たちまち散ってしまう。形も質も量もある言葉はいまの私をどうゆすぶってもおちてきそうにない。私はテーブルのよこに腰をおろし、藪医者《やぶいしゃ》のように手をつかね、火酒のグラスと女の横顔をかわるがわるにちらちらと盗み見ていた。いまうっかりと口をきいてはいけないという打算もどこかでいそがしくうごいている気配であった。それすらこころを砕いて没頭できるようなものではなかった。ただ冷たく、無気力で、朦朧《もうろう》とし、居心地わるくそこに腰をおろしているだけのことだった。女が全身で痛恨しているらしい気配にむしろ私は羨望《せんぼう》をおぼえた。それは畏怖《いふ》に近かった。女の体はむさぼったけれどそのこころに触れたりたち入ったりすることをわずらわしがってきたことにはずかしさをおぼえさせられた。怒脹《どちょう》もなく、下降もなく、私はただもぞもぞと漂っていた。

しばらくして女は泣きやむと、拳で頬や顎の濡れたところを拭《ぬぐ》った。ソファの革のこまかい、しなやかな皺をまじまじと眺めた。まなざしがうっとりとし、口調はひそひそとしているがしぶとかった。

「日本をでるとき、送ってきてくれたのはトキちゃんだけだったの。トキちゃんは横浜まで送ってきてくれたの。私は家財道具って何もないけど、下宿のおばさんやトキちゃんのところに少しずつおいてきたのよ。どういうものかトキちゃんとは、私、気があうの。トキちゃんはいいわ。結婚してね、もう二人か三人ベビーちゃんがいるのよ。私はかれこれ十年かかって女子大生になっただけれど、トキちゃんはもうコロコロ子供を生んじゃってね。写真を送ってきてくれたりするの。ここの子供もシャンパンの泡みたいでかわいいけれど、日本の子供ってかわいいわよ。眼も鼻もチマチマッと小さくて、髪が黒くてまっすぐでね。まるでクワイかコケシみたいだわ。あんなの抱くと気持いいだろうなって思っちゃう。するともう何もわからなくなってしまうのよ。しっとりとしてて、ポワポワやわらかくて、それでいてズシッと実《み》のつまった体重がこちらの腕にくるのよ。全的に私にもたれかかってきて、全的に私を必要としてくれるのよ。それだわ。そんな子供を一人持ったら父親なんかどうだっていいわよ。勝手にほっつき歩いて女房の悪口をいっては浮気してりゃいいのよ。父親なんかいらないな。私は抽象的鍛錬についちゃいささか精進したから誰の子だっていいのよ。人類の母親になってみせるわ。自信あるわよ。どこの馬の骨ともわからない男の精液だってもらってきて、それで子供を作って、それを乳母車にのせて公園へつれていってやって、私は毛糸の靴下を編むか、時代おくれのブロークの詩を読むかしてね。ときどきその馬の子にババババ、ブーッ、ブワッていってやるのよ。その子が大きくなって私を捨てようとどうしようと、かまわない。徹底的に奉仕してやるの。そのものと化すのよ。どうしようもないナ。母は醜し、されど美《うる》わししってところよ。あれをやってみたいの。私のおなかは皺がないといってあなたよろこんでるけれど、これ、種子なき大地なのよ。そんなこと、考えたことないでしょ」

女はゆっくりとソファから体を起すと、小指をたてて火酒のグラスをつまみあげ、一口すすった。そして舌うちせんばかりの苦い顔を作ってからそれを消し、浴室に入っていった。しばらくしてでてきたときにはかすかなディオリッシモの香りがただよい、ふりあおぐと暗い眼がキラキラと輝いていた。いきなり私の鼻さきに剝《は》げちょろけのトゲトゲちゃんをつきだすと、ポンとテーブルに投げ、威嚇《いかく》とも嘲笑《ちょうしょう》ともつかず女は、

「ババババ、ブー、ブワッ!……」

叫ぶような声をたてた。

女は息を荒らげて、威風堂々、

「私にはそれだけしかないの」

といった。

ふいに異様な声をあげたかと思うと女はソファにかけつけてころがりこみ、拳であたりを撃ったり、たたいたりしながら、身もだえして号泣しはじめた。白い背や、たくましい腰から、しぼりだすようにして、ウェーン、ウェーンとはばかることを知らない声をたてて女は泣きはじめた。明るい乳黄色の灯に輝いていたガラスの箱がとつぜん音をたてて崩れたようであった。完璧《かんぺき》の技術を凝らして作られたこの部屋も女のためには原始の森にすぎなかった。女はソファをのたうって号泣し、たくましい腿《もも》をひらいたり、閉じたりし、拳をにぎりしめ、哄笑《こうしょう》に似たひびきをたててひたむきに泣きつづけた。私はその声が高くなったり低くなったりするたびに体のそこかしこに堅固で具体的な打撃をおぼえつつ、火酒のグラスを持ち、ぼんやりとたっていた。ただぼんやりとたっていた。バルコンへ逃げだそうと思いながら何となくできないままに女の髪が発作のたびにひらいたり閉じたりして花の香りや汗の香りをたてるのを見おろしてたっていた。暗い夜空のなかにむきだしでそうしてたっているように感じられた。いままでにない荒寥《こうりょう》がおそいかかってきて、たじたじとなった。くねくねして息づまるようにのしかかってくる葉や蔓《つる》が消えた。

私はおぼろに、

「どこかへいこうか」

とつぶやいた。

山の湖へいった。

〝バックテイル〟とは鹿《しか》の尾のことだけれど、それをあしらった毛鉤《けばり》をそう呼ぶこともある。ふつう毛鉤はさまざまな鳥の羽で作るが、これは獣の毛で作る。鹿の尾、北《ほっ》極熊《きょくぐま》、栗鼠《りす》の尾、山羊《やぎ》などの毛である。自然色のもあるが、さまざまに着色したのもある。まず、軸の長い鉤を買ってきて、その軸に赤や黄のモールを巻きつけ、金糸や銀糸で縛る。それから鉤の首のところへ一房の毛を、いろいろな色を配合して絹糸で縛りつけ、接着剤で固定する。この毛鉤を水のなかでしゃくりつつひくと、毛の房が花のようにひらいたり、閉じたりする。どんな水の色のときにどんな色の毛鉤を使うか、キメ手はその選びかたである。

羽虫、幼虫、小魚など、餌《えさ》に似せて作った鉤を〝イミテーター〟、ただ色や閃《ひら》めきや波動などで魚をひきつけるのを〝アトラクター〟と呼ぶが、私が釣ろうと思っているのはパイクで、これは前途をよこぎるものは羽のあるもの、毛のあるもの、鱗《うろこ》のあるもの、鱗のないもの、何にでもとびついて一呑《ひとの》みにする暴君だから、彼をひきつけるための毛鉤は〝イミテーター〟も〝アトラクター〟もけじめがつかないということになりそうである。私は女につれられて釣道具店へいき、いろいろな毛鉤の材料を買ったあと、セットになっている初心者用のごく安いリールと竿《さお》を買った。そのついでにスピンナーも買った。これについている三本鉤をはずして私の作ったバックテイルをとりつけて投げてみようと思う。スピンナーを錘《おも》りがわりに使うわけだが、ただの錘りとはちがって回転翼がついているから、それが水のなかで回転して小渦を作り、毛の開閉や明滅を手伝って効果をあげてくれるのではあるまいか。釣師が荒らしてさえいなければ、湖の葦《あし》の茂みや睡蓮《すいれん》の葉かげにひそむ生無垢《むく》の魚にとっては、水のなかに小渦を作ったり、閃めいたり、よろめいたりして進むものは、餌か枯葉のほかに何もないはずである。だから……

鱒《ます》を釣りたかったのだけれど、あまりいい季節ではないし、フライ竿が高価なので、手をだしかねたのである。パイクは釣りやすい魚だけれど、それでもいまは春でもなく、秋でもないし、どんな魚でも釣れない日はどう足掻《あが》いても無駄である。釣道具店のたくましい肩と胸をした主人は親切にこの季節のパイク釣りにいい湖を四つか五つ教えてくれたが、私は赤鉛筆を片手に地図にかがみこみ、標高や、地形、川が流れこんでいるかいないか、観光客がきているかいないか、あれこれを考えて一つにしぼっていった。パイクは孤独、暗鬱《あんうつ》、貪婪《どんらん》な一匹狼《いっぴきおおかみ》で、口じゅう歯だらけで、舌にまで歯があるといわれたり、味蕾《みらい》が舌ではなくて咽喉《のど》にあるといわれたりするが、もともと冷水を得意とする魚だから、この盛夏には標高の高い山岳地帯か高原の湖を選ばねばならなかった。火酒を飲みつつ地図をさまよったあげく一つの湖をやっとのことできめたが、女はその場でてきぱき鉄道地図や時刻表などを繰り、どういうふうにかたちまち湖の旅館の電話番号も調べだし、必要な知識を十分かそこらで手に入れた。

「よさそうよ。あなた。匂《にお》ってきたわ。いま電話で聞いたら、高原のあまり大きくない湖で、パイクは二年前に十三キロもあるのを釣った釣師がいたそうよ。けれど、釣師はほとんど来ないって。観光客はどうオって聞いたら、近くの森にキャンプ場はあるけれど客が少くてひまだっていってたわ。キャンプ客は宿へ食事にくるけれど釣師は目下一人も来ていません。ついでにボートのことを聞いてみたら、宿の主人が鴨撃《かもう》ちに使う四人乗のを貸してあげますっていってた。どうオ。匂ってきたじゃない」

「人が少いというのがいいね」

「うぶなパイクがいっぱいよ、きっと」

「そうだといいね」

「私はデニムのズボンにスポーツ・シャツだ。それに何か大きな、部厚い本を一冊持っていくの。あなたといっしょだと行先地でいつ籠城《ろうじょう》になるかわからないもン。そうなったときに何か読むものを持っていくの。救急書物、救荒読みものってところね。でないと、オチオチしてられないわ」

女は地下室へおりたり部屋のなかをかけまわったりしてスーツケースを荷造りすると、いつでも持ちだせるようにベッドのそばにおき、壁のほうを向いて寝てしまった。女にいわせると、これが近頃の反都会主義的訴求の典型だということで、一瞥《べつ》して笑いだしてしまったが、宿は馬小屋か乾草《ほしくさ》小屋だったものを改造し、それを廊下で母《おも》屋《や》と連結していた。深い森のはずれにある小さな宿屋で、二階には狭いバルコンが張りめぐらされ、そこにいちめんに箱植えの赤いゼラニウムの花が咲きみだれ、白い壁がまるで花綵《はなづな》でふちを縫われたようになっている。柱、ドア、壁の横木、すべてが馬小屋らしく頑強で、太ぶとしく、重かった。天井のひくい、小さな部屋にはベッドと洗面台があるきりで、ベッドは高く、這《は》うようにしてのぼるのだが、羽根ぶとんなので、体が深ぶかと吸いとられる。とびこむと、体が海のようにどこまでもしっとりと沈んでいき、爽快《そうかい》な、パリパリする白に全身埋もれてしまうのだった。

女はネコのように体をくねらせ、

「まるで棺桶《かんおけ》か、ゆりかごだわ」

と笑った。

宿をでて森に入ると、ほの暗い道をしばらく歩いて、湖岸にでる。一本の小道が湖に沿って走っているので、それをつたっていけば湖のおおよその地形はつかめた。深さはかなりあるらしいが大きさはちょうどまんなかあたりにたって左右を見わたせば両端の森が小さいながらも見きわめられる程度だった。こちら岸は、森と、牧草地と、丘、あちら岸は、丘と、牧草地と、牧場になっていて、丘の頂上には教会がある。それらの背後にきびしい顔だちの山塊がそびえたっている。こちら岸もあちら岸も水ぎわまでは広い湿地で、葦が密生し、それは人を呑みこむほど高くて、濃くて、たけだけしい。森のなかを流れてきた川が二箇所で湖にゆるく水を吐きだしている。

「ここだな。ポイントはここだと思う。ボートを持ってきて沖にとめ、そこから岸に向ってキャスティングをするんだね。川の吐きだしが葦のなかに水道を作っている。この水道のなかと、出口の左右、その周辺だね。パイクはこういう浅場が好きなんだよ。ここで釣れます」

「自信満々ね。たのもしいわよ。やっと元気がでてきたみたい。うれしいわ。頑張ってね。もう釣れたみたいだ。匂いが消えちゃった。匂いって近づきすぎるとかえってしなくなるものなの。その証拠に自分の匂いというものがまるでわからないでしょう？」

「釣れる釣れないは魚のその日その日の御機嫌だよ。やってみなくちゃわからないし、やってみたってわからない。こういう山地だと風向きというものもあってね。どういう風が魚にいいのかわるいのか、土地の人でないとわからない。おまけに女を釣りにつれていったらダメだという国際的ジンクスもある」

「それは昔の話。いまは魚も変ったんですよ。いまの魚は女をつれてきてくれ、それなら釣れてやろうっていうのよ。女も魚も濡《ぬ》れものなんだから。そこはわかるの。いい。明日私をおいてけぼりにしちゃダメよ。私、どこまでもついていきますからね。あなたに釣れなきゃ、私、奥の手をだしてあげます」

森の道を宿に向って歩いていると、ふいにまわりの幹や、笹《ささ》や、道が暗くなり、雨がはげしく降ってきた。森のなかが蒸れたように生温かくなり、枯葉、苔《こけ》、樹液の匂いがいっせいにきつく匂いたった。そして急速に冷えこみはじめた。はしゃぎたった匂いたちは小さな足音をたてて森のあちらこちらへ姿を消した。雨の雨、剛直な山の雨が葉からしぶいて額を濡らし、眉《まゆ》を濡らしはじめた。

女といっしょに森からかけだしてみると、いつのまにか空は雲に閉ざされ、黄昏《たそがれ》のように眉のところまでおりてきていて、眼のすみに見た森のはずれの湖面は霧がたちこめたみたいになっている。私は草むらを走りながら小溝で緑いろのものが閃めくのを見た。

「蛙《かえる》だ、蛙だ」

いそいで溝にとびこみ、ぬらぬらぴょんぴょんするのを両手でおさえようと、泥まみれになって草のなかを這いまわった。

「蛙だ、最高だ、パイクが喜ぶぞ」

眉や眼にしぶく雨を肘《ひじ》でぬぐいぬぐい深い草のなかを追っていった。つるつるすべる足を踏みしめ踏みしめあちらをおさえたり、こちらをおさえたりしていると、ふいに胸をつかれた。手や足にあざやかに音たててさかのぼってくるものがあった。不安なほどそれがいきいきしていたので私は、ふと、息がつまりそうになった。こんなふうに雨と草のなかを跳ねまわるのは二十年ぶりだろうか。三十年ぶりだろうか。

女は溝のふちにたって眺めていたが、私がやっとのことで蛙をつかまえ、泥まみれ

になってあがっていくと、体をよじって笑い、

「おかみさんに空瓶をもらってくるわ」

高い声をのこして走っていった。

夜、食事のあとで、部屋に引揚げて毛鉤を巻いた。シーツにいろいろな材料をならべ、私はベッドに半身を埋めて、鋏《はさみ》と、糊《のり》と、糸の手仕事にふけった。赤と白、黒と黄、赤と茶、いろいろなコンビネーションの鉤を作り、どれにもスピンナーをつけた。

「擬餌鉤《ぎじばり》の四原色は赤、黄、黒、白だというんだけど、とくに赤らしいね。赤は水のなかでいちばんめだつ色なんだよ。それに、一説では、小魚の鰓《えら》の内側の色だからいいんだともいうんだ。大魚が小魚を追いかけると小魚はもがいて逃げる。そのとき鰓がひらいてチラリと赤いのが見える。その記憶があるし、魚は近眼だしで、赤がチラついたとたんに夢中でとびついちゃうんだね。つまり赤はおいしい色だというわけだ。これが水のなかでひらいたり閉じたりするのを、毛鉤が息をする、というんだけど、そこがむつかしいところさ」

毛を巻いたあと鉤を一本ずつ油砥石《あぶらといし》で研ぎあげた。三方から研ぎはなして槍《やり》の穂先のように仕上げるのである。爪《つめ》にたててしっとりと吸いこまれるように深く食いこむかどうかをためしてみる。あけた窓から爽《さわ》やかな夜風が流れこみ、それにはさかんな

森の呼気と柔らかくて厚い肥料の匂いがあり、乾草や牛や蜜蜂《みつばち》が含まれていた。私はのびのびして指にこころを集めることができた。破片のつぎめや罅《ひび》や穴がどこにも感じられなかった。いつからか内乱が遠ざかり、葉も茂らず、蔓《つる》も生えださず、根もはびこっていなかった。水のなかへゆっくりと落ちていく鉛の錘りのように静穏だった。女のひっそりとした寝息を聞きながら私はやっと安堵《あんど》をおぼえた。

深夜に町を通過する列車に乗ったのだったが、ここまでたどりつけるかどうかがわからなかった。無数の破片をかき集め、かろうじて形をつくって、リュックをかついでガラスの部屋をでたのだが、いつ私は崩れるかわからなかった。いつ体全体になだれ落ちていくものの気配が起るか、足のしたがゆれてふいに穴があくか、知れなかった。駅へいき、夜行列車のベッドにもぐりこみ、小さな読書燈《どくしょとう》に照らされたぶつぶつだらけの鉄壁に岩砂漠を感じ、ペンキの甘い匂いをかぎ、早朝に大乗換駅につき、食堂で時間をつぶし、また列車にのりこみ、ある晴れた田舎の駅でおり、ベンチで時間をつぶし、午後遅くにやってくる緑色の古ぼけた高原電車にのり、森や、牧場や、谷のふちをゆっくりとはこばれていった。そのあいだずっと私は網目模様かと思うほどすみずみまで罅が入ったのを接着剤で貼《は》りあわせてようやく保《も》っている、肉の薄い古《ふる》壺《つぼ》を抱くように感じていた。湖まで何とかしてそれを保たせなければならなかった。

湖につきさえすれば宿がある。剝落《はくらく》しても後退できる部屋がある。ベッドがある。けれど田舎の小さな乗換駅のベンチで砕けたらどうしていいのかわからない。

ときどき女が顔を覗《のぞ》きこんで、

「……大丈夫？」

とたずねた。

しばらくするとサクランボの袋をさしだして、

「まだ大丈夫？」

とたずねた。

大乗換駅の朝の食堂で蒸したソーセージと揚げたジャガイモを食べていると、女はジャガイモのかけらをつまんで、

「これね、ロンドンでは屋台で〝フィッシュ・チップス〟といって売ってるでしょう。ジャガイモの揚げたのと、イワシか何か小魚の揚げたの。あれを買うと新聞を三角にした袋に入れてくれるわね。そのとき注意しなけりゃいけないっていうのよ。あれを下宿までさめずに持って帰りたかったらエロ新聞に包んでもらえっていうのよ。そうしたらいつまでもホカホカあたたかいんですって。まかりまちがっても『タイムズ』で包んでもらっちゃいけない。たちまち冷凍になるそうよ」

苦笑まじりに低い声で女は話したのだが、そのそぶりにはハンバーガーを口いっぱいに頰ばって笑っている女子大生のようなところが、どこかにあった。

しかし、田舎駅のベンチで白い、苛酷《かこく》な陽に照らされて汗ばみつつ列車を待っているときとか、ディーゼル車があえぎあえぎ深い渓谷のふちをわたっていくときとかに私がだまりこんでいるのを見て〝……大丈夫？〟とたずねるときなどには、女は眼や頰のそこかしこでおずおずしていた。私によりそおうとしながら一歩手前で踏みとどまり、茶碗《ちゃわん》のふちごしに人を見るようなまなざしになり、声はゆっくりとしたたる水滴の静けさを含んだ。そういうときの女には膿《う》んでいながらかろうじて形を保っていることの忍耐がありありと感じられた。先夜の溢出《いっしゅつ》をけっして恥じてはいないが自身の力におびえている気配があった。窓のかなたにちらほら見える牧場の牛の斑紋《はんもん》が平野から高原へのぼっていくにつれて次第々々に変っていくという話を、あちらこちらと指でさしつつしながら、紙袋からサクランボを一粒々々口へはこぶその横顔を眺めていると、やっぱり定住者というよりは放浪者と見えてくる。自身におびえつつ事物のあいだをすべっていく放浪者と見えてくる。女は自身と私を傷つけまいとしてこころを砕いているようであった。どこかに稚《おさな》さのあるその気配がいたましかった。

朝早く起きておかみさんから弁当をつめたバスケットをうけとり、そのついでに魚を測るための巻尺を借りた。許可証は釣道具店で買ったが、それによるとこの地方では四十五センチ以下のパイクは逃がしてやらなければならないことになっている。そのあとで宿の主人に会った。彼は湖岸の葦原《あしはら》のなかに小屋を一つ持っている。小屋は水のなかに建っていて床下が高くなり、そこへボートを入れるようになっている。ボートは鉄の鎖と南京錠《ナンキンじょう》でとめられている。主人はその鍵《かぎ》を貸してあげようといってくれた。初老だが頑健な体軀《たいく》をした男で、小さくてすばしこくうごくが慎重な気配もある淡青色の眼で私をじっと見た。彼は清潔なスポーツ・シャツを着ていたが、薄暗い小部屋には織機、手回しオルガン、鍛冶屋《かじや》の革ふいご、風見の鶏などの古道具がたくさん並べてある。壁には巨大なパイクの頭がトロフィーとして飾ってあって、虎《とら》かと見まがうほどの口をカッとあけ、無数の鋭い歯をむきだしている。これほどの逸品を見ると、北方の古い譚詩《たんし》のなかでは昔パイクの肋骨《ろっこつ》を家にしてそこに人が住んでいたことがあると伝えられているのを思いだすが、まんざら誇張ではあるまいとさえ思えてくる。

「今日は一日じゅう雨です。ときどき晴れるといいますが、いつ晴れるのか、わかりません。私は釣りはしない。鴨撃《かもう》ちはやります。ここは季節になるといい鴨がくるんです。だから小屋を建てたんです。小屋にはベッドもあるし、ランプもある。自由に使ってください。日本人と聞いてうれしいですな。日本人をはじめて見ました。戦争中はよく聞きましたが……」

主人は微笑してたちあがり、一メートルはたっぷりあると思われる腰から鎖をひっぱりだして、鍵を一つ、はずした。

湖岸の道からそれて湿地のなかの小道を小屋へたどっていくと、まるで藪《やぶ》をこいでいるようだった。頭に蔽《おお》いかぶさってくる葦から朝露が雨のように降りかかり、たちまち全身ぐしょ濡れになってしまった。鋭い葉からも強い茎からも露がはげしく降りかかる。

とつぜん女が、

「ヒルシュ！」

と叫んだ。

「鹿《しか》よ、鹿よ、二匹」

のびあがると、大きな鹿と小さな鹿が二頭、疾走している。どこか近くにいたのが足音におどろいたのだろう。彼らは葦の穂さきを、にぶい朝陽を浴びて金褐色の炎のようにきらめきつつ、跳躍するというよりはかすめるようにして、森のほうへ消えていった。

小屋には小さな桟橋がついていて、そのしたに手をまわしてさぐってみると、すぐ鉄鎖が見つかった。それをたぐると、古くて傷だらけだが頑健そうなアルミのボートがゆらゆらでてきた。南京錠に鍵を入れて鉄鎖からはずし、私はボートを桟橋のはしまでひいていってオールをととのえたり、釣道具を積みこんだりした。

「ねえ、このあたりの人はおかしなことをいうのよ。私、ここははじめてだけど、この地方は何度か遊びにきてるの。このあたりの人はね、夫婦、恋人、親子、何でもいいけれど、親しいものどうしのあいだでは、ウンコ、ネズミって呼びあうのよ。ほんと。ハニーとか、ダーリンとかいう調子でね。わが愛するウンコよ、とか、わがいとしきネズミよっていうの。シュタインコップ先生に聞いてみたら、そうです、おかしいけれど古い習慣ですって肯定したわよ。どこか大きな町へ遊びにいったときはそんなことはおくびにもださないらしいけれど、ここではおおっぴらにやってるのよ。ウンコよ、ネズミよって。私、それで考えたんだけれど、あなたのことをそう呼んでもいいかしら？」

「どう呼ぶんだい？」

「あなたっていわないでウンコって」

「ちゃんをつけてごらん」

「ウンコちゃん」

「そうそう。それならいいよ」

「ウンコちゃん、ネズミちゃん」

「そのバスケットをとってくれ」

「いや。ネズミちゃんって、いって」

「舟出だぞ、ネズミちゃん」

「私が漕ぐ。ウンコちゃん」

身ぶるいして女はしゃがんでいたのからたちあがり、バスケットをとりあげると、暗い空のしたで何か炸《はじ》けた声をあげてボートにおりてきた。そしてさっさと腰をおろすと、鈍重、頑固なオールをにぎり、浅瀬のあちらをついたり、こちらをついたりして、葦の生えた入江から湖へたくみに漕ぎだしていった。オールが一掻《ひとか》きするたびに渦と泥が水のなかで起るが、無数の〝！〟型の何かの稚魚の大群が右に左にゆらめくのも見られた。この湖はよほど受胎力に富むと思われて私は浮きあがった。

午前中釣りをして、正午近くになると昼食をしに鴨撃小屋へもどり、夕方までそこにいてから、もう一度釣りにでかけた。宿の主人のいったことは的中して、午前も午後も空はひどい下痢にかかって、じっとしてくれなかった。空が額までさがってきてどしゃ降りになり、ついでじめじめと霖雨《りんう》になり、やがて雲が切れて晴れる。しばらくすると、しとしと降りはじめ、空は閉じ、どしゃ降りになる。一日じゅうそればかりを繰りかえしていた。山の雨は冷たい。痛烈で、骨にまでひびく。しかも湖はただひろがるばかりでどこにも隠れる場所がない。ちょっと風が吹くと濡れしょびれた全身から熱が奪われて凍えそうになる。どしゃ降りのときは激情をおぼえるのでしのぐ方法があるといえばいえるが、じめじめした冷たい霖雨だとつかまえようのない憂愁に浸され、ただ身ぶるいしながらうなだれてくちびるを噛《か》んでいるしかなく、梅毒に犯されつつあるような気持になる。私は着ていたジャンパーをぬいで女に貸してやり、シャツ一枚になったが、そのシャツもたちまち濡れてぼったりと重くなった。ズボン、靴下、パンツ、雨はすきまというすきま、乾いた箇所々々へアミーバーのようにのびていき、全身を蔽ってしまった。肛門《こうもん》の皺《しわ》のすみずみまで濡れてしまった。女は私のジャンパーを着たけれど大差なかった。たちまち髪が風呂《ふろ》からあがったみたいになり、鼻や顎《あご》から雨滴がぽたぽたしたたり落ちた。小屋へもどって昼食のサンドイッチを食べたあと、私は女を全裸にして膚《はだ》が真紅になるまで両手で摩擦をし、火酒を飲ませた。

「きみは昼からはここにいなさい。今日はきっと一日こんな天気だよ。女のでてくる日じゃないよ。夕方近くになったらおれはもう一度でかけるけどね。きみはここでおとなしく本でも読んでいなさい」

ひしがれていた女が顔をあげた。髪がぴったり額にはりつき、頬が蒼白《そうはく》になり、くちびるが紫がかっている。女は体をふるわせつつ火酒の小瓶を私からうけとってラッパ飲みをし、手でくちびるをぬぐった。眼に不安とも激情ともつかない閃《ひら》めきが走った。

「いいの。私もいくわ」

女は帆布の簡易ベッドによこたわり、

「気にしないでいいのよ、ウンコちゃん」

といって本をとりあげた。

一人の人間に何人もの、ときには無数の人間が瞬間々々に棲《す》みつくように、湖もまた、たえまなく変った。水は輝いたり、翳《かげ》ったり、剛直になったり、柔和になったり、冷たくなったり、とろりとなったり、非情に変りつづけた。葦原が輝かしい金褐色の麦畑と見えたり、極地の荒野と見えたりした。睡蓮《すいれん》の群生が亜熱帯のそれと見えたり、ツンドラ地帯のそれと見えたりした。湖は陰惨な隠《こも》り沼《ぬ》となったり、観光地の池となったりした。私は船首にすわってあちらへ、こちらへと指をさし、女はいわれるままにオールをだまって操った。空の気まぐれな発作のたびに私もひらいたり閉じたりした。しかし、照応は永くつづかなかった。私は壊れ、すりきれかかった。髪や、眉《まゆ》や、顎から氷雨《ひさめ》がぽたぽたしたたり落ち、一滴落ちていくたびに私の何かがとけていくような気がした。雨のさそいだした濃い霧があたりいちめんの水をかくしてしまい、森も、葦も、睡蓮も、何も見えなくなり、ただ雨とオールの軋《きし》む音があるだけとなったとき、私のなかにはもうほとんど手でさわれるものはなくなっていた。何もかもがふやけ、糊《のり》が流れ、塗りが剝《は》げ、かるく指さきで一突きしただけで私は崩れそうだった。にぶくなり、陰鬱《いんうつ》にだまりこみ、いらいらして、冷酷だったが、誰かに一突きされたらその場で私はボートの底に落ち、ひとかたまりの水浸しの古紙となってしまったことだろう。冷酷にはあてどない殺意までがまじりはじめた。寒さからではなくて体がふるえだしそうだった。竿《さお》とリールを投げだしてボートのふちに両手でしがみつきたくなった。女は何もいわずにオールをゆっくりと漕ぎつづける。その音を聞いていると私の動作をくまなく観察しながら女が背後からゆっくりとした足どりで追ってきているのではないかという気がする。

パイクは浅場の物かげにひそむ魚である。物かげから物かげへひっそりとすべっていく殺し屋である。そこで睡蓮の葉と葉のすきまへ毛鉤《けばり》を投げようとする。買ったばかりのリールと竿は手ではなくて義手のようである。調子がわからないのでたちまち鉤が葉に刺さる。爪《つめ》に刺さるくらい鋭く研ぎあげたので、鉤はちょっとでもかすめるものがあるとたちまち食いついてしまう。睡蓮の葉に刺さり、茎に刺さり、葦の茎に刺さり、腐れ根に刺さる。湖はふやけて、ねばっこく、からまりあっていて、しぶとかった。あらゆる方角に無数の触手をひろげて待機し、生きていて、かすめるものをすかさずとらえる。その触手と触手のわずかなすきをひらひらゆらゆらと縫うように、そしてひらいたり閉じたりさせつつ、毛鉤をひかねばならないのである。触手にはぬらぬらとした、雲のような水苔《みずごけ》が触手の触手としてついていて、一本、また一本と鉤を吸いとった。昨日の蛙《かえる》をマーマレードの空瓶に入れて持ってきたのだが、腿《もも》に鉤を刺して投げたところ、用心に用心して投げたのに、たちまち葦の根に食われてしまい、ひっぱったり、はじいたり、知っているかぎりの工夫をこらしてみたが、ついに回収できなかった。糸を切ってその場からはなれるよりほかなかった。

夕方近くになって、それまで一日じゅうひっそりとしていた湖が、ふいに前方で声をあげた。二度、水音がした。そしてまた静まりかえった。私は体を起し、いそいで毛鉤をとりかえ、黒・黄を赤・白に変えた。

「……でてきたようだよ。あそこの葦と葦の切れめ。あそこの沖へボートを持っていって。十メートルほどはなれたところにとめて。静かにね」

いいながらちらとふりかえると、女はびしょびしょに濡《ぬ》れ、顔をあげることもできず、下くちびるを嚙みしめてふるえていた。かすかにうなずき、体を折ってオールをとりあげると、女はゆっくりと体を倒したりたてたりしはじめた。

一回めはだめだった。毛鉤を回収して二回めを投げ、三手か四手リールを巻いたとき、ふと竿をしゃくった瞬間に糸が張った。電撃が竿から手、手から全身へ走った。あやしみながらぐいと竿をたてると、おそらくそれで鉤は魚のくちびるをつらぬいて骨に食いこんだ。糸が水を切って右に左にすべりはじめた。

「かかった、かかった、かかった！」

「ほんと?!」

私が叫び、女があやしみながら叫び、オールを捨ててたちあがった。ボートがにぶく右に左にゆれた。更新された。私は一瞬で更新された。私はとけるのをやめ、一挙に手でさわれるようになった。全体が起きあがり、ふちが全体にもどり、眼が見えなくなった。戦慄《せんりつ》が体をかけぬけ、そこへすべてが声をあげて走りより、冷酷も、焦躁《しょうそう》も、殺意も消えた。眼のすみではなく顔をふりむけて女が見られた。女は私の肩に手をかけ、こきざみにふるえながら眼を輝かせて炸《はじ》けた。

「見えてきた、見えてきた、そこを走ってる。ほら消えた。でた、でた。やった、やった、ウンコちゃん。やったじゃない。ウンコちゃんのねばり勝ちだ」

女は音をたてて腕をたたいた。

「ウンコちゃんのねばり勝ちよ」

灰青色の冷たい水のなかを一匹の魚が走っている。鮮緑色の膚に白斑を散らした、足のない鰐《わに》のような一匹の魚が走っている。四十五センチぐらいだろうか。私は用心しつつ糸を張って右に左に魚を走らせ、やがてくたびれきって浮かびあがってくるのを舷側《げんそく》へゆっくりとひきよせた。

「巻尺で測ってごらん」

「四十九センチよ」

「逃がしてやりなさい」

「制限サイズをこえてるわよ」

「いいじゃないか」

「これは持って帰ってもいいのよ」

「逃がしてやれよ」

ボートの底で音と水を散らしてあばれる魚を手でおさえようと幼稚なしぐさであせりつつ、女は困惑とも憤慨ともつかぬ眼をあげた。それは真摯《しんし》に怒っているようでもあった。

「これだけ一日じゅう雨に降られて、ボートを漕いで、鉤もとられてよ、蛙もとられたしさ、肺炎になるのじゃないかと私、思ったわよ。そのあげく釣ったのを逃がすって、どういうこと。しかもこれは制限サイズ以上なのよ。持って帰ってもいいのよ。政府はですね、あなたを肯定してるのよ、ウンコちゃん。あなた、ふるえてるわね」

「最初の一匹はいつもこうなんだ。大小かまわずふるえがでるんだよ。釣りは最初の一匹さ。それにすべてがある。小説家とおなじでね。処女作ですよ。だからおれは満足できた。もういいんだ。魚は逃がしてやりなさい。おれたちは遊んでるんだ」

「遊びにしてはひどすぎるわよ」

「だからいいんだよ」

「いまになってそんなことを」

女はおとなしくなった魚の口からずいぶん血を流して鉤をぬきとった。両手でその体を水につけてやり、魚がやがて力を回復して自分から泳ぎだすまで、じっと支えて待ってやる。力がもどってくると魚は尾をゆっくりとふりだす。そうなればもういい。手をはなしてやっていい。パイクは金環にかこまれた黒い隆起した眼をまじまじと瞠《みは》り、しばらくゆらゆらと水のなかを漂ってから、やがていちもくさんに暗がりへ向って頭から突進していった。

女はぼんやりと水を眺めている。

「湖が自分のものになったような気がしないか？」

声をかけると、女は眼を怒らせて、

「キザなことを」

といった。

しばらくしてから、

「いい気なもんだ」

といった。

つぎには何回かのキャスティングのあとでおなじ場所で四十三センチのが釣れたが、それも逃がしてやった。それから少し漕いで、睡蓮の大群生と小群生のあいだに細い水路がひらけているのを発見したので、そこでやってみると、八十三センチのが釣れた。ずっしりと重く、それまでの二匹とはくらべものにならないくらい力があった。糸が風にこすられてヴァイオリンの高音部のような〝鳴り〟をたてるということはなかったけれど、底へ、底へとひきこむ力には眼を瞠りたいものがあり、ハリスを牙《きば》で食い切られる恐れが頭をかすめたので、指をリールのつまみに走らせた。しめたり、ゆるめたり、圧をかけたり、緩和したり、たえまなく糸は張りつめながらも魚を泳がせるようにして、たっぷり時間をかけ、十センチ、二十センチ、少しずつ、少しずつ、ひきよせた。三匹めになると私は戦慄もせず、眼もくらまない。むしろ引き味をたのしみつつ魚と遊ぼうとする。くたびれきって白い腹をかえして浮きあがってきたところを、両眼に指を入れておさえつけようとしたがぬらぬらすべるばかりなので、女からぐしょ濡れのハンカチを借り、それを手いっぱいに巻きつけてから、白い歯のトゲトゲする大口にさしこみ、下顎をつかんでボートにひきずりあげた。それでも痛みが走ったので見ると手の甲に血が二筋流れかけていた。

これはいままでの〝ペンシル・パイク〟ではなかった。白い腹がどっぷりと太り、鮮緑に白斑の膚は美しいが、眼の威迫的な隆起、下くちびるの傲然《ごうぜん》とした反りかえり、むきだした牙の凄味《すごみ》、醜怪としかいいようがない。しかし、壮年の男の孤独な冷酷というか、精悍《せいかん》、貪婪《どんらん》だが何事かに諦観《ていかん》してしまったようでもある気配がどこかに漂い、一種の気品があるということはいえそうであった。ボートのなかで鰓《えら》を大きく開閉しながらどたり、バタッと跳ねるのを見て、女は気味わるがり、席からたちあがった。

「イヤなものを釣っちゃったわね」

「いや。そうでもない。これくらいの大きさになると、そろそろ風格がでてくるよ。

これもでかかっている。それにね、パイクっていうのは、ヘンな顔をしてるけれど、とてもおいしいんだよ。肉は白身でひきしまっているし、匂《にお》いなんかなくて、どんなソースにもあう。こいつのおなかに匂いのいい草をいっぱいつめて、バターとアンチヨビをつめて、蒸し焼きにしてごらん。顔のヘンな魚ほどうまいのだよ。人間もおなじさ。醜男《ぶおとこ》、醜女《ぶおんな》ほどおいしいのだよ」

「ウンコちゃん、あなたひどいわね。自分だけはちゃんと食べて知ってるんだ。それでいてああだ、こうだといって、人には食べさせない。不公平というものよ。私、怒るナ。これだけは持って帰って食べましょうよ。今晩、おかみさんの顔のまえへ、ぬうッとさしだすの。びっくりするわよ。今晩はこれをサカナにビールをやりましょうよ。二人で、さしむかいで。独立排除的にしあわせになれるわよ。ね。女が一人冷えてるのよ」

「いいでしょう。特別に認めましょう。こいつを殺すと小魚たちがワッとよろこぶよ。小魚も中魚もアヒルの仔《こ》もよろこぶね。きめた。蒸し焼きにしてもらおう。昔、樺太《からふと》があった頃にはこいつのことを、〝ヨアカシ〟と呼んでたらしいよ。一晩がかりでこいつをサカナに飲める、徹夜で飲めるというので、そう呼んだらしい。これなら二人には多すぎるな。席をかわろうや。釣りはもういい。今度はおれが漕ぐよ、ネズミちゃん」

氷雨にうたれるまま何時間もすわったきりだったので、たちあがると体のあちこちが音をたてた。しかし、もういい。大丈夫だ。私は更新された。簡潔で、くまなく充塡《じゅうてん》され、確固としている。

対岸にむかってゆっくりと漕いでいくうちに雨がやみ、空がひらいた。水がとろりとなり、まばゆく輝いた。葦原《あしはら》や、睡蓮や、森が燦《きら》めきわたった。雲が大山塊のかなたへ速く流れ、澄みきった淡青色の空が黄昏《たそがれ》の赤や紫や金をまじえながらひろがりつつあった。対岸の葦原にボートをのり入れたが、藪《やぶ》が濃すぎ、広すぎたので、前進できなくなった。私は靴と靴下をぬぎ、ズボンもぬいで、水のなかにおり、船首のロープを肩にかけてボートを一歩ずつひいていった。

「たのもしいわ、ウンコちゃん」

「なに、濡れついでさ」

「いつもそんなふうだといいんだけど」

水は腿まできたが、表面はとろりと生温かく、底のあたりは峻烈《しゅんれつ》な冷たさをたたえている。夏はまだ泥にまで達していないらしい。おそらくこの冷たさのまま秋になるのであろう。冷えびえとした闇《やみ》のなかを足指でまさぐって鋭いもの、とがったもの、さえぎるものを避けつつ進んでいくと、葦が音をたててゆれ、鴨《かも》が三羽とびたち、兎《うさぎ》ほどもある、茫然《ぼうぜん》となるような野ネズミが一匹、泳いでいった。ころころに太ってい て、図々しく、私の顔をふりかえりふりかえりものうげに逃げていった。野ネズミが そんなことをするのだろうか。それともこれは川獺《かわうそ》か何かだろうか。

ボートを葦に縛りつけておいてから湿地をちょっとわたると、そこが岸で、牧草地だった。見わたすかぎりなだらかな高原で、遠くに教会の尖塔《せんとう》と森と大山塊があり、牛と木がところどころにあるほかは、何もなかった。牛がたったりすわったりすると首の鈴がガラン、ガランと野太い、おだやかな音をたて、それは葦原をこえて湖をわたっていく。牧草はふさふさとしていて柔らかく深く茂り、濡れてはいるが黄昏のさかんな匂いをたてはじめている。女が寒がるので火酒を飲ませ、楡《にれ》の木のしたへつれていって裸にし、小屋でしたように全身を摩擦してやった。乾布摩擦がいいことはわかっているが乾いたものが何もないので、両手でした。はじめのうち女はこそばゆがって体をくねらせていたが、そのうち膚《はだ》に血がのぼってあたたかくなってくると、されるがままになった。果実のように冷たくて重かったのが激しくいそがしくこするうちにやわらかくほどけ、私の体とふれたためか、葦の腐った匂い、生きた匂い、湖そのものが全身のそこかしこでゆれた。血は白い膩《あぶらこ》を漉してゆっくりと沸きつつ膚にのぼってきた。深い草のなかによこたわって空のしたに小さくなって落ちていると見えていたものが、やがて淡桃色のあたたかい靄《もや》がきざしてくると、それだけが浮きあがってきた。

女が眼を閉じて、低く、

「ねえ、ウンコちゃん」

ささやいた。

やや暗みがかってきた冷たい草のなかに女が沈んでいて、頭、耳、顎《あご》、頬のまわりにぎっしり牧草がこめられている。それに蔽《おお》いかぶさろうとしたとき、とつぜん女が死体に見えた。そして、とつぜん、まったくおなじことが近頃あったという感触におそわれた。それはすぐ思いだせた。はじめて女の住むガラスの部屋につれていかれ、火酒をちょっとすすったあとで、巨大な浴槽にシャウムバードとオー・ド・トワレットをまぜたときだ。女は緑がかった緻密《ちみつ》な白い泡に全身を埋め、顔だけ泡のなかからだしてよこたわり、その顔が、ふと棺《ひつぎ》のなかのそれを私に連想させたのだ。その連想が女にしみて、自作の詩を二行だけ聞かされたのだった。

朝の寝床は

大理石のひつぎ

草のなかから女が腕をあげて、微笑し、私の肩を抱きよせた。つい、いまさき、菌糸のように全身にからみついて肉にしみこみ骨を腐らせそうだった氷雨《ひさめ》のなかで私は殺意のゆらめきをおぼえた。それにおびえながらもすがりついたのは激情で耐えるためだったが、体がふるえだしそうだった。あの殺意のゆらめきのなかに女がめざされていたのではなかったか。女が私を猟師のように追跡していると感じたのではなかったか。そのことに凝縮してみたかったが、ここは室内ではなかった。秘儀としての思《し》惟《い》は煙のようにもたちのぼらない。私は充塡され、簡潔で、汚穢《おわい》を一掃されている。意識が腐っていなければ思惟は芽生えようがない。思惟も、字も、言葉も、芽生えようがない。舌も指も技巧にふけらない。獣のように純潔でつつましやかだ。牛が歩いていく。鈴が鳴る。私は牛で、鈴で、空だ。湖からの爽《さわ》やかな微風が草をわたってきて私の肩と腹に達し、羽毛のように撫《な》でてから臀《しり》へまわり、肛門《こうもん》の皺《しわ》のひとつひとつを舐《な》めてくれる。皺が歓《よろこ》んでひりひりしている。笑み崩れそうになっている。背骨までとけてしまいそうだ。

女が眉《まゆ》をよせ、歯ぎしりしつつ、

「そこ、そこなの。コツンとあたる。コツンとあたるのよ。はまってる。それがコッコッとあたるの」

ふいに叱咤《しった》するような、激しい、低い声を洩《も》らし、女は私をのせたまま反った。乳房がゆれ、背骨が弓のように反り、私は草からゆらりと浮きあがった。ころげ落ちないようにしがみつくのが精いっぱいだった。白い膩は炉のように火照《ほて》り、汗でつるつるし、どこに手をかけていいのかわからなかった。

しばらくして女が眼のしたで眼をひらいた。さらに暗くなった草のかげのなかでもそれが青みわたって澄んでいること、しかも白熱がどこかにあることは、眺められた。

「アーベントロートよ。ごらんなさい」

「赤い夕焼けってこと？」

「そう。この国の名物」

「雨のち晴れだね」

「山の、本物の」

肩ごしにふりかえると全景が見えた。思わず女から撤退してたちあがりかけ、それから草のなかにあぐらをかいた。白い熔岩がたらたらと太腿《ふともも》に流れたが、私は忘れた。女は草のなかによこたわったまま、優しく微笑し、ものうげにつぶやいた。

「こんなのは珍しいわ」

空いちめんに光がみなぎっていた。さまざまな地帯の国でこの時刻を見てきたが、夕焼けではなくて、何かまったく新しいものを見ているような気がした。真紅、紺《こん》青《じょう》、紫、金、銀、無数の光が縞《しま》となり、靄となり、層となって、それぞれの色に徹しながらかさなりあって氾濫《はんらん》していた。色はかさなりあいながらも濁らず、それぞれが澄みきったまま、たがいにゆずりあったり、蔽いあったりし、透明をきわめた混沌《こんとん》を出現していた。湖や森や牧草地を浸しているものはすでに夜だが、それに呼応してか、あらゆる光彩のうちで赤と紫が空の前景となっていた。あの学生町では毎日、黄昏どきのある一瞬に出現して、人びとの顔、服、手を血や菫《すみれ》のいろに浸しては去っていくものがあったが、ここではそれが大山塊の岩、皺、よじれのひとつひとつに濃い翳《かげ》と輝きをあたえつつ、湖の対岸の葦の一本の茎までをまざまざと見せているのだった。もし鴨がこの澄明《ちょうめい》な燦爛《さんらん》のなかをよこぎったとすると、私には大羽根、小羽根の一本々々の怒脹《どちょう》や休止が読めるのではないかと思われる。巨大な構築物が煙をたてずに炎上しているかのようである。ある帝国の勃興《ぼっこう》か崩壊のようである。音もなく、声もなく全景はわきたつ大合唱でくまなく埋められ、どれほど大声でわめいても微動もせずに自身の秩序でうごいていくようでありながら、指一本うごかしてもどこかに罅《ひび》を入れてしまいそうであった。

対岸の暗い森に小さな灯が見える。宿の灯だと思う。私と女はどちらからともなくたちあがって、あちらこちらに散らかしたズボンやシャツを体につけた。それらはべとべと濡《ぬ》れて肩や腹にからみついてきたが、どうしてか、みじめさはどこにも感じられなかった。牧草を踏みしだいて岸までおり、一歩々々用心深く湿地を手をつないでわたり、水がひそかに光っている葦原へきて、ボートのロープをほどいた。水、泥、藻、枯葦などがいっせいにあざやかな夜の匂いをたて、女をのせて私がボートを水におしだすと、まだ生きていたらしいパイクが、バサッと音をたてて跳ね、深い吐息をついた。まるで人の嘆息のようであった。

あちらをついたり、こちらをついたりして葦原のなかを進んでいくと、鋭くて暗い葉が女の髪にたわむれかかる。それを払おうとして女が顔をふりあげると、眼も、頬も、口も、菫いろに染まって見えた。

「今日はよかったわ、ウンコちゃん」

「いろいろあったね」

「私、これがつづくといいわ」

「……」

葦原をぬけて湖にでてみると、もう、赤や紫は消えかかり、西にこだまのような残光が燃えているだけだった。暗い湖のあちらこちらに魔が顔をだしてたわむれあい、拍手喝采《かっさい》しあっている。

山をおりた。

「……ねえ、あちらのこちらへいってみない。このままだといいんだけど、とてもつづきそうに思えないのよ。お家《うち》に帰るのが不安なの。またぶりかえすんじゃないかと思ってね。だから体をかわすのよ。あそこへいってみましょうよ。私もしばらくいってないの」

十日ほどたってから、ある午後、牧草地の楡の木蔭《こかげ》に寝ころんで、女がそういった。深くて永いたのしみのあとで眼がうるみながらも冴え冴えと青みがかっていた。柔らかい草のなかにのびのびと体をのばし、女は遠くをじっと眺めるまなざしでいてから、ひっそりとした声でそういった。おびえは遠方のどこかに姿をあらわしていて、女はいちはやくそれを目撃したが、いまはまだ距離を目測しているだけでいいと自信を持っているような様子であった。

翌日、山をおりて、乗ったり降りたり、乗ったり降りたりを何度かかさねて、〝あちらのこちら〟に到着した。これまでに私は二度訪れたことがあって、それぞれこの市で何日かをすごしている。市のマークは黒熊《くろくま》だが、昔はここはこの国の壮大、華麗な首都であった。市は戦争で徹底的に破壊されたが不死身の精力で再建され、そのことでよく東京とならんであげられる。しかし、市は〝東地区〟と、〝西地区〟に二分され、境界線にはベトンの長い壁が張りめぐらされ、首都ではなく、国際政治のショーウィンドーとなった。壁の両側で住民たちはそれぞれむこうのことを〝あちら〟と呼んでいる。この国そのものが東と西に二分されたので、西で〝あちら〟と呼ぶのは壁の東側だけでなく、東の国全体をそう呼ぶのである。東につけられた新しい国名を呼ばないで、ただ、〝あちら〟と呼ぶのである。この市は東の国土内に孤島として位置しているが、そのうえ壁で二分されている。二分された国のなかでさらに二分されているのである。だから、たまたま西にいて東のほうを向いてこの市の西側のことを話すとなると、〝あちらのこちら〟となる。

たまたま私は壁が構築された直後に東から西へ、できたばかりの壁のなかを歩いてぬけでたことがある。スーツケースをさげて細い通路を歩いていくと検問所の小屋があり、きびしい、鋭い顔をした無口な兵がパスポートを厳重に取調べた。パスポート

いた。白い道を歩いているうち、ふいに霧が晴れたように見える一本道がある。この道にあっては、人はつかのま、いっさいの後悔や欲望を振り払い、奴隷のように道を歩きつづけるしかないのである。しかし道はいつまでもあるわけではなく、まさぐるあいだに手をすべり、足もとをはずれて崩れる……

を返され、スーツケースを持ちあげて歩きだすと、とつぜん白い無人の道を歩いていることに気がつくが、厖大《ぼうだい》な影からふいにぬけだしたと感ずる。白い道はところどころコンクリートの皮がやぶれて雑草が生え、淡い冬の陽がゆらめいて、ひっそりしている。壁の裂けめに到着し、そこから一歩踏みだすと、たくさんの観光客、バス、望遠鏡、カメラ、タクシー、アイモなどがひしめいていたが、ただざわざわとひしめきつつそこに佇《たたず》んでいるだけであった。ここには白い道はなく、たちまち私はタクシーで騒音の海のどこかへはこばれていった。影と狂騒のあいだにあった一〇〇メートルほどの白い荒れた道が私にとっての〃あちら〃と〃こちら〃の距離であって、壁そのものはほとんど記憶から消えかかっている。あの白い道を歩いているとき体を蔽っていたいっさいの石灰質の殻が音もなく消え、脱皮したばかりでまだつぎの皮や殻がどこにもきざしていない裸の幼虫のような不安をおぼえたが、それが日頃おぼえたことのないみずみずしさにみちていたのはなぜだろうか。それが〃自由〃と呼ばれるものだとすると、瞬間にしか顔を見せてくれないものなのだろうか。無碍《むげ》は閃《ひら》めくよりほかの手段を知らないのだろうか。
〃こちら〃から〃あちら〃へいくことは壁にもかかわらず誰にでもできる。観光バスに乗ってもいいし、市の上空を走る環状線の高架鉄道への階段をあがってもいい。電車に乗って東地区のからっぽの駅についたら階段をおりる。そこに検問所があって、きびしい、鋭い顔をした無口な兵がいる。パスポートや荷物を厳重に調べてから二十四時間の滞在許可のスタンプをドンと音たてておしてくれる。二十四時間後にもどってきてもう一度おなじことを繰りかえして階段をのぼっていく。電車は環状線なので〝あちら〟へ入ったり〝こちら〟へ入ったりしながら昼夜休むことなく走っている。地下鉄は〝こちら〟の経営だが、高架鉄道は〝あちら〟の経営である。昔は市の大動脈だったのだが、いまはおそらくほかに乗物がたくさんあるからだろう。利用者が非常に少い。いつ乗ってみても電車はがらあきである。古ぼけていて、ギシギシ音をたて、ドアは手動式になっていて、赤い錆《さび》を散らして走るのが眼に見えそうだが、頑健、有能、正確な鉄箱である。〝あちら〟と〝こちら〟に分裂はさせられても世界に冠たる清潔癖はいつまでも変らないので、とくに政府が号令を発して人民を大動員したとも聞かないのに〝あちら〟にも〝こちら〟にもハエはいないし、この電車も座席や床には紙屑《かみくず》ひとつおちていない。雑誌も、新聞も、汚物もない。古いけれど清潔ですみずみまで磨きあげられ、そして空虚なのである。からっぽの駅からからっぽの駅へからっぽの鉄箱が何輛《りょう》もつながって走っていくのである。頑健、有能、正確に、毎日々々、昼夜を問わず、十年も二十年もそうやって走りつづけ、断固として休止しようとしないのである。誰でも乗れるのに誰も乗ろうとせず、乗ろうが乗るまいがおかまいなしに電車は到着し、出発し、旋回しつづける。そして西から東へ入ったところにある最初の駅のカマボコ型の屋根には狭いバルコンがついていて、なにげなく見あげると、自動小銃を肩からさげた兵がゆっくりといったりきたり、また、佇んでいたりするのが眼に入り、ここはまぎれもなく〝最前線〟なのだと教えられる。

　誘拐、盗聴、蒸発、街路やホテルでの不自然死、トンネル掘り、窓からのとびおり、スパイ、転向者、再転向者、擬装転向者など、壁ができるまえも、できてからも、この市の新聞は東から西へのおびただしい移動と西から東へのときどきの移動にからまる数知れぬ事件のニューズや、声明や、インタヴュー記事でみたされつづけてきて、いまでもときどき、ときに精妙、ときに発作的な異常が発生することがある。けれど旅行者はそのような現場にも顔にも出会えない。長い壁とからっぽの電車を後頭部のどこかに感じつつ私は目抜きの大通りの広い歩道を漂っていき、ゼラニウムの赤い花にかこまれたキャフェの白いテラスのよこをすぎ、人びとの夏に倦《う》んだ眼のうえをかすめていく。人びとは栄養で過飽和になり、はちきれそうになり、厚い、濡れたくちびるをかすかにあけて苦しげに息をついている。白い、巨大な、幾筋かの太いくびれのある脂肪のかたまりが陽に照射されてジリジリとけかかっている。刺すようなまなざしをした無気力な若者が陰毛ひげのなかにうずくまって陰鬱《いんうつ》に怒っている。市のはずれの大きな、とろりとした湖では白や赤の帆を張ったヨットが浮いている。公園では巨大な鋼鉄の蛸《たこ》の足が空をよこぎって見えかくれする。空のあちらこちらに鋭くて大きくて高いコンクリートの箱がそびえたち、市はガラスと鋼鉄の燦《きら》めきにみたされている。歩道に何メートルおきかに作られた立方体のガラス箱のなかには時計や、香水や、毛皮がおかれ、鉱物質の閉じた輝きが精緻《せいち》に乱反射している。ここもどうやら私には場違いのようだ。予感がはやくもきざしかけている。

歩道におかれた椅子《いす》に腰をおろしてビールを飲むことにした。よく冷え、奥深い味がし、こまかくて精妙でねっとりとした泡がのどをすべっていく。それが腸に渓谷の小流れのようにしみていくのを感じているあいだはいいが、やがてゆるんでだぶだぶした生温《なまぬる》い水となり、体内にぼったりとした熱い靄《もや》がひろがりはじめると何が起るか。それはまだ遠い。予感はあるけれど形にはなっていない。タバコ売場や、ゼラニウムの植えこみや、あちらこちらペンキの剝《は》げかかったテーブルの木目などのうしろにかくれている。かくれているという気配すら見えない。木目には陽が射《さ》し、かすかな凹凸のある縞の流れが地図の山脈のようでもあり、潮がひいたあとの渚《なぎさ》のようでもある。ビールは鮮明で冷たい跡をのこしつつ熱い腹のなかを流れおちていく。

「いつきてもたいした繁栄ぶりだわ。政府が税金を安くしたり何やかや補助をしてここに人間や会社を誘致しようと躍起になるけれど、昔をなつかしがってる老人のほかは人気がなくて、どんどん人口が減る。人口の新陳代謝が起らない。いつ何が起るかわからないというんで中年者も落着かない。だからそのうちここは自然消滅するんじゃないかという説をときどき聞かされるんだけど、どうかしらね。いつきても豪勢になるばかりみたいだわ。これだけ金をかけたんだもの。ちょっとやそっとでは手放す気になれないでしょうよ。ほかにもいろいろとね。東にたいする面《つら》あてばかりじゃないわ。そう思うな」

女はちびちびとビールをすすりつつ眼を細めて大通りのかなたを眺め、元気よくしゃべっていたが、ふいに黙った。眼のすみでちらと私を眺め、気づかわしげな低声《こごえ》で、

「大丈夫、ウンコちゃん？」

とたずねた。

私はジョッキをおいてタバコに火をつける。陽のなかで熱い火がゆらめく。煙が眼にしみる。やがてタバコ売場や、大通りのあちらこちらや、テーブルの木目にひどい影響をうけることになるだろう。予感があてどない嫌悪《けんお》に変り、酸のようにじわじわとひろがっていくものが形をあらわすだろう。道を歩いていてふいに靴のしたで地面

が揺れるのを感ずるだろう。

「……いまのところは大丈夫だよ。だけどこれを飲んだら引揚げたほうがいいと思う。そんな気がする。しっかりしてるうちにね。これを飲んでるあいだぐらいはもつよ。それだけはいえるね」

「ホテルに帰るまでもつかしら？」

「そう思うけどね。そうでないかもしれないよ。湖でずいぶん預金をした。それがまだ残ってる。だけど、いつ一挙に破産しちゃうかわからないんだよ。おれはしょっちゅうそんなことを繰りかえしてるんだ。積木細工を息つめて積みあげたかと思うと壊され、壊されてはまたひとつひとつ積んでいく。それの繰りかえしだね。何度やっても上手にもならなければ下手にもならない」

「ウンコちゃんて不思議だわ。魚釣りとなるとあれだけひどいめに会っても平気でさ、二時間も三時間もねばりぬくのに、いまはビール一杯飲んでるあいだもおちおちしてられない。どういうことかしら。都会がいやだということなの？」

「そうでもあり、そうでもない。何でもいいから手や足を使わなければいけないということはわかってるんだけど、それだけでもないような気がする。どうすればどうなるかということがこの年になってもわからないんだよ。わからないと口にだしていえるだけ老《ふ》けて鈍くなったんだけれど、事態はいっこう改善されないね。いつまでたっても内乱状態だ」

「だまってるほうがいいみたいね」

「賛成だ」

ホテルは空港の案内所で紹介されたものだが、大通りの中心からちょっとはずれた位置にある。階下がカメラ店や服飾店になっていて、暗くて頑強な階段をのぼっていくと、二階の薄暗い廊下に小さな帳場がある。オーケストラの指揮者かとまがうような荘厳な額をした初老の男が新聞にかがみこみ、テーブルのかげからサンドイッチをとりだしてはネズミのようにちびちびかじったりかくしたりしている。

女が鍵《かぎ》をうけとりながら、

「ねえ。こういうおじさんに、いまから壁の向うへちょっといってくるからそのあいだ荷物を預かっといてくれっていってごらんなさい。ハイ、ハイといったあとでちょろっとよこをむいて、罰あたりめが、というわよ。きっと何かいうわよ。経験あるの。ちょっとやってみましょうか」

男は鍵を釘《くぎ》からはずしながら、女の言葉に耳をかたむけ、聞きおわると二、三度うなずいてから背後の事務室のドアを指さしたきりテーブルにもどって新聞を読みはじめた。

女は舌をペロリとだし、不機嫌そうに、

「日本語がわかったのかしら」

といった。

廊下は天井がふり仰ぎたくなるほど高くて闇《やみ》がよどみ、部屋はドアが厚くて大きく、やっぱり天井が高い。浴槽もトイレもないが、部屋は体操ができそうなほど広い。そして、窓にはどっしりとした枯葉色のカーテンがかかり、床には赤い粗織《あらおり》のカーペットが敷かれ、どちらもすりきれていないし、ほころびてもいない。壁やテーブルにはしみもないし、傷もさほど目だたず、小さな読書燈《どくしょとう》のいささか古びた胴には親密がただよっている。にもかかわらず、どうしてか、荒寥《こうりょう》がしみだしてくる。物置小屋か家畜小屋のようなところがある。何年も捨てられたままで誰も立入らなかったというようなところがある。

スポーツカー、タクシー、オートバイなどの軋《きし》み、叫び、唸《うな》りがつぎからつぎへ部屋のなかになだれこんできては疾過していく。ひょっとすると倒されてしまいそうである。まるで街路にいるようだ。窓を閉ざし、カーテンをしめ、灯を消し、全裸になってシーツにもぐりこむ。午後おそくの暑熱がむっとたちこめているが、白くて固いシーツがひんやりして渓流の水のように鋭くとがっている。火酒をひとくちすすった。淡い茴香《ういきょう》の匂《にお》いのする熱のかたまりを口いっぱいに頰ばり、少しずつうごかしてあちらこちらにたっぷりしみこませたうえで一滴、一滴、のどへすべらせる。この酒にはしばらくぶりで会う。この瓶は空港をでるときに売店で買ったのだ。湖の宿ではビールしか飲まなかった。それも夕方になってへとへとに疲れて宿へもどってきてから〝アーベントロート〟を眺めつつゆっくりと一杯飲むだけだった。この火酒に手をだしたことがないではないけれどまるで何かの強い酸をくちびるにのせたようだったので、一度か二度でやめにしてしまった。それがいま飲める。味わいつつ、飲める。またしても私は変ってしまったのだ。

「ウンコちゃん、ねえ」

全裸になって女がすべりこんでくる。冷たくてとがった鼻をそっとよせてきて、かるくのどをくすぐり、胸にすりつける。

「あそこではたのしかったわ。いろいろ教えられたし。あなたのことを知ったし。金いろの夏だったわ。鹿《しか》のこと、おぼえてる。親子でとんでいったでしょう。朝ね。あなた、朝露で、腰からしたのズボンがまるで水からあがったみたいにぐしょ濡《ぬ》れだったわ」

「おぼえてるとも、ネズミちゃん」

私は火酒の瓶をナイト・テーブルにおき、敷布を子供の陣取り遊びのように両手でかこってみせ、そこに顔を伏せて、

「おまえ、こうすると牧場が見えるよ、牛が見えるよ」

薄暗がりのなかで女が低く深く笑った。

私は顔を伏せたまま、

「鹿も見える、パイクも見える、乾草《ほしくさ》小屋も見える」

いいつづけた。

「……ウンコちゃん、ウンコちゃん」

女は髪をふりみだし、笑ったり呻《うめ》いたりしながらすりよってくると、うつ伏せになっている私の背に全身でおぶさった。たくましい腕を肩にまわして女がしがみついてくると、乳房が肩甲骨のあたりでおしつぶされたり、はみだしたりするのが感じられ、茂みが臀《しり》のうえでざわざわおさえられた。耳のうしろ、肩のさき、首すじ、つぎつぎと女はゆっくりと嚙《か》み、いそがしくうつっていった。

「……ああ、ウンコちゃん、ウンコちゃん」

女はつぎにいそがしく腋《わき》のしたにもぐりこみ、

「おにいちゃん」

とつぶやいた。

湖では毎日、朝早く起き、夕方おそく帰ってきた。おかみさんの作ってくれたサンドイッチとサクランボと本を籠《かご》に入れて湖畔へいき、鴨撃《かもうち》小屋の床下からボートをひきだして漕ぎだす。藪《やぶ》かとまがうほどたけだけしい葦《あし》をかきわけているときまって二頭の鹿がきまった場所からとびだして消えていったが、女はそれを日によって夫婦といったり、兄弟といったり、親子といったりした。いつもおなじように一度沖へ漕ぎだしてからゆっくりと、そしてひっそりと岸へよっていき、葦の茂みや睡蓮《すいれん》の葉かげのあたりを狙《ねら》ってキャストするのだが、毎日、最初の一匹にすべてがあった。二匹めからはたっぷりと時間をかけて悶《もだ》えたり、暴れたりさせ、とろりとした水のなかで鮮緑と白斑の胴がゆらめいたり、閃《ひら》めいたりして泳ぐところを眺めてたのしんだ。何匹釣っても大小かまわずにみな逃がしてやったが、鰐《わに》のようにせりだした巨眼をギラギラさせているこの暴君も私の手からはなれて暗がりへ消えていく後姿には小犬のようなところがあった。

昼寝のために一度宿へ引揚げてから夕方近くまた出直す日もあったが、一日じゅう湖にいる日もあった。午前も陽が高くなると水がぬるみ、足をつけてみると犬の舌に舐《な》められているような感触だが、そうなるとボートを対岸に漕ぎよせて上陸した。女が腕に籠をさげ、私が肩に水筒をつるし、牧草地から牧草地へ歩いたり、丘から丘へ歩いたりした。頑健なオールをあやつり、ボートをあちらこちらへ持っていき、草いきれと汗にまみれてあえぎあえぎ歩いていると、骨の芯《しん》からアルコールとニコチンがしぼりだされてくるようだった。手、足、肩、腰、膝《ひざ》の、痛苦でふるえる箇処や汗のふきだす箇処から、汗といっしょにねっとりした膿汁《うみ》となって鬱積《うっせき》したひとりごとや自己反省が膚《はだ》へあふれだし、微風にさらわれて消えていった。私たちは身軽になり、透明になり、腸のすみずみまでくまなく陽に照射されたが、批評することもされることも忘れ、沈思や下降をおぼえなかった。牧草地にはところどころに牛が夕立やにわか雨を避けるよう小屋が作ってあって、そこには扉がなく、ただ乾草が積まれてあるだけだが、いきいきした冗談のふちや、ふとかわしたまなざしのはしで感知しあうと、ためらうことなく小屋に入った。そして入口に釣竿《つりざお》をつきたて、竿のさきにハンカチを結んでおいてから、乾草のなかでまじわりあった。乾草は香ばしく匂いたち、その匂いはいきいきとひらいてうごくがしっとりと重いところがあった。たがいのものをくまなく眼で眺めあい、舌でまさぐりあっていると、ときどき乾草の一筋、二筋がまぎれこんできて毛といっしょに嚙むことがあったが、上と下とで低く爽《さわ》やかに笑えばすむことだった。

　私は、

「そこだ、顎《あご》のうらだ」

　といったり、

「うん、そこの縫目のところをずっと」

　といったり、

「皺《しわ》しわを軽く嚙んでみて」

　といった。

　乾草のなかで眠っていると、ふかふかと柔らかいし、このうえなく香ばしく、ときにはきつすぎて眠れないほどだが、小屋の壁板のすきや節穴から日光が射しつづける。それが薄いまぶたにとどいて、射精の動揺や女の呻吟《しんぎん》や男根の波だちの記憶などといっしょになり、私は眠りながらも浮揚している。どこかの涼しいかげで沈むようにして眠るというよりはあかあかと陽の射す渓流のなかをもてあそばれて浮いたり沈んだりしつつ流されていくような気配がある。眼がさめると陽はよほど通過し、よこで女が薄く口をあけて眠りこんでいたり、真摯《しんし》なまなざしで本を読んでいたり、どこか牧草地の遠くで淡い花をつんで、草むらにうずくまって花輪を編んでいたりする。私が眼をさまして小屋の入口にでていき、湖、葦原、村、そのかなたの牧場を眺め、それらすべてのうえにある淡い、赤い夕焼けのきざした雲を眺めていると、誰もいないと思った牧草地から、ふいに女がそこにやってきていて、花束や花輪を手にわたしてくれた。

「これ、菊みたいだけど」

「アレチノギクじゃないかな」

「ウンコちゃんは何でも知ってるのね」

「あてずっぽだよ、ネズミちゃん」

「ごけんそんを」

広い肩や、たくましい腰を見せ、威風堂々、草を踏みしだくようにして歩いているように見えるのに、女が後姿を見せて遠ざかっていったり、草むらにかがみこんで花をさがしたりしているところを見ると、おびえてもいず、さびしがってもいないのに、いつもどこかはかないところがあった。それを見ると、いつか、あの豪奢《ごうしゃ》なガラスの部屋のなかで床《ゆか》いっぱいに一流品をならべてみせて意気揚々と女はこわいわよと笑いつつ叫びながら、それらの事物いっさいに指紋ひとつつけることもできないで孤立していたように見えたことがまざまざと思いだされてくる。女はアザラシのコートをいいつまでも新鮮に保って孤立していたようにアレチノギクからも孤立し、分離されているようである。女がいくらこの牧草地を歩いても足跡ひとつのこらないのだ。はかないと私が見るものはそこからきた。

「さあ、ウンコちゃん、元気をだして」

女は草に跪《ひざまず》くと、そっと私のズボンに指をふれて、ファスナーをさげ、たったいままで眠りこけていたのに、ふと細い指でふれられたばかりに見る見る昂揚《こうよう》してしまったものを、眼を閉じて一度口いっぱいに頰ばってから音たててはなし、クローバーの花輪をひっかける。女は体を折って哄笑《こうしょう》し、軽く拍手して、あたりを跳ねてまわった。薄く暗みかけた赤い黄昏《たそがれ》のなかで、その声は、湖にわく夕靄《ゆうもや》や、遠くの牛の首鈴の音や、ひめやかな微小生物たちのざわめきをこえ、たじろぐほどの遠くまで鋭くわたっていった。

とつぜんスポーツカーが一台、野太くたくましいが甲高いようでもあるのど声で唸りながら部屋のなかをかすめた。部屋は窓ごと身ぶるいしてから、怒って身構えつつ静かになった。シーツの底深くに潜って丹念で緻密《ちみつ》な、小鳥がくちばしでつつくような仕事にふけっている女を私は静かにひきあげる。腰や、横腹や、胸にふれつつ女がゆっくりとあがってくる。

女はくぐもった声でつぶやいた。

「パイクがよく釣れたわね。あんな魚がいるとは知らなかったわ。十年もここで暮していながら知らなかった。おかみさんが香草をつめて蒸してくれたけど、あんなおいしいものとはね、知らなかったわ。反省させられちゃった。村の常連があなたのことをほめてたわよ。ほんとの釣師でほんとの男だって。あの人たちは毎晩あそこへ定時に飲みにくるそうよ。毎日、毎晩ね。それで、ちゃんと誰の席はどこときまってるの。いつかあなたが大物を一匹プレゼントしたでしょう。だからおっちゃんたち、はしゃいでたわ。いいことしてあげた」

「二つとおなじ湖はないっていうけれど、一つの湖だってしょっちゅう変る。それをのみこむのに時間がかかるね。それとバックテイルのしゃくりかただね。あの湖にはあの湖の癖というものがあるのだよ。パイクは何にでもとびつくんだけど、食わないときは食わない。どんな名人も歯がたたないらしいや。春や秋じゃなくて夏のさなかに釣れたんだから、そこを買ってください。おかげでおれは救われた。ちょっと自信がついた」

「私、台所へ入っておかみさんが料理するのを見てたのよ。勉強になったわ。ホワイトソースがむつかしいところで、これはもっと研究しなくちゃいけないけれど、アンチョビを入れるのがコツだとにらんだわよ。アンチョビを入れると塩味がパイクの白身にまわっていいらしいのね。今度からは私が作ってあげるわ。私とフライパン一つ持っていったら何日でも野宿できるわよ、ウンコちゃん」

「それはいいな。もう一回やって夏の宿題の総仕上げとするか。明日、ここの釣道具屋をさがして情報を聞きこんできてくれ。なるだけたくさんがいいね。それを集めて、整理して、分析する。穴場はここといいあててみせるよ。いったこともない穴場を地図であてるのはたのしいよ。きみは斥候だ。報告するだけでいい。おれが参謀総長さ」

「いいわよ。まかしといて。そういうふうにいってくれるとうれしいのよ。いつもその調子だとうれしいわ。あなたが崩れてるのを見るとつらいの。こちらまで狂っちゃう。私は男まさりだけれど、ある点をつかれると瓦壊《がかい》しちゃう。そういう点があるの。そこをあなたは御自分は崩れて寝たままで遠慮会釈《えしゃく》なくえぐってくるからこのあいだみたいなことになるのよ。あなたは容赦しないわね。人前ではかくしてらっしゃるけどね。かくそうとしなくてもそうなっちゃうらしいんだけどね。あとで自分をせめたてる。その刃が自分と他人を同時に切ってしまって、また苦しむ。だから冷酷なんだ。女に惚《ほ》れることができないのよ。賭《か》けることもできないんだ。我を忘れるということができないんですからね。私は、そう見てる」

「我を忘れるということがないから、逃避することもできないんだよ。外へいこうが内へいこうが、おなじことだ。逃避などということはあり得ないよ」

「濡れ場にしては妙な科白《せりふ》になってきたわね」

「だけど、そのとおりだよ」

「あたってますか」

「不足だけれど、まず十分だよ」

「いやだ、いやだ」

ふいに柔らかい髪がオートバイのかけぬけるなかで顔にふりかかってきた。くちびるがはげしくそこかしこをむさぼって歩いた。敏《さと》くなって薄紙のようになった膚に熱い刻印がめまぐるしくおされた。それはふるえながら流れたり、ふとたちどまっていつまでもそこにぐずぐずしていたり、とつぜん法外な方角にとびたったりした。ひとつひとつの刻印がやがてとけあって鬱蒼《うっそう》とした熱の森がひろがりはじめた。髪が額や鼻に蔽《おお》いかぶさるたびに女が小屋のなかで含み笑いしながらつぎつぎと乾草を投げつけてきたことが思いだされた。

くちびるほど外光と視線にさらされ、たえまなく酷使されて、ほとんどそこにあることを感じさせられることも、めったに思いださせられることもなくなった器官はあるまいと思われるが、二時間も、三時間もかけて吸っていると、ふいにいっさいがとけてしまう瞬間がある。いつ、どこからくるのかわからない。おたがいの体が重量を失ってしまう。ぶざまな骨、重苦しい筋肉、わずらわしい脂肪、すべてが、熟れすぎてむっとした夏の遅い午後のなかでとろとろにとけあう。どこもかしこも柔らかくて、熱くて、深く、濡れぬれとしている。泥とも蜜《みつ》ともつかない広い不定形が炉のように闇《やみ》を含んで白熱しながら、くにゃくにゃになったシーツの皺や、ベッドや、軋《きし》みから浮かびあがって漂う。おだやかな混沌《こんとん》がたぷたぷとひろがる。くちびるも、歯も、顔もとけて、舌のさきのほんの小さな一点が感じられるだけだが、そこから混沌が背後にではなくて眼前にひろがる。明るい海で二頭の小さな海獣が浮きつ沈みつしてたわむれあっている。秋の黄昏の湖で水が桟橋の足にぴちゃりぴちゃりと音たてている。くらげなして漂う白い肉のうえによどみながら私はたわむれがひきだした無辺際をまじまじと眺める。

女がけだるく手をあげて、

「……」

涙をぬぐっている。

三時間めになると閉じているのは肛門《こうもん》だけになってしまった。肛門はきまじめに小皺を集めて固く閉じているが、それすら沼に蔽われ、没してしまって、もう吸うまでもない。オー・ド・トワレットの香りがふくよかにひらいてうごき、女の匂《にお》いとまじって、むせそうに熱い揮発があたりに起る。その霧のなかで浸透していくと、いつものくちづけのあとで出会う、ざわめく右壁もなく、左壁もなく、熱い沼があるだけである。恋矢のいくつかがいつもの箇所に達して、待ったり、佇《たたず》んだり、そのあたりをこつこつあたってみたりしても、ひとつもあらわれない。ほとんど繊維質をとろかしきってしまうまでに果肉が熟したのだろうか。繊維も筋も核もただいちめんの火照《ほて》りのなかにかくれてしまったようである。湯滴の内側にすべりこんで茫然《ぼうぜん》としながらたちこめる靄のなかをゆっくりと往復する。それからとつぜん、どうしたことか、きっかけも予感もないうちに、一瞬がきた。混沌が暗んで消えた。下から上へとつきあげられているのに肩にのしかかってくるものがあり、私は崩れた。背骨がふるえ、下腹に火をおぼえ、はげしいざわめきにみちた闇のなかに、あちらこちらで形がはやくも起きあがってくる気配を感じながら、墜《お》ちていく。

どこかでぼんやりした声が、

「……、……」

つぶやいている。

けれど、つづかなかった。

ほとんど毎朝、女は眼をさますと腕を眺める習慣である。シーツのなかから裸の腕をつきだし、おぼろな影のたちこめる微光のなかで表返したり裏返したりしながらくまなく点検するのである。ガラスの部屋でもそうしたし、田舎宿でもそうした。しばらくだまって観察したあと、ひとりごとのように、うん大丈夫といったり、私も老《ふ》けたもんだと嘆いたりする。ときどき、どうォ、見てちょうだいといってさしだしてくることがある。たしかに逸品といいたくなる朝があった。ふれた指をはじくよりはしっとりと吸いこむようにしてそこにとどめておくような肌理《きめ》のこまかい膚《はだ》のしたに精妙な肉と冷たい脂《あぶら》の気配がある。うぶ毛も、ソバカスも、しみもなく、毛穴があるとも感じられず、血を深く沈めてどこもかしこも蒼《あお》く冴《さ》え、しかもどっしりと重いのである。一日の自信をおくにふさわしい荘重がある。

「李朝《りちょう》や明代《みんだい》の壺《つぼ》もこうはいかないわよ。いつか美術館で見てね、こっそりくらべてみたの。明代のも宋代のも李朝のもあったけど、とても私の腕には及ばないと思ったわね。いまやおちぶれて腕だけしかのこってないのはくやしいけれど、これはまだまだ売れるわよ。玉膩玲瓏《ぎょくじれいろう》というものですよ」

今朝も女は枯葉色のカーテンから洩《も》れる明るい光のなかで腕をためつすがめつしたあとそういって笑い、ベッドからでていった。くしゃくしゃになった枕《まくら》を胸にかいこみ、私は新鮮な牛乳にみたされたようになって、うとうとしていた。すでに街路から騒音がたちのぼりはじめ、まぶたに射《さ》す光は爽やかだが微熱がそこかしこにきざしている。

「えらいことが書いてあるわよ、ウンコちゃん」

女が片手に新聞を持ち、片手で口の歯ブラシを使いながら、含み声でいった。部屋のなかをゆっくりといったりきたりしながら女は声をだして新聞を読んだ。

「……当地では最近三週間から四週間に見られた兆候の結果からして、近くコミュニスト軍がサイゴンに総攻撃をかけてくるのではあるまいかという議論がしきりである。今年二月の総攻撃以来彼らは全土総蜂起《そうほうき》を呼びかけ、五月にも諸都市に攻撃をかけたが撤退し、三度めの大波を企図しているものと思われる。これにたいして南ヴェトナム政府は全軍民に警告を発し、外出禁止時刻を従来より一時間繰りあげた。米軍司令部の高級将校は〝彼らがやってきても不思議ではない。ここでは何でも起る。こちらの準備はできている。コミーがきたらたたきかえしてやる〟といってると。〝コミー〟

って〝赤〟のこと？」

「そう」

「威勢のいいことといってるわよ」

「通信社はどこ？」

「ＷＡＰよ」

「ほかに何と書いてある？」

「それだけ。ほかにはないわ。やるんですって。すごいな。いよいよ大詰めかしら。寝てられないわよ、ウンコちゃん。でも、ヨタかもしれないわね。私には匂ってこないわ。私、わりあいこういうことには鼻がきくんだけどナ」

「わからないよ。あそこでは毎年春と秋には戦争がはげしくなるんだ。雨季かどうか、米のとり入れがすんだかどうか、そういうことと関係があるんだよ。米と農民をどちらが手に入れるかという問題なんだからね。春と秋だけじゃない。いつでも起る。何でも起るというのは正しいね。それ自体は正確だ」

「ここだってそうだわね」

女は新聞を持ってくると枕もとにそっとおき、洗面台のところへいって顔を洗った。私は起きなおって新聞をとりあげたが、どの欄に記事がでているのか読めない。やっと〃サイゴン〃という活字をひろった。大きな欄ではない。遠い国の地震か、自国人ではない大使の誘拐を報道する程度の面積しか占めていない。女に匂ってこないのも無理はない。

「じゃ、私、ちょっと外出してくるわ。買うのはひげ剃りクリームとジレット、それにティッシュ・ペーパーね。釣道具屋を一軒ずつあたってまわって情報を集めたあと、地図をひとつ買ってくるわ。お昼はいっしょにしましょう。ビールでも飲みながら分析してちょうだい。大物の穴場をうまくあててね」

バイ、バイと手をふって女は部屋をでていった。いつのまにか女は貝が貝殻を分泌《ぶんぴつ》するように主婦になってしまっている。堅固な、したたかなまでの気配が肩や腰にある。いきいきとし、自信にみちて、眼も顔も安堵《あんど》しきってひらいている。いつか私は、ママごと以上にしてくれるなといったけれど、まるで子供のたわごととしか思えない。ふいに私は命名できない憂鬱がひろがりはじめるのを感じた。おぼろな焦躁《しょうそう》がそれをふちどっていた。私が十八歳で知ってしまったことを女はいまになってようやく手に入れたと感じている。いたましいまでにいきいきしている。しすぎている。

女が部屋をでていったあと、私はからっぽのなかでタバコをふかしたり、ベッドに寝そべったりした。にぶいが強い一撃を浴びたあとのこだまがそこかしこに感じられた。いきなり頰をうたれたようでもあり、何か新しいものを見たようでもあった。ふいに顔のない動物があらわれ、こちらを襲うのでもなく、うかがうのでもないそぶりで、けれどしぶとい気配でそこにうずくまって、かさばっている。それは蛙呑《かえるの》み男や、ガラスの部屋や、栗鼠《りす》や、女の泣声や、どしゃ降りの湖や、とろとろにとけた女陰などのうしろを注意深く足音をしのばせて歩き、見えるときはいつも後姿だけで、すっかり私を油断させておいてから、やにわに登場したのだ。私はぼんやりとなってしまい、それが部分であるのか主題であるのかさえしばらくはわからないでいた。窓の騒音に耳をかたむけ、昨夜の名残りの体液のしみたシーツに鼻をあて、天井や壁で踊る陽を眺めていると、私はベッドに縛りつけられたまままぶわぶわ肥《ふと》り、息がつまりそうになって形を失い、そして、とどめようなく根がのび、葉が茂り、蔓《つる》がからみあってかぶさってくる。このままの姿勢で腐ってしまいそうな気配をおぼえる。湖で一挙に更新されて蓄積されたものはもう尽きかかっている。むっとした暑熱のなかで醱酵《はっこう》がはじまりかかっている。

女が帰ってきたら読めるようメモを書いてテーブルのまんなかにおき、私は部屋をでて、駅へいった。駅を見つけ、案内所を見つけるのは造作ないことだった。私は英語で通信社の支局があるかないかをたずね、アドレスと電話番号を紙に書いてもらうと、それをタクシーの運転手に見せた。支局は大通りからよこへ入った古めかしいビルの薄暗い三室を占め、何人かの男女がタバコをふかしたり、タイプライターをたたいたりしていた。テレックスが唸《うな》ったり連打したりしては電文紙を吐きだし、それはリノリウムの床《ゆか》に何重にも折れてのたくっていた。私は入口の近くにいた大男に用件を告げ、三年前に新聞社の臨時移動特派員としてもらった身分証明書や、米軍の従軍許可証など、財布のすみにいつも古い記念品としてのこしてあるカード類をみな見せた。そして、その通信社の当時サイゴン支局員としてはたらいていた記者とカメラ・マンの名をあげた。はじめ大男は怪訝《けげん》そうでもあり、迷惑がっているようでもあったが、その男の名がでたので微笑した。その男のあだ名や性癖について私は大男と少し話しあった。大男はたっていって二冊か三冊のファイルを持ってくるとテーブルにおき、椅子《いす》をひとつひっぱってきて私にすわるように、そして自由に読むようにといってくれた。

「あなたは記者ですか？」

「いや。小説家です。ときどき記者の仕事をしますけどね。ふだんは小説を書いています。いまは休暇中です。たまたま今朝、あなたの社のニューズを読んだのできたのです」

「何か記事を書くのですか？」

「いや。個人的興味ですよ」

大男は納得したらしく、きつい腋臭《わきが》を匂わせて、むこうの席へいき、椅子にもたれて仲間とけだるそうに雑談をはじめた。

そこをでたのは午後遅くになってからであった。ほとんど半日を費したのだが眼をとおすことのできた情報はごくわずかだった。それも読むことは読んだけれど背後にあるものを察することはほとんどできたと思えない。過去半年ぐらいに限定してファイルを選んでみたのだが、無数の戦闘の記録、つまり無数の地名と数字にみたされていて、それぞれをつなぎあわせているはずの糸が容易に見つからなかった。いっぽう政治的現象もまた無数の声明や高官の談話などのなかに漂っていて、どれが野外の流血から派生したものなのか、枝鉤《えだばり》であるのか、ないのか、それもまた容易にわからなかった。私は紙のなかをさきへ進んだり、あとへもどったり、速く繰ったり、ぼんやりと放心したりした。苛酷《かこく》な霧がたちこめていてすべてが顔を失っているがしばしば私が通過したり泊ったりしたことのある小さな町の名に出会うと、あまりたびたび回想したので指紋でべとべとになってしまったはずのものがふいにあざやかな光景を閃《ひら》めかして眼と紙のあいだをよこぎっていくことがあった。それらはたえまなく修正に修正をかさねられ、おそらく原形をとどめないまでになっているはずで、いわば私は私だけの国の光景を眺めているのにちがいなかったが、ありありと照射されるのを感じた。島ほどのウォーター・ヒヤシンスの群生を浮かべてゆっくりと流れる黄いろい大河や、ランプの灯に照らされたじっとりと湿った壁を這《は》いまわるヤモリや、水のように黄昏《たそがれ》のしみてくる密林のなかを遁走する私たちを追って死んだ兵の犬がどこまでもついてきたことなどが、眺められた。

部屋にもどると女がベッドから体を起し、

「……どこへいってたの。メモはあったけど心配したわよ。病人がそうひとりで出歩いちゃいけないじゃないの。ちょっと目をはなしたら、たちまち逃げちゃうのね。油断もすきもあったもんじゃないわ、ウンコ」

といって怒った。

シャワーを浴びたあとでベッドによこになったが眠れなかった。タバコに火をつけたり消したり、つけたり消したりしているうちに夕方になった。静かなところでゆっくり湖の相談をしたかったのといって女は夕食用に買ってきた品をいそいそとテーブルにならべた。ロースト・チキン。生ハム。ゴルゴンゾラ・チーズ。パプリカ・トマトの甘酢漬。オリーヴの塩漬。サクランボ。赤ぶどう酒。ポケット・ナイフ一本で女は一羽の鶏を手早く巧みに各部分に切りわけると、つぎに新聞を皿がわりに切ってテーブルにおいた。今朝のあの欄はたちまち脂とソースにまみれ、一時間後には紙屑箱《かみくずばこ》へ捨てられた。ハムを包んだ紙も捨てられた。チーズを包んだ紙も捨てられた。鶏も一群の骨となって紙に包まれ、いくらか大きい玉となって捨てられた。

「鶏でも鴨《かも》でも皮のところがおいしいね。それからいいのはお尻《しり》のまわりの肉だよ。三角形になってとびだしているところ、あれがうまい。食べてごらんよ。わかるから」

話しつつ赤ぶどう酒のなだらかでぽってりとした靄《もや》のなかで私は未知でなさすぎる穴がひろがるのを感じた。言葉のうらにも後頭部にも穴はひろがり、じわじわと私を吸いこみにかかった。

女はぶどう酒をちびちびすすりながらテーブルに地図をひろげてメモ用紙をおき、今日一日じゅうかかって歩きまわった釣道具店で聞きこんだ情報をこまかく話した。この最前線の市には何でもあるが釣道具店もあるらしかった。教えられた湖の名をつぎつぎとメモ用紙に書きつけ、地図でさがし、ひとつずつ印をつける。赤鉛筆を片手に地図のうえにかがみこんでいる女はすっかり影からぬけだし、はずんでいて、堅牢《けんろう》だった。

「……ひとつだけポツンと独立した湖よりは川の流れこんでるのがいい。川がたくさんあればあるだけいい。それから、川が流れこむだけでなしに流れだしてるのもいい。いちばんいいのは大きい湖や小さい湖が川でつながりあってるやつ。つまりめいめいひらいた湖だけれどそれがひらいたままでつながりあってるようなのがいいのね。システムとかいったわね。勉強したわ。御註文《ちゅうもん》どおりのはこのあたりじゃ〝東〟にそれに近いのがあるわ。〝西〟だと遠走りしなきゃいけないの。一度飛行機でここをぬけだして、どこか大きな町へいって、それからだわね」

「今晩考えてみよう。いそぐことはないよ。秋になればなるだけパイクは食いがたってくるんだから、遅いほどいいというものだ。これはゆっくり待っていられる問題だ。待てば待つだけいいんだ。だけどね、こちらのはそうでもないらしい。やばいところがあるな。ちょっと匂《にお》いかけてる」

「聞かせて。聞かせてよ」

「政治の話だ。戦争の話だから政治の話だ。つまり、石みたいにしっかりと手ごたえがあるがどこまでいってもウナギみたいにツルツルすべってつかまえようがないんだ。友情を失いたくなければ政治の話をするなということになってる。名言だけどね。いいのかな。まずいことになりゃしないかと思うんだ。いままでロクなためしがなかった。きっと何かまずくなるんだ。賭《か》けてもいいな」

「いいわよ。覚悟してるわよ」

「どうかね」

「いいの。お話して」

「小説のなかで政治の話をするのは音楽会へいって演奏を聞いてるさいちゅうに耳もとでいきなりピストルを射たれるようなものだ。誰だったかな。そういってる。スタンダールか。誰だっていいけどね。これも名言だよ。ずいぶんわけ知りの名言だ」

「いいわよ。こういう時代だ。しようがないわ。あなたがひとりでだまりこくってモグモグ牛みたいに何か反芻《はんすう》してふくれてるのを見るよりはましだわ。それに音楽会といったっていろいろあって、ミュージック・コンクレートの会場へいってごらんなさい。耳もとでピストル一発どころじゃないわよ。いまはそういう時代なのよ。あなたにすみっこでふくれてられるよりはましだわ。知らないでイライラするよりは知ったうえでそうなるほうがまだしもってところがあるわ。お話して」

「後悔すると思うがね」

「かまわないの。お話して」

部屋の灯を消して読書燈《どくしょとう》だけにすると女はぶどう酒のグラスを持ってベッドにあがり、そっとよりそってきた。私は重くて熱くなった体を起し、上体を枕板《まくらいた》にもたれさせて、タバコに火をつけた。柔らかい、強壮な体が静かに息づくのが腕や胴に感じられ、爽《さわ》やかなあたたかさがしみてくる。窓が赤くなったり青くなったりし、ときどき闇《やみ》をエンジンやタイヤが走ってぬける。私には朦朧《もうろう》とした苛酷とぶどう酒であたためられた重い腹があるきりで、洪水をどこへ導いていいのかわからない。

あそこでは旧暦がおこなわれているので二月が正月である。正月といってもモンスーン地帯だからじっとりと蒸暑い。人びとは貧しいながら着飾り、御馳走《ごちそう》を食べ、親類知人を訪ねあい、子供は爆竹を鳴らして走りまわる。銃声にそっくりでまぎらわしいからと政府が禁令をだしてもおかまいなしである。花商人はどこからかおびただしい花を持ちこんできて売る。ハイビスカスやブーゲンヴィリアなど、熱帯の花のほか、菊、水仙、桃、梅、薔薇《ばら》など、温帯の花もある。戦争は四八時間とか七二時間とかに限定して休まれる習慣である。双方がそれぞれ一方的に宣言して休戦する習慣である。今年は反政府側が一月二十七日から、政府側が二十九日から、それぞれ休戦に入った。しかし、一月三十日、反政府側はとつぜん総攻撃をかけてきた。ダナン、ホイアン、コンツム、ニャチャンの省都、基地、軍事施設などに浸透し、襲撃し、爆破した。その翌日、三十一日にはサイゴン、フエ、及びのこる全地域が攻撃された。サイゴンではアメリカ大使館に十九人の特攻隊が攻撃をかけ、大破したのち、全員射殺された。

いたるところで市街戦がおこなわれた。フエでは二十四日間の市街戦となった。約四万五千の人口のうち約三万人が難民となったと伝えられる。浸透した反政府軍は約六千人と伝えられる。〝解放民族戦線独立第4、第5、第6〟の各連隊を中心とすると伝えられる。二十四日間の攻防戦のうちに反政府側は〝臨時政府〟樹立を宣言し、大学教授を省長に任命し、人民裁判を開いたと伝えられる。反政府側は数千人殺され、アメリカ兵が数百人殺され、政府側兵士が数百人殺され、市民は約二千五百人殺されたと伝えられる。こういう数字は〝数千人〟を〝数百人〟としていいかもしれず、〝数百人〟を〝数千人〟としていいかもしれない。あるいはいっさい数字をあげないで、市民は逃げつつ殺され、アメリカ兵はたたかいつつ殺され、反政府兵はたたかいつつ殺され、政府兵は逃げつつ暴行略奪しつつたたかいつつ殺されたといったほうがいいかもしれない。

「……これが二月に起った事件で、いわゆる〝テット攻撃〟というものなんだが、五月にも規模は小さいがやっぱり二回めの総攻撃を全土にわたって展開して引揚げた。二月にやってきて引揚げ、つぎ五月にやってきて引揚げてる。このあいだに三カ月の間隔がある。部隊の再編成に三カ月かかったということなのかもしれないね。それからかぞえると、第三波は八月ということになる。政府側もそれにたいして準備するだろうから、もう一カ月遅らせて九月になるかもしれない。例年秋には秋季攻勢といって戦争が激しくなるんだけどそれとからみあわせて考えると第三波はこの八月から十一月にかけてきっとあると考えたほうがいいように思う。雨季か乾季か、とり入れがすんだかどうかという問題のほかにこの時期はハノイと解放戦線にとっていろいろな記念日があるんだよ。それをさがすことだね。それと土曜の夜、お月様のでない土曜の夜だね、これが記念日と一致するとやばい。一致しなくても前後にくると、やばい。今日それを調べようと思ったけれど、さすがにそこまでの資料はなかった」

「……」

「いっぽうこういうことがある。テット攻撃が二月で、北爆の部分停止が三月、つぎに第二波が五月にあって和平会議の開始されたのが五月十三日なんだ。双方がどういう頂上接触をやってたのかはおれにはまったくわからないのだが、和平のきざしが見えだすと戦争が激しくなるという生理が戦争にはあるらしい。人びとなべて平和を語るとき突如として大いなる災厄のいたることあるべしという昔からの生理だよ。ディエンビエンフーはジュネーヴ会議のまっさいちゅうだ。一面交渉、一面戦争というやつだ。議論を終らせるには戦争するしかないという。そのいいかたが甘ったるいというなら、ツバをとばすことをやめさせるには血をとばすしかないとでもいうか」

「ここまでのはダイジェストだけれど、これは東京にいてもおおむね新聞で読んで知っていた。誰でも知ってる大枠だよ。ところが今日調べてみてボー・グェン・ジャップ将軍がテット攻撃以前に短期決戦論をとなえていたらしいとわかった。なぜか。その動機や原因がわからない。ところがここに〝第9決議〟というものがある。これは〝ヴェトナム労働党政治局第9決議〟というもので、ハノイの党中央委員会政治局で作られ、それが南のジャングルや村へおりていくらしいんで、いわば最高指令らしいんだが、その第9というやつがテット攻勢のあとであらわれ、大部隊による大攻撃は戦術上の誤りであったと分析しているらしい。ふたたびゲリラ戦にもどれと指示しているらしい。つまりテット攻撃は失敗だったのだ。五月の第二波の規模が小さかったのはこのせいかもしれない。もともとハノイから見ればあそこの戦争は長期持久戦で、少しずつ少しずつゲリラ戦や局地戦で食いかじり、陰惨きわまるシャドウ・ボクシングみたいな戦争をアメリカにやらせる。そのうちアメリカは兵隊の死体の山の影におびえ、うんざりし、不景気におちこみ、平和勢力が進出して国内は分裂する。つまり、いきなり心臓に刃をつきたてないで、あちらを少し、こちらを少しと傷つけ、結果として大出血になる。そういう戦争方式をとるしかないし、とっているのだし、成功しつつあるとおれは見ていた。だから、なぜ、テット攻撃をしかけたのか、よくわからなかった。ジャップ将軍が短期決戦論をだしていたのだとわかっても、動機はやっぱりわからない。政治局が失敗だったと判定しているのなら、戦争で過《あやま》ちを犯すのは一方だけではないということだな。あたりまえといえばあたりまえだが、これがまたしょっちゅう忘れられる」

「するとジャップ将軍が誤ったためにあそこの人は正月のお祭りをしてるさいちゅうにいきなり何千人と殺されたり何万人と難民になったりしたというわけ？」

「北爆の部分停止ということと、アメリカに防ぎきれないということを徹底的に思いしらせたこと、サイゴン政府は役人も軍隊も腐りきった藁人形《わらにんぎょう》なのだという事実をあらためて天下にさらけだしたこと、以上をのぞくと、そういうことになる。むしろおれのうけた印象では、ハノイが誤ったのは、こちらから攻めこんでいったら人民が歓呼して迎え、いっしょに武器を持ってたちあがってくれるのではないかと思いこんでいたところがそうではなかった、というところなのじゃないか。〝全土総蜂起《そうほうき》〟というスローガンには〝全軍〟のほかに〝全人民〟が入っていたのではないかしら。フエでもあちらこちらでもごく一部の学生と市民は銃を持って呼応したらしいけれど、全体からすると物の数ではなかったらしい。少くとも町の住民は蜂起しなかったのだ。

たちあがらなかったんだ。第9決議の結論とはべつに、依然として〝全土総蜂起〟は叫ばれているらしい。もっとも、これは初期からずっとたえまなしのスローガンなので、けじめがつかない」

「あなたの話はらしいとか、かもしれないとか、ばかりだわね。妙だわ。正確になろうとするとあいまいになるってのは妙だわね。こちら側に流された情報ばかりで判断しようとすることを警戒するからそうなるのかしら。これだけ何やらものすごいらしい話なのに何やらあいまいをきわめてもいるって印象だわ」

「ファイルで探しただけだからね。紙と字のなかを這《は》ってまわっただけだからね。それ以上、どういいようもないのだよ。推論はかさねるが断定はできないよ。この眼で見ていないのだから。この眼で見ても断定はむつかしいな」

「じゃ全部いままでの話はヨタだといってもいいのかしら。断定できないのだとなるとそういってもいい自由があるということになりそうよ。いままでの話は全部ヨタかもしれないといいなおしましょうか。そういってもいいのじゃない？」

「何をいいたいの？」

「ちょっと感じたことがあるの。でも、まだハッキリしないの。もう少し固まってからいうことにするわ。まちがってないような気がするけれど、わからないこともあるの。どこまで調べたか、もうちょっと聞かせてちょうだい。特攻隊はどうやってサイゴンにもぐりこんだの？」

「もぐりこむことそのものは何でもない。ザルの目を水がどうやってとおるのかとたずねるようなものだよ。もともとはじめからそこにいるのだし、外から入ってくるのだってお茶の子だね。通行許可証がなければとおれないということになってるけれどこんなものはいくらでも偽造できる。タクシー、渡し舟、シクロ（三輪車）、バスでぞくぞく繰りこんだ。棺桶《かんおけ》のなかに機関銃を入れて持ちこんだ。花のかげにロケット砲をかくして花屋のトラックで持ちこんだ。番兵は金属探知器を持ってるけれど、ちょっと二、三枚にぎらせたらいい。にぎらせるまでもない。ひとにらみしたらすむだろうね。そこで特攻隊だけについていうと、ごくふつうの人間の恰好《かっこう》をしていた。ワイシャツを着たのはボタンをきちんとかけ、農民の黒パジャマを着たのは腕に赤の腕章を巻いていた。ほかにいくつも彼らだけにわかる工夫をしていたのだろうと思うね。これも、らしいとつけておくけどね」

「要するに正月だといってノンビリ寝てるところへ玄関から花にかくれてなぐりこみをかけたというわけね。だまし討ちじゃないの。人民軍がそんなことをしていいの？」

「トロイの木馬はどうなる？」

「でも……」

「ワシントンもクリスマスに川をわたってお祭りのさいちゅうのイギリス軍になぐりこみをかけたはずだよ。似たようなものじゃないか。人民軍も軍隊は軍隊だ。人民戦争も戦争なんだ。例外でもないし、新しくもない。軍隊であって戦争であるからにはいくら美徳をモットーにしていても、いっぽう同時に、美徳は徹底的に戦術戦略として意識されねばならないし、行使されるだろうよ。ひとたび戦術戦略からはずれたらその部分は容赦なく切って捨てられる。アッというすきもない。人民軍も人民を平気で切って捨てることがある。革命前も革命後もそうだ。これにも、らしいとつけるんだけどね」

「しかし、アメリカ大使館になぐりこみをかけた特攻隊が全員死んじゃうのは覚悟のうえだからしようがないとしても、それで一般住民が巻添えを食ったら、目的のためには手段を選ばないとか、手段は目的によって形成され、規制されなければならないとか、いくらいったって、目的とは政治では効果の問題でしょうけれど、どうなるのかしら。それで住民の支持が得られたのかしら。アメリカがいるからこんなことになるのだ、というのなら効果があったわけでしょうけれど、アメリカもアメリカならヴェトコンもヴェトコンだということになったらどうしようもないんじゃないかしら。

そこのところはどうなの」

「あそこでは二つに一つしかない。政府側か、反政府側か。殺すか、殺されるかだよ。だから、結果から見ていくと、沈黙が余剰だということにはならないんじゃないか。沈黙すると、どちらかの邪魔をしない、またはどちらの邪魔もしないということになるが、つまりどこかでそれはどちらかを支持するという結果になる。どちらも住民に沈黙されるのはつらいだろうけれど、どちらがそれで腐敗しやすいかとなると、いうまでもないだろう。そうでなくても外国へだされた軍隊は根なし草になるからかならずダメになる。解放戦線は政府軍の兵営にビラをまいて、諸君を殺そうとは思わない、できたらわれわれを助けてほしい、それができなければ邪魔をしないでどこかにかくれていてほしいとアピールしている。沈黙は参加なのだよ。加担なんだ」

「本心かしら、戦術戦略かしら」

「状況による。どちらでもある」

「断定したわね」

「いや。まだしていない」

「したわよ」

「おしゃべりをしただけだ」

「状況によるといったじゃない」

「状況を見ずにね」

ふいに女が体をひいた。腹と腕から何かを剝《は》がれたようだった。私は軽くなり、シーツのなかに空洞ができた。ふりかえると小さな灯のなかでたちあがる広い腰と白い臀《しり》が見え、女はゆっくりとした足どりで闇《やみ》のなかに入っていった。どこかでかすかな金属の軋《きし》る音がし、爽《さわ》やかな微風が騒音といっしょに流れこんできて、あちらこちらにあざやかな縞《しま》をつくった。しかし、女が体をひいた瞬間に発生したざわめく林のようなものは見る見る部屋いっぱいにひろがり、風に消されなかった。女はそのなかを酒瓶をさげてゆっくりとよこぎってくると、私のよこにたたずみ、からっぽのグラスにぶどう酒をついだ。

「またあそこへいくつもりね」

「……」

「私から逃げたいことが一つね」

「……」

「いきいきしてたわ」

「……」

ひっそりとつぶやいたが、えぐりたてるような痛烈さがあった。灯が乳房までしかとどかず、淡桃色の靄《もや》のような絹ごしに胴と、臍《へそ》と、陰毛がほの見え、酒瓶の首をしっかりにぎった手が見えるきりだが、私は女の獣のような敏《さと》さにひしがれた。のびあがるか、ふり仰ぐかして闇のなかに女の眼をさがすのがおそろしかった。それは誤解だと主張する気力がどこにもなかった。無慈悲な完璧《かんぺき》さで女は正確だった。私が長広舌にうつつをぬかしているあいだに女はとっくにさきまわりして、よこたわって息をひそめ、ただ待っていただけではないだろうか。さいごに私がぐずついたので女はちょっと手をのばしておしやった。それでよかったのだ。はずかしさが泥のようにひろがってきて穴からあふれだした。

「三年前のことをお話しして。いままであなたが話そうとしなかったからこちらも聞こうとしなかったんだけど、阿片屋《あへんや》じゃなくて、ジャングルではどうだったの。まずそれからだわ。ただ聞いておきたいだけ。それだけよ。気にすることないわ。こうと知ってたら遠慮するんじゃなかった」

女はゆっくりとベッドのふちをまわって、そっとシーツに肩からすべりこんだが、私の体からはしなやかに遠ざかり、自分の体のつくった凹《くぼ》みに音もなくはまりこんで一ミリとはみださなかった。

娼婦《しょうふ》の眼をしていた。

また毛鉤《けばり》を作ることとなった。

毎朝、新聞を読むことをはじめた。眼がさめると顔を洗って近くのキャフェへ食事をしにいき、新聞売場で私に読めるだけの数の新聞や週刊誌を買いこんで国際欄を読む。私に読めないここの新聞は女に訳してもらう。あそこではあちらこちらで毎日、〝食いかじり〟と思われる戦闘がおこなわれているらしくて、それすら凄惨《せいさん》をきわめたものであるはずだが、地名と数字が報道されているきりである。私は地名を薄暗い頭のなかにひろがるなじみ深い地図に書きこみ、それがたまたまの接触だったのか、それとも何かの企図の分泌物《ぶんぴつぶつ》なのだろうかと考えてみる。独立したものなのだろうか、それとも予兆なのだろうかと考えてみる。

ゼラニウムの花のかげにすわり、卵を割ったり、パンに薔薇のジャムをぬったりしながら、ゆっくりと食事をする。新聞を読んでいてときどき手をとめ、しばらくしてからまたうごかす。凄惨は顔をこちらに向けているようだったり、横顔を見せているようだったりするが、眼も見えず、傷口も見えない。それはひときれのパンをこえてくることができない。観念がつぎからつぎへうかんでくるが、なぶっているうちにどれもこれもたちまち肉が流れ、汁がこぼれて蝦《えび》のぬけ殻となってしまう。指をのばすまでもない。ちょっと眺めているうちに眼のしたでそうなる。

女は新聞の外電欄をすみからすみまで読んでから、ゆっくりとした手つきでパンを割り、バターやジャムをぬって口にはこぶ。頰がもくもくとうごき、歯がパンの皮を砕く音がくぐもって洩《も》れてくる。

女は挑むような、辛辣《しんらつ》な眼でちらと見る。

「第三波なんてどこにもでてないわよ。昨日もでてなかったし、今日もでていない。あなたの話だと何かの記念日の当日かその前後、週でいえば土曜の夜、それもお月様のでない土曜の夜とかいうことだったけれど、どうってことないじゃない。小競《こぜ》りあいばかりのようよ。異常なしだわ。静かよ。あなたの思いすごしということがあるのじゃないかしら、ウンコちゃん」

「そうかもしれないね。だけど、静かだということと動きがないということとは別問題なんだよ。動きは見えるか見えないかだけでね。あそこはいつでも動いてるんだよ。ことに、ある集団は動いてる。動きつづけている。自分もじっとしていないかわり人もじっとさせておかない。刺激がありさえすればそれをめがけてあらゆる方角へのびていく。刺激がなければ刺激をつくりだしてでものびつづけ、動きつづけるね。それに、小競りあいといってもね、あの作戦だって小競りあいだよ。地元の新聞でもたかだか何行というくらいのものだった。外人記者にはヒマ種《だね》にすらならなかったね。けれど、戦闘が一段落終ったところでかぞえてみたら、おれのいた大隊は二百人いたのが十七人になっていた。おれはそのうちの一人だ。十七分の一だった」

女はだまりこみ、そっと眼をそらして、丸いパンの腹にナイフを刺してくるくるまわし、二つにしてから、ジャムをぬる。私はシャツの袖《そで》で眼鏡をぬぐい、新聞を読みつづけた。

新聞を読んでいるあいだは仕事をしているのだという感触があるが、読み終るとそれは消え、休暇は終ったのだという感触があらわれる。誰にたのまれたのでもなく、誰と約束をしたのでもなく、新聞社と契約も結んでいないが、かつて臨時海外特派員の真似事《まねごと》をしていたときにつけた習慣のなごりかもしれない。それはすぐに遠のくが、消えることはなく、いつまでも耳のうしろあたりに漂っている。どうやら遠景が私にはできてしまったようである。食事をすませて新聞をおくと私は空虚になり、女とつれだって散歩にでかける。市はガラスと鋼鉄とコンクリートに制覇されつつも聳立《しょうりつ》し、成熟をすぎて少し萎《な》えのきざしかけた夏のなかで輝いている。歩道をいくとガラス箱の赤と金と黒のなかで香水瓶が燦《きら》めき、たくさんの観光客たちがバスで壁見物にはこばれていく。彼らはあちらに入って、バスのなかにすわったままで、窓ごしに道路や建物を眺め、またこちらにもどってくる。水族館では三メートル近い怪物ナマズがどんよりした白膜のかぶった小さな眼を光らせて荘重に息づいている。動物園ではたくましい栗《くり》の木かげで楽団が『聖者の行進』をけばけばしい甘酸《あまず》っぱさで奏《かな》で、老婆《ろうば》が鳩《はと》の餌《えさ》を売っている。その燕麦《えんばく》を椅子《いす》にすわってビールを飲みながら足もとにこぼすと、どこからか鳩の大群が雪崩《なだ》れおちてくる。鳩がよちよちと歩いていくとそのさきざきをくすんだ雀《すずめ》がすばやくよこぎって麦をとってしまう。

「第三波がくるとどうなるの？」

「市街戦だろうね」

「どうなるのかしら」

「大競りあいだろうね」

「あなた、また最前線へいくの？」

「わからない。その場できめる。予定は何もたてないことにしてる。でていくかもしれないし、部屋のなかでふるえてるかもしれない」

「部屋のなかだって危いんでしょう？」

「そうだね。なかとかそととかいうことがあそこにはないからね。二月と五月のケースでいくと、ずいぶん家が破壊されたらしい。郊外から浸透してくるからね。町はずれやスラム街が戦場になった。双方とも重火器を使ったし、空からはヘリコプターがロケット弾を浴びせたらしい。家のなかにかくれたままで死んだ人もたくさんだろうね。部屋のなかもそとも、変りはないね。全面、全体戦争だからね。あそこではそれを、寝床のなかに死体があるというらしい。何度か聞かされた。あそこの人は言葉が上手だよ」

「いくときめちゃったみたいね」

私はテーブルに燕麦をこぼし、それをはしへよせて、少しずつ水滴のようにおとす。鳩と雀はおしあいへしあいで大騒ぎをし、羽ばたき、テーブルへとびあがってくる。雀はせかせかと私の手にとびあがり、爪《つめ》をしっかり膚《はだ》にたてて、首をつっこんでくる。鳩はビールをみたしたグラスとグラスのあいだをよちよちと無器用に歩きまわる。つまっていて重そうな体だが雀ほどの精妙なバネがない。私が死んでも鳩は毎日このままだ。とつぜんその思いが起り、どこかをかすめ、かなりの面積に影をひいて消えた。つ地崩れが起るのを待ったが、淡いけれどまばゆい日光が、遠鳴りを感じるだけですませてくれた。

鳩を眺めていた女が、とつぜん、

「パイク釣りにいきましょうよ」

といった。

女は低い声で静かにいいつづけた。

「飛行機は毎日、いくらでもあるのよ。いまからホテルへ帰って電話でチェック・インして荷物をまとめたら三十分後には発《た》てるわよ。テイク・オフよ。地図も買ってきたし、情報も聞きこんだし、システムも見つけてある。あのあたりも牧場と湖だわ。私は一度いったことがある。この国で私のいかないところってないの。だからさ、いきましょうよ。よその国の戦争のことなんか忘れちゃいなさい。誰も口でいうほど本気にしちゃいないのよ。本気にしたら寝ていられないはずだわ。あそこのことをみんなが大きな声でしゃべるのは遠いよその国だからなのよ。政治問題は遠い国のことはほど単純に、壮烈にしゃべりたくなるものなのよ。自分の国のことになると一ミリの振動でもびくびくしてたちまち口ごもってしまうくせに、そうなのよ。つまり、きれいに苦悩できるのよ。これは魅力だわよ。責任をとらずに雄弁がふるえるんだし、それでどちらから殺されるということもないんだから、魅力よ。そこへいってあなたが命をかけて事実をつかんできたって、左右ともに自分の気に入った部分を読んで宣伝に使うか自己満足に使うかだけで、あとの部分はどうでもいいってこと。それだって使われたらまだマシなほうで、いまじゃあの国のことは峠が見えたというんで、誰もソッポ向いてるわ。アメリカがいるからみんな何だかだというけれど、いなくなったら誰も何もいわないわよ。アメリカの入っていない血みどろ騒ぎはあっちこっちにあるし、残虐《ざんぎゃく》も陰謀も御同様らしいけれど、誰も何もいわないじゃない。要するに役者芝居の見物人とおなじことよ。大役者がでるときだけつめかけるんだな。あとはかまっちゃいられないというわけ。ね、ウンコちゃん。だから、今度はもうよしなさい。あなた一人がヤキモキしたって、要は歴史の消耗品よ。そんなこと、一から十まで知ってるくせに、あなた、愚直だから自分が避けられないのよ。湖へいってパイクを釣りましょうよ。私にもキャスティング、教えてよ」

女は話しながらちらちらと私を見て眼をそらしたり、しばらく鳩を眺めてだまっていてから、また話をはじめ、私をちらと見て眼をはずした。抑制し、熟慮し、観察をかさねてきた聡明《そうめい》の気配が漂っていて、聡明のうらには諦観《ていかん》のひそんでいるたたずまいが感じられたが、あてどない激情もひそんでいるようであった。そして、どうしてか、女がうつむくと、瓶から酸をこぼしたように、髪や、たくましいうなじから、不幸がつんつん匂《にお》いたつのだった。

夜になって大通りのパイプ屋の角の闇を右へ折れると、中国料理店がある。『南華』と看板がでている。闇のなかにふいに赤と金と黒が浮きあがる。その小さな店のなかでは壁のなかでたえまなく娘が鋭く高く精力的にうたいつづける声がこだましている。壁や柱のいたるところに双喜字があり、紅唐紙に肉太の金泥で書き流した対聯《ついれん》が壁にかかっている。女はドライ・マーティニにはしゃぎ、それを読んで歓《よろこ》んだ。

南軒酒美青梅熟
華夏肴佳玉粒香

「シーサンにはかなわないわ。いつもうきうきさせてくれる。そのくせ荘重なんだな。ジャオ先生のところには、太太《タイタイ》の書いた聯があってね。

寿比南山松不老
福如北海水長流

そういうんですけどね。句はありふれたものだけど、書は立派だわ。だけどこちらのほうがいいわね。食慾《しょくよく》がでる。好きよ。もっともあなたなら玉粒香ルじゃなくて玉門香ルっていいたいところでしょうけれど」

女はマーティニをすすって声にだして笑い、いたずらっぽく舌をだし、肩をすくめた。高い頬骨のあたりが薔薇《ばら》いろに染まり、いつもの、どこかに苦笑のある眼でじっと私を見た。女は、マーティニのグラスをおくと、顔を私に近ぢかとよせてきて微笑しながら眼を覗《のぞ》き、

「私の玉門、香ってる？」

気づかわしげにたずねたあと、くちびるから言葉がおちるかおちないかに、顔をひき、傲然《ごうぜん》とした冷淡のそぶりで、螺鈿《らでん》の青貝がこまかく閃《ひら》めく黒漆の衝立《ついたて》を眺めた。

食後にどっしりとなってジャスミン茶をすすり、くちびると舌のあぶらを洗っていると、女が手をそっとのばして私のジッポのライターをとりあげた。傷だらけになり、油と煤《すす》にまみれ、ところどころメッキが剝《は》げて黄いろい地金がでている。油が少し洩ってポケットをよごしてしようがないけれどよくはたらいてくれるし、手の一部となってしまったので、もう何年となく私は持ち歩いている。裏と表に銘がきざんである。女は眼を近づけてしげしげと眺めた。

「これ、何のこと。〝トロイ・ダット・オイ〟と書いてある。書いてあるみたい。ど

この言葉?」

「あそこの言葉だよ。〝チョーイ・ドッ・オーイ〟と読むんだけどね。〝チョードッコイ〟と聞える。直訳すると、ああ、天の神さま、地の神さまというようなことらしい。〝チョーイヨーイ〟というのもある。天か地か、これはどちらか神さまが一つだったと思う」

「こちらは英語だわね。長いナ。たとえ、われ、死の影の谷を歩むとも、われ怖《おそ》れるまじ。なぜってわれは谷のド畜生野郎だからよ。何のこと。これ。てんでわからない」

「弾丸《たま》よけのおまじないだよ。それをライターにきざんでおいたら弾丸にあたらないというんだ。アメリカ兵のおまじないだよ。兵隊はどこの国でもおまじないをとても気にするんだよ。たよるものが何もないからね。それでおれもきざんでもらった」

「ジャングルへいくとき持っていったの?」

「そうだよ」

「それからずっと持ってるのね」

「そうだよ」

「肌身はなさずに?」

「そうだよ」

女はだまってライターをもどした。それまでひらいていた顔があらゆる箇所でふいに閉じ、苦笑が消えた。眼がうつろになり、頬がしまってきつくなった。これまでに湖でも、部屋でも、枕《まくら》もとでも、朝となく夜となく、あらゆる場所で女はそれを眺めてきたはずだった。けれど、眼にもとまらなかったそれがふいに前面にでてきて、場所をふさいでしまったのだ。女は愕《おどろ》いた様子で、茫然《ぼうぜん》と茶碗《ちゃわん》を眺め、拒まれた自身を眺めていた。そうなのだった。全体はいつも細部にあらかじめ投影されてある。いつもそのことを私たちは忘れてしまう。そのため、全体に熱狂してやがて細部に復讐《ふくしゅう》されれ、細部に執して全体に粉砕されてしまうのだ。

部屋にもどると私は窓をあけてから椅子に腰をおろし、リュックのなかから壊れかった紙箱をとりだす。毛、糸、爪切り、接着剤の小瓶などをテーブルにならべて毛《け》鉤《ばり》を巻きにかかる。女はネグリジェに着かえ、ベッドによこたわって新聞を読んだり、週刊誌を読んだりしているが、やがて投げだして、話しはじめる。ベッドからでてきて、たわわな乳房のしたに両腕を組み、荒寥《こうりょう》とした暗い壁にもたれて、話しはじめる。ひそひそとした声で、憎むでもなく、罵《ののし》るでもなく、しかし執拗《しつよう》な気配で、話しはじめるのだ。はじめから匂ってたわ、と女はいうのだった。あなたは愚直な人だわ。愚直で無器用なのよ。知らなかったわ。自分を避けることができないのよ。これまでずっと二人きりで、あなたは人にも会わず、外出もせず、散歩にもいかなかった。いくら私がシュタインコップ先生とピッツァ・パーティーをしようといってもイヤがった。大学の研究室にも一度か二度、それもしぶしぶ義理でついていってくれたぐらいだった。あとは毎日、部屋にこもって寝てばかり。寝ては食べ、寝ては食べ、ただそればかり。人がくるとおびえちゃってキッチンにかくれたこともあったわね。私のヒスにおびえてパイク釣りに湖へでかけたけれど、それでも人と会って話をすることは避けていらしたようね。けれど、ここへきて、第三波と聞いたら、どうでしょう。ひとりで町へとびだしていって、見も知らない通信社へ入っていって、図々しく昔の従軍証など見せて電文のファイルをしらべたらしいわね。それも、何時間もぶっつづけでさ、おどろいちゃうわね。匂うというのはそのあなたの態度よ。まるでいきいきして充実してたの。子供みたいにヒリヒリしてるの。そこなのよ。あなた、私に会うよりこのニューズをどこかでつかまえようとして東京をでてきたんじゃないの。私と寝ながらお尻《しり》ごしに何かこないかなと、ただ待ってただけなんじゃないの。私は乗換駅の食堂みたいなもので、つぎの列車がくるまでの時間つぶしじゃなかったかしら。あなたのことだ。東京で第一波と第二波のニューズを読んで第三波があるとにらみ、どこかの新聞社と特約を結んで、とびだしてきたんじゃないかしら。プンプン匂う。匂いまた匂うわよ。吐いちまいなさい。それはちがう、と私がいう。それは誤解だ。あれはまったく偶然なんだよ。あの朝君が新聞を読んで聞かせてくれなかったらそれまでなんだ。いまごろおれはパイク釣りにいってるところだよ。これはほんとなんだ。第一波と第二波は知っていたけれど、第三波は予想していなかった。いまでも半信半疑だよ。わかってくれないかな。それが目的ならこんなところにいるはずないじゃないか。とっくにあそこへいって待ってるはずだよ。アパートの部屋にベッドのまわりや窓ぎわに砂袋を積みあげて、防空壕《ぼうくうごう》みたいにして、そこで寝たり、読んだり、酒を飲んだりしてね。明けても暮れても猥談《わいだん》だ。チ・チ・コニャック・ボク・ボク・ソーダだ。いったいそれ、何のこと、と女がいう。コニャック・ソーダのことだよ、と私がいう。〝チ・チ〟はフランス語の〝プティ〟で、〝ボク・ボク〟は〝ボークー〟だ。コニャック少しにソーダをたくさんということだよ。それを飲んで、砂袋のかげで、ヒヒがキャッキャッと騒ぐのだよ。日本人の外国語は妙なものだが、あそこのもずいぶん妙だね。〝ノー・キャン・ドゥー〟というのがある。〝No can do〟ということでね。どうしようもないとか、一巻の終りとか、手がつけられないとか、そういうときにそういう。フィニともいうね。チョーイヨーイともいう。チョードッコイは説明した。ノーキャンドゥーでフィニでチョーイヨーイのディンキー・ダウだ。これは気ちがいということだよ。ふざけないで、と女がいう。だまされないわよ。チ・チだか、ボク・ボクだか知らないけれど、あなたが新聞社と特約したかしないかはさておいて、たまたま私が新聞を読んだためだとしておきましょう。これは偶然だわね。それは認めます。しかし、問題はね、あなたがそれにとびついたってことなのよ。あなたは偶然をたちまち必然に転化してしまったのよ。それよ。あなたの必然は飢《かつ》えていたのよ。カードが一枚足りない、足りないと、いいつづけてたのよ。それで私と寝てみたり、パイク釣りをしてみたり、いろいろしたんだけど、どうしても埋まらないのよ。そこへとつぜんエースが降ってきたの。パッと手も見せずにあなたはつかんじゃった。もうそれから離れられないの。私は駅の食堂、ピッツァ・スナックだったのよ。はじめからあなたは私のこと、愛してなんかいなかったの。いつか申上げたことだけれど、女どころか、あなたは自分すら愛してないのよ。だから危険をおかしちゃうの。空虚な冒険家なのよ。自分の空虚を埋めるためなら何でもするし、どこへでもいく。あなたは観念をいじってるだけじゃすまされないの。ベッドのなかでおならにむせんでるのがイヤなのよ。だけど何をしていいか、わからない。そこで他人の情熱を借りようとするの。貘《ばく》は悪い夢を食べるそうだけれど、あなたは他人の情熱を食べにでかけるのよ。そのためには何だってやっちゃう。愚直にとことんまでつっこんじゃうの。それは敬服のほかないので、氷の焔《ほのお》だって申上げておくわ。私と何度寝たって、あなたは事実としか寝ていないのだわ。そうでない身ぶりをしようとするけれど、すぐさめちゃう。あなた、あそこへいって何をしようっていうの。阿片《あへん》を吸いたいの。阿片はもう一度やってみてもいいな、と私がいう。あそこは遠いし、君は知らないから、ここをたとえにしてみようか。これは君のほうが知っている。ここは壁で東と西に区切られている。どちらへいっても壁のむこうのことをあちらと呼んでいる。東にいわせれば壁はファシスト防止壁だ。西にいわせれば監獄の壁だ。東で子供が監視兵に感謝の花束を持っていくと、西では壁をこえようとして射殺された人間に弔いの花束を持っていく。おれはどちらの当事者でもない。ここでも、あそこでも、当事者じゃない。非当事者のくせに当事者であるかのような身ぶりをすることはできないよ。したい人はしたらいい。おれにはできないね。当事者と非当事者のへだたりのすごさというものをつくづくさとらされたのだ。だからここでもあそこでも、おれのいる位置は、壁の東でも、西でもない。しいていえば壁の上ということになるだろうか。おれは東が見えるなら東を見る。西が見えるなら西を見る。壁も見るし、空も見る。壁の東にいる人間でなければつかめない現実があるだろうし、西にいる人間でなければつかめない現実もあるだろう。どちらもそれを唯一《ゆいいつ》の本質といいたがる。けれど、壁の上にいる人間でなければつかめない現実というものもあるはずじゃないか。それも本質だ。おれには唯一の本質など、ないね。眼のふれるもの、ことごとく本質だね。もし生きのびられておれが何か書いたらどちらの側もめいめいに都合のいい部分だけをぬきとって自分たちの正しさの証明に使うだろうね。君のいうとおりだよ。使えないとわかれば嘲笑《ちょうしょう》、罵倒《ばとう》、または黙殺だね。使えるあいだはどちらかからか、どちらからもか、歓迎してくれるだろうが、あとはポイだな。本質は一つしかないと叫んでるくせに困ると色つかずの第三者を証人に使いたがるというのはいい気なもんだね。遠い国の政治問題ほどきれいに苦悩できるのが魅力だと君はいったが、正確だな。殺すか、殺されるかの覚悟がなかったら何でも語れるし、論じられるよ。どうだっていいわ、そんなこと、と女がいう。女が愛せないのなら、それでもいいの。そのままでいいの。いままでのままで、もう一カ月、私といっしょに、いて。いてよ。そのあと、どこへでもおいでなさい。私にも肚《はら》をきめるだけの時間がほしいのよ。これじゃ、あんまりよ。駅の食堂だわ。スナックだわ。もうちょっとがまんして、私といて。こんなことをいうなんて、私もおちぶれたもんだわ。いやな女だと思われるのがわかってるのにさ。いわれなくてもわかるの。逃げたいのなら、ハッキリいっちまいなさいよ。もうおまえが鼻についたのさ、バイバイってさ。捨てられるのには私、慣れてるの。こちらも捨てたしね。潮さきが変っただけのことじゃない。それがあまりふいすぎたってわけよ。それだけのことだわ。

女は頰が落ちて、顔が蒼《あお》ざめ、魚のような眼をしていた。輝きながらうつろで、爛々《らんらん》としつつ、愕然《がくぜん》としているようでもあった。香ばしい肉が消えた。黄昏《たそがれ》の牧草地で拍手して踊っていた娘が消えた。堂々とした主婦も消えた。ふいに女は十歳も老《ふ》けてしまい、けわしい陰惨と、あざけるような冷酷のなかによこたわっていた。自身の無類の正確さに大破されながらそれと気づいていないような様子があった。すみずみまで明晰《めいせき》でありながら同時に朦朧《もうろう》をきわめてもいた。女がにわかにかさばって感じられた。女はふくれあがってふちからはみだし、部屋いっぱいにひろがり、隙間《すきま》という隙間をぎっしりみたしてしまった。女はベッドからおりてのろのろと部屋をよこぎり、顔を洗ったり、髪をなぶったりしてからベッドにもどった。あぐらをかいて足のうらの魚の目をしげしげと眺め、新聞をつまらなそうにひろってベッドにたおれ、ファッションの頁《ページ》を読みはじめた。

眼をあげることができないので私は毛鉤を眺め、爪切《つめき》りで余分の毛をつんだり、糸をしっかり結ぶのに注意をそそいだりした。私は居心地わるくて息苦しく、嫌悪《けんお》がいたるところにただようのを感じた。女の指摘はことごとく正確で、えぐりたてるような容赦なさがあった。まるで無影燈《むえいとう》のしたにさらされるようだった。眼をしばたたくこともできず、手で蔽《おお》うこともできず、ただ私はたちすくんでいた。女がニューズを読んで聞かせてくれたとき私はかくされていた主題がふいに出現したように感じたのではなかっただろうか。待ちつづけていたものがとつぜん形になったように感じたのではなかったか。昂揚《こうよう》をおぼえたのは出発できると瞬間感知したためではなかっただろうか。逃げだせると感じたのではないか。

女は新聞をおいてベッドから起き、

「阿片なの、女なの？」

とたずねた。

じろりと私を眺め、

「かくしてないで、いってしまいなさいよ」

しばらくぐずぐずしてから、魚の目をまた眺め、吐息をついてベッドにたおれた。

そして広い背をこちらにむけ、顔を見せないで、ひとりごとにしては高い声で、

「湖ではあんなにうまくいったのに。うまくいってると思ったのに。私としたことが、つい深入りしてしまったんだ。馬鹿《ばか》な話だわ。信じちゃったのよ。お笑い草よ。流行歌だわ。駅の食堂なみなんだとは爪からさきも知らなかった。にぶくなったもんだ。

わ」

一夏《ひとなつ》、棒にふっちゃった。こうとわかってたらシュタインコップ先生といくんだった

はげしく舌うちする気配がした。

私は自身をすら愛していないのかもしれない。女のいうとおりだ。自己愛をとおして女を愛することもできないのだ。私は自身におびえ、ひしがれていて、何かを構築するよりは捨てることで自身に憑《つ》かれている。忘我になるということがない以上、逃避などというものはないと、いつか、女にいったことがあるように思うのだが、旅がなくて通過があるだけのこの時代には出発は廃語でしかあるまい。また一カ月、瞬間と剝離《はくり》にびくびくしつつ無気力な内乱を抱いて女と暮していかなければならないのだろうか。ベッドに呑《の》みこまれてじりじりと肥《ふと》りつつ葉に蔽われ、蔓《つる》を生やし、根をのばして、体液の乾いた粉にまみれていなければならないのだろうか。私とかさなりあった地帯では女は一瞥《べつ》で全地形をおぼえてしまう老巧な猟師だった。ほとんど指一本あげる手間もかけずに女は風のそよぎだけで私をかぎつけ、藪《やぶ》からつつきだし、崖《がけ》ぎわに追いつめてしまった。しかし、自身とかさなりあわない地帯については何も感知できないかのようだ。私をひきずりこもうとしている力は過去からくるが、その経験を私が話したのに、木の葉一枚のそよぎもつたえられなかったように感じられる。そ

の記憶もまた歳月のうちに私は原形をとどめないまでに修正してしまったはずと思われるが、あのとき膚《はだ》にうかびあがってくるものをうかびあがってくるままに言葉に変える努力をした。女は聞き終っても、何もいわなかった。頰にも眼にも新しいものはなかった。小さな読書燈のなかに裸のずっしりした腕をさしだして、と見こう見しながら、だまっていた。私は空瓶に言葉を吹きこんで栓もしないで海へ投げたような気がした。事実だけを列挙するとしてもそれはおしゃべりにすぎない。おしゃべりはおしゃべりである。かさねればかさねるだけいよいよそれは遠ざかり、朦朧となった。言葉はみな虫食いになっていた。指紋でよごれた孤独がおぼろに胸や肩のところにひろがっていた。話しながら嫌悪がこみあげてきて私はいらいらし、何度も口を閉ざしてしまいたくなった。何よりもそれは何十回でも何百回でも言葉に変え、他人に話せるものとなってしまっている。酒の肴《さかな》にできるのだ。経験は非情な独立だが、ぬけ殻はなぶればなぶるだけ粉末になるばかりである。地図にない島のまわりを潮にのせられるまま旋回しつづけ、岸の森や川や渚《なぎさ》を細密に眺めながら一歩も近づけないでいるような気がした。

土曜の夜に立会うためには木曜日か金曜日に南回りの便をつかまえてここをでなければならないが、電話をとりあげさえすればいつでも席は予約できる。そう思うことにして私はぐずぐずと新聞を読んだり、ビールを飲んだりし、週の後半を椅子《いす》のなかで肥りつつすごしてしまった。もう八月も末である。新しいけれど凡庸で鈍重な、他のどの週ともけじめのつかない週がきた。陽はいよいよ萎《な》えかかり、黄昏に市のはずれにある森のなかを歩いていると、草や影や幹から荒寥《こうりょう》とした秋がわきだしてしのびやかにさまよい歩くのが見られる。女がたわむれに茸《きのこ》を摘むのを小径《こみち》に佇《たたず》んで待っていると、冷たさが額にも手にもしみてくる。女は誘うとどこへでもついてくるが、蒼ざめて、肉がおち、口数がすっかり少くなってしまった。晴朗、辛辣《しんらつ》、即興、敏感、夏いっぱい女が没頭していたそれらのものはことごとく消えてしまった。動作や言葉は、はしがおぼろで見えなくなり、けだるくて、ものうげだった。『南華』で夕食をしてから部屋にもどり、灯をつけたり、窓をあけたり、部屋のなかをゆっくりとよぎっていくのを見ると、思わず声をかけたくなることがあった。二人とも体が閉じてしまい、眼でおたがいを盗み見ては自身の内部へ後退していくのだが、ときにはそれが避けあっているのか、狙《ねら》いあっているのか、わからなくなる。私は毛鉤《けばり》作りに没頭するが、材料がなくなることを恐れて、たんねんに一本を完成すると剃刀《かみそり》でバラバラにほぐしてしまい、またはじめからやりなおす。組みたててはほぐし、ほぐしては組みたて、それだけを窓ぎわで繰りかえしている。女は部屋いっぱいにかさばって息苦しいまでにあたりにみなぎっているのだが、倉庫に新しく到着した荷物のようなところもある。壁からも、ベッドからも、ときにはネグリジェからも孤立しているように見えることがある。靴も、歯ブラシも、スーツケースもはなればなれになっている。女がものうげに手をふれるとそれらは集ってくるが、手をはなすとたちまち関係はほどけ、破片となって、孤立してしまう。

ふと女が起きあがる。ベッドから両足をたらし、病みあがりの人のように背を丸めて顎《あご》をだし、陰険な低声《こごえ》でたずねる。

「あなたのお友達なんか、どうしてるの？」

「近頃めったに会わない」

「みんな家庭におさまって、たいくつだけれどしっかり暮してるのよ。あなたみたいにキョトキョトしてないわよ。あなたは軽蔑《けいべつ》してるらしいけれど、これだって大変なことなのよ。貝が真珠をくるみとるようなことなのよ」

「とんでもない。軽蔑なんかしてないよ。それも誤解だね。ただおれはがまんができないだけなんだ。じっとしてると頭から腐っていきそうな気がしてくる。毎日をどうやってうっちゃるか。おれはそれだけで精いっぱいなんだ。弱いんだよ。虚弱なんだ」

「いい年をして子供っぽいことをいってるわ。弁解にしても三流だわよ。堕《お》ちたわね。

せっかくウアラウプ（休暇）をとったのにこんなところで女にイジめられたり、バイバイとひとこといえないばかりにグズグズしたりして。いい気味だわ。バイバイっていわせないわよ。いつまでもそこでそうやってなさい」

「大学にのこったのは助教授になってる。父親の会社をついだのは社長になってる。新聞社ならデスクとか次長とかだね。みんな太るか禿《は》げるかで、顔形がすっかり変ってしまって、見わけもつかないよ。会えば病気かゴルフの話だね。糖尿や血圧なんかがいい。病気の話をはじめるといきいきしてくる。そうでなかったら戦争中、子供のときに豆カスやハコベを食べた話、これもいきいきできる。無限に語れるね。病気と豆カスの話をするなといわれたら両手を縛って川へほりこまれたようなもんだ。豆カスの話はいいな。夢中になるよ。おれたちの世代の絶対不可侵なるものといえば豆カスだね。豆カスが聖域なんだ。ほかに何もない」

「それであなたは腐るのがイヤなばかりに独楽《こま》みたいに回転しつづけてるってわけね。回っているあいだはたっていられる。止まったら倒れる。誰にたのまれたわけでもないのにあんなところへいって、ゴミ箱のかげで犬死をして、それが本望ってわけ。御苦労さま、だ。いい気味だわ」

髪を白い指さきでなぶっていた女が、顔をこちらにふりむけた。顔いちめんを髪で蔽われ、そのなかで眼が爛々と輝き、嚙《か》みしめたくちびるに酷薄と冷嘲がまざまざと浮かんでいた。蛇が怒って頭をもたげたようであった。叫ばれるか。襲われるか。私は毛鉤をおいて女を凝視した。女は、ふちまできて、体をのりだしていた。しかし、どうしてか、ひきかえしていった。女は眼を髪に蔽われたままベッドへ荷物のようにころがった。

私も分離している。また毛鉤をとりあげて巻きにかかるが、房毛にも鉤にも自身を密封できない。組みこむことも、結びつけることも、固定することもできない。完成もしないし、ほぐすこともできない。それは眼のしたで蝶《ちょう》か花のように起きたり、倒れたりするが、ある決意を集めることができない。晩夏の夜の冷たい微風と、コカコーラのネオンをうけてたえまなく赤くなったり青くなったりする壁のなかで、ゴミ箱のかげの死にどう備えていいのかわからない。朦朧のままではここからでていけない。すわりこんで、火酒でぽってり火照《ほて》りつつ太って、頭から腐っていく。ベッドに呑みこまれ、シーツの皺《しわ》に糊《のり》づけされ、女を抱くこともできなくなる。本や新聞やフォークをとりあげるためにだけ手を使う、繊細で膨脹《ぼうちょう》した芋虫となる。ひとりごとしかわない芋虫となる。ここでは壁を東から西にこえようとして人びとは射殺された。壁ぎわのビルの窓からとびおりて射殺された。壁のしたにトンネルを掘ってくぐりぬけようとして射殺され、運河を泳ぎわたろうとして射殺され、西行きの古電車にかけこもうとして射殺された。けれど、レストランの窓には手榴弾《しゅりゅうだん》よけの金網が張ってない。ホテルの入口には機関銃がおいてない。ベッドのまわりに砂袋の防壁がない。野ネズミを洗面器で煮て食べることもない。中学校の先生が昼飯のさいちゅうに背後からウドン売りのおばさんに射たれて頭を砕かれることもない。いつ降ってくるかしれない迫撃砲弾を待ってカンヴァス・ベッドで靴をはいたまま寝ることもない。何から決意を集めていいのか私にはわからない。あそこでは蜂《はち》のように何からでも集められたが、いまの私は、いわば、下腹が柔らかくなっている。美食と好色と役たたずの内省でぐにゃぐにゃになっている。ひとりごとの重さだけでも自身の足で自身の体がはこべないまでになっているのだ。紙魚《しみ》のように食いあさってわたり歩いてきた無数の本の片言隻語《せきご》がつぎつぎと浮かんで、どこか一カ所を痛烈にえぐりたてるか、骨に錆《さ》びついてくるかし、同時にまったくあべこべのことばが完全におなじ濃さと深さで食いこんできて私を駈《か》りたてにかかったり、静穏に誘ったりする。馬鹿な話だ。この期《ご》に及んでも他人の言葉に束縛される。女のいうとおりだ。私はベッドに顎まで毛布におぼれておならにむせているのだ。

ときどき恐怖が、広い、冷たい、濡《ぬ》れた背をもたげてつきあげかかってくるが、体をこわばらせて眺めていると、やがて沈んでいく。やむをえず私は畦道《あぜみち》、病院の死体安置室、爆破された酒場、ジャングルなどで目撃した、臨終や、大破されたがまだ生きている肉の袋や、固型化してしまったそれなどを思いだそうとするが、どれもおぼろで、役にたたない。それは口で描写すると、ひょっとした瞬間に女をおびえさせることができるかもしれないが、ぬけ殻であることを私が感じすぎている。女がこわばっている背のうしろで私はたるむということになる。おなじ事物を、いま、ここで、目撃したら、私は声を呑んでしまうにちがいない。死体はいつでもぎこちなくて痛烈に新鮮であり、野卑でみすぼらしい。何度見てもおびえないですませられたことがない。異物が侵入してくると私はこわばって黙りこんだり、そのあとでこわばりをほぐす気配を見せつつ笑ったり、おなじ状態にある同席の人びとをほぐすためにふいに一挙に声にだして笑ってみたり、異物の周辺を畏怖《いふ》をこめて語ってみたり、挨拶《あいさつ》としてそれを語ってみたり、どう語るかにこころをわずらわしたり、無数の小さな、ぶざまな動作と言葉で異物を消化することに努める。しかし、生きているものはたえまなくうごくのだ。その流れが釘《くぎ》のように食いこみ錆びこんできつつ、異物もまた生物のように流転《るてん》していく。おしゃべりは梅毒である。内省も梅毒である。いまの私には平和が梅毒である。それらはまさぐりようもなく、避けようもないのに私をひっそりとしぶとい気配で腐らせにかかり、椅子へすわりこませてしまう。萎えて柔らかくなった下腹に脂《あぶら》がみっしりとつみかさなり、盛りあがり、はみだしてくるのをおぼえつつ、ベッドにかさばった女の体を眺めて、毛鉤を巻く。

トイレにいくのにはベッドからでて靴を足につっかけ、ドアをあけて、長くて暗い廊下をいかなければならない。廊下もまた古風なので天井が高く、壁の胸あたりから暗くなっていて、ふり仰いでも天井は見えない。便器も浴槽も、頑強で、大きく、太く、厚く、傷だらけである。女が帰ってきて、部屋に入り、いくらかやわらいだ口調で、鏡にむかって、

「いま、私、考えたんだけどね。あなたがああいう経験をしたのなら、たいていのことはバカバカしくなってまともに相手にする気になれなくなったのじゃないか。だから、ああして、昼寝ばかりしてたのじゃないかしら。それにイライラしていた私がバカだったのじゃないかしらと、思えたわ。ふとそう思ったの。風呂《ふろ》のお湯の出がわるくて、ちっともあたたかくなれなかった」

清朗なような、媚《こ》びるような、詫《わ》びるような柔らかさで女はそういったが、ベッドに入っていく横顔を見ると、けわしく肉を削《そ》ぎおとされて口を嚙みしめ、眼のしたについぞ見たことのない翳《かげ》りができている。枕《まくら》を少し手ではたいて形をなおし、ふたた

び女はだまりこくってシーツのなかに沈みこんだ。

ゆるやかな呼吸のたびに肺のうごくのが見えた大穴や、黒いインキのようにひろがっていくと見えた緑の野戦服の血や、もだえも泣きもしないでまるで日光浴をする人のようにタバコに火を吸いつける私の手を眺めていた黒い眼などを私は思いだそうと努めた。それらはあらわれもし、没しもした。回想という不断の指紋まみれの仕事のためにそれらは毛鉤をこえてくることができないほど損傷されてしまい、眼も口も見わけがつかなくなっている。しかも、それらは、呼びおこされてついそこまでやってきはしたものの霧にさえぎられてたちどまったり、佇んだり、茫然《ぼうぜん》とした顔つきでいる気配であった。手もとまで呼びよせようとして私が躍起になって濃くなろうとすればするだけそれらは稀薄《きはく》になり、おぼろになり、見えなくなった。微風や壁に浸透されたくないばかりに私は夜となじんでその力を借りつつ自身に固い殻をかぶせようとするのだが、そうすればするだけ剝がれた貝の肉になるような感触があった。微風にも、明滅する壁にも、森の茸にも、女のひそやかだが聞こえよがしと感じられる吐息の音にも私は浸透されたくなかった。しかし、恐怖はそうして正面から追っていくと人形だけをのこしてどこかへ消えてしまうのだが、なにげない瞬間にたちもどって容赦なく襲いかかってきた。罅《ひび》の黄いろく、大きくひろがった便器に小便をそそぎこんでいるさなかとか、暗い廊下をゆっくりと壁に沿って歩いているときとかに、それはふいにあらわれ、一瞬で私をしゃにむに砕き、思わず心臓のとまるようなものを闇《やみ》のなかに見せて、去っていった。

夜ふけにもそれがくる。潮がまたまわってきたらしい。どこかで私を狙っているらしい。ベッドによこたわっていると、どうかしたはずみに激震が起《な》る。強烈な衝撃がふいに全身をかけぬけるのである。ぴくっとして体が跳ねそうになることがある。雪崩《だ》れが走っていく。地表の木も石も柔らかい土壌も、何もかもを刃でこそいで消えていくのが眼に見える。回想や内省や模索にふけったあとのくすぶりも、そのむこうに明滅する想像、予感、たわむれの思惟《しい》も、いっさいがっさい、音もなくさらわれてしまう。手と足がしびれたようになり、身うごきならなくなる。冷たい汗のようなものがにじむこともある。ベッドも壁も市も消え、足もとのほうに広い闇がたちあがって際限なくひろがっている。恐怖でこわばったまま私はその荒寥と静寂を瞶《みつ》める。学生時代にも私はこれにしばしば襲われて、そのたびごとにいっさいが霧散するので、おびえたあまり、過剰な生が進行するために肉が置去りにされ、その真空が剝離《はくり》をひきおこすのだと考えたことがあったが、〝過剰〟や〝進行〟には指摘よりも主張が含まれていた。その主張は無力を認めたくない衝動からする強弁だったから、しばらくは得意になったり、全身をゆだねたりしたが、何度抵抗しても敗れるばかりだと知らされると、いつとはなく消えてしまった。いま決意を集めたいばかりにつぎからつぎへ惨禍と苛烈《かれつ》を思いだすことにふけっているためにそれがくるのではないと思われる。激震のあとでは回想もその場しのぎのたわむれにすぎないと感じられる。それはいつでもくる。湖が消え、アーベントロートが消えた。魚の閃《ひら》めきが消え、乾草《ほしくさ》小屋が消えた。ガラスの壁が消え、革張りのソファが消えた。寂寥はあたりにひろがり、体のなかにもひろがり、骨や内臓も消えてしまって、皮膚すら感じられない。ゆりもどしとして味わった阿片《あへん》の眠りにも寂寥はあったが、あれには明澄《めいちょう》をきわめ、冴《さ》え冴《ざ》えとした安堵《あんど》の虚無があったのに、この虚無には凍りつくような広大さがあるばかりで、私は子供のようにふるえあがる。

ある夕方、タバコを買いに外出した女が、部屋にもどってくると、そっとタバコをテーブルにのせてから、

「いまそこを歩いていたら」

ひっそりとつぶやいた。

「頭のなかでガラスの割れる音がしたわ」

竦《すく》んだ眼でちらと私を見ると、静かに服を着かえにかかったが、ズボンをぬぎはし

たものの、力がそこで尽きたように、そのままベッドにすべりこんだ。

しばらくしてから、女は顔をふせたまま、

「抱いて」

といった。

「ここへきて抱いてちょうだい」

低い、細い声だったが、異様な気配があった。いそいでベッドにすべりこみ、女をうしろからそっと抱くと、女はその手をにぎった。にぎったというよりは触れたというほうが正しかった。少し汗ばんでいるが冷たくて、指のどこにも力がなかった。私の指に触れているだけが精いっぱいで、いつ落ちるかしれない気配であった。女は枕に顔を埋めたままぶるぶる全身をふるわせたが、しばらくすると静かになり、水に浸《つか》った藁《わら》のようにぐにゃぐにゃになったが、ふいにまたこわばりがあちらこちらに走って小刻みにふるえはじめた。

枕のなかでくぐもった声が、

「お母さんみたいになりたくない」

ぼんやりとつぶやいた。

「お母さんみたいになりたくない」

その声には激情がなかった。激しくなる力をことごとく消耗してしまっている気配があった。苦しめなくなっているらしかった。これまでに見たことも想像したこともなかった虚弱があらわれ、女はその言葉にすがって耐えているというよりは、すでに異域にすべりこんで漂っているのではあるまいかと感じられた。不安が私を走りぬけた。手や足や胸がふいに冷たくなった。女の肩から手がすべり落ちそうになった。

「どうしたの？」

「……」

「お母さんがどうしたの？」

「……」

大きく女の胸を抱いてそっとこちらにむきかえると、女はされるままに仰向けになり、枕のうえで頭をぐらぐらさせた。覗《のぞ》きこむと顔が廃墟《はいきょ》になっていた。このあいだのような噴出する痛恨はどこにも見られず、ただ蒼《あお》ざめて、口を少しあけ、深く皺をきざみこまれ、稀薄な静穏があった。これまで女が自分からすすんでしゃべりだすときのほか私は身上話をたち入って聞こうとしたことがなかったし、女は笑いながらできる身上話のほかに何もしゃべろうとしないので、そのままできたのだが、母は異域の人だったのだろうか。かつて女のまわりに漂う匂《にお》いのなかにまざまざとあった不幸はそこからきていたのだろうか。孤哀子《クーアイツ》だった娘ざかりのある時期に女はその母を養っていたのだろうか。そのために何が避けられなかったかと考えるとかつての私の妄想は正しかったのだろうか。だからこそ日本を憎みぬくことができたのだろうか。とつぜん女がこちらに送りかえされた。顔が廃墟でなくなった。眼に焦点ができ、おだやかな微光が漂い、女は私を見てひきつれた微笑をうかべた。

「私、何かいったかしら」

「いや。何もいわなかったよ」

「そう」

「ふいにおかしくなっただけだよ」

「私、タバコを買って道を歩いてたら、いきなり頭のなかでガラスの割れる音がしたの。それでいそいで帰ってきたんだけれど、それきりフワッとなって、わからなくなったの。何だかへとへとだわ。ちょっと寝ます」

女は憔悴《しょうすい》したそぶりでのろのろとネグリジェに着かえると、小さな声で、おやすみなさいといい、ちょっと頭が痛いわとつぶやいているうちにかすかな寝息をたてはじめた。

一時間ほどして女は眼をさまし、御馳走《ごちそう》を食べたい、『南華』へいってチャプスイのいいのを食べたいわといった。角のパイプ屋には明るい灯がついて、天井から床までのコルク壁全面を埋めて数知れぬパイプが褐色の宝石として静かに輝いているのが、窓ごしにちらと見えた。『南華』は客でたてこみ、赤と金と黒のなかで、うるんで閃めく淡青色の眼や、汗ばんだ頭頂や、薔薇色《ばらいろ》の頰などが明滅していたが、螺鈿《らでん》をちりばめた屛風《びょうぶ》のかげに席が一つだけあいていたので、そこにむかいあってすわった。スーパー・ドライ・マーティニを二つ註文《ちゅうもん》し、給仕の傲然《ごうぜん》とした謙虚の顔にしてはあまりにも貧弱すぎ、乏しすぎるメニューのなかから、涼菜にクラゲと豚の胃袋、スープに鱶《ふか》のひれと卵白をからめたの、温菜にチャプスイ、小蝦《こえび》の揚げ団子を選んだ。チャプスイは屑物《くずもの》の交響楽で、いろいろな漢字をあてられる皿だが、ここでは『八宝菜』となっている。ためしに手帖《てちょう》を一枚やぶって『全家福』と書いて給仕にわたしたら、彼は中国人なのに漢字がまったく読めないらしいそぶりであった。紙きれを持って調理場へ消えていったが、やがてとろけそうに笑いながら残飯箱のゴマ油炒《いた》めをはこんできた。バターでなくてゴマ油の匂いがするので中国料理だというのなら認めるしかないが、むしろこれは馬の餌《えさ》であった。女は眼を細くしておいしいおいしいといって食べた。私は何もいわずに半分を食べた。この店には中国人はいるが料理人はいないらしい。

南軒酒美青梅熟
華夏肴佳玉粒香

「……これならおれでもできるよ。屑物野菜の五目炒め学生ヤケクソ風というようなものだね。これで銭がとれるというんだから世間は広いね。香港《ホンコン》へいってこんなことをしてごらん。苦力《クーリー》にぶったたかれるよ。あそこの波止場の苦力はじつにうまい屑を食べてるのだ。ゴミ箱のかげでモツの五目入りのお粥《かゆ》をすすってごらん。混沌《こんとん》、かつ静穏だよ。ここのシーサンはいったいどこでとれたんだろう」

「わかってる。わかってるの。大きな声をださないで。私はこれで満足したの。これでも私にはたいへんな御馳走なのよ。いろいろひどいことをいったけれど、私、あなたにはすっかりおごられてしまった。おわびしたいわ」

ふいに声音が低くなったので、いそいで覚悟をきめにかかったが、今日はあのことからずっと女はそうなのだった。オリーヴのかすかな塩味に冷たいジンの苦味がまじったなかで眼をすえてみると、蒼ざめた、高い頰に血の灯が射《さ》しかかっているが、肩にも首にもこれまでいつもそうだった機敏と不屈が消えていた。ボートのなかにたちあがって腕をぴしゃりとたたいた娘も、アザラシのコートを全裸へ羽織って鏡のまえでゆるやかにすべっていた女も消えている。冷たい酒精と温かい料理のために頰がほんのりと雪洞《ぼんぼり》になっているが、テーブルの白布に腕をおいて眼をふせている上体は、ずっしりとしながらも、昨夜の姿がどこにもなかった。ほとばしる流れや、そのなかでもゆるくうごく渦や、陽とたわむれる浅瀬や、思いがけない豊饒《ほうじょう》な暗い淵《ふち》や、水が澄みきっているのに泡だけが黄ばんで緩慢にふるえている落ちこみなどがすっかり消えてしまい、女は眼も肩も腕も、冬の陽のようになっていた。どこもかしこも淡くて、憔《やつ》れ、柔らかく、寒い。腰骨を貫通されたのに何が起ったかわからないというまなざしで足を折ってしまった鹿《しか》のようなところがあった。

女は銀皿のふちから眼をあげないで、皿よりは自身の後頭部の内側を眺めているようなまなざしで、ひそひそ、つぶやいた。

「私ね、子供のときに絵本で読んだのだけれど、どこかの漁師の歌があるというのよ。スコットランドだか、インドネシアだか、それはどうでもいいけれど、漁師の歌だというの。

男は

はたらかにゃならぬ
女は
泣かにゃならぬ

つまり、そういうことなの。変れば変るだけ、いよいよおなじということ。それなんだとわかったの。タバコ屋の店さきでフッと思いだしたの。そうしたらあとはボーッとなっちゃった。はたらくつもりであなたがいくのかどうかわからないけれど、やっぱりそういうことになるでしょうよ。あなたは冷酷については慣れていらっしゃるけれど、優しさについては無器用そのものよ。もう追及しないわ。どこへでもいらっしゃい」

諦《あき》らめでもなく冷嘲《れいちょう》でもない、ある透明な自由さで女はそうつぶやき、マーティニのグラスの底にのこっていた二、三滴をすすって、かすかに眉《まゆ》をしかめた。優しい口調だったが私には墜落が起った。とつぜんプールの跳躍台のさきにたたされてうしろから眺められているような気がした。求めていたものが得られたはずなのに昂揚《こうよう》よりは下降しかなかった。女は異域を背のうしろの赤い闇《やみ》に持っていて、いっそこへすべりこむかしれず、すでに半身を犯されているのかもしれないのに、暗い、澄んだ眼でじっと灰皿を凝視し、しかもそれにとらわれてはいなかった。女の大羽根のかげに体をかくしながら顔だけ外へだして躍起となっていただけのことではなかったか。ふとそう思うと私は崩れかかるのをおぼえた。女は半ば狂いながらも堂々としているのに、私は混乱そのままで正気をよそおうことに腐心している。安堵しながら不安がわきあがってきた。わくわくするような、肚《はら》にこたえる孤独が音なく襲ってきた。裸の貝の肉にそれがしみてきた。死がテーブルのはしのあたりにやってきて背とも顔ともつかぬものを見せて佇《たたず》んでいる。すぐそこにきている。手をのばせば触れられそうである。形がわかりそうである。

女が、遠くで、

「お手紙をちょうだい」

つぶやいた。

まだ遅くはない。はずかしくもない。手のこんだいたずらだったことにして解消してしまってもいいのだ。パイク釣りにいってもいいのだ。睡蓮《すいれん》の葉かげの暗い秋の水のなかを一メートル近い、ずっしりとした体がひそやかにうごきまわっているはずである。東京へ帰って書斎へすわってもいいのである。これは日本人の戦争ではないのだ。単純でむきだしで巨大なその思いが胸にきてすわりこんだ。絶対的自由主義者であるらしい私がこの期《ご》に及んで血縁や地縁によりそいたがるのは失笑するしかないが、事実であった。日本人の戦争であってほしかった。国家の強制や命令や要請であってほしかった。憎悪《ぞうお》や絶望に根があってほしかった。私をいたむ弔辞で述べられるかもしれないいくつかの観念が明滅し、そのいずれもがいくらかずつは真実であることが感じられたが、だといって全部をあわせても私を蔽《おお》うことにはなりそうではなかった。それらの壮語はことごとく広大で稀薄《きはく》すぎ、言葉でありすぎて、体をゆだねることもできず、跳躍板となりそうにもなかった。死はついそこにきているが、私がここにいない。私は虫と人のあいだを漂っている。私は決意していない。私は私にまだ追いついていない。決意もできず、追いつくこともできず、いつでもひきかえせるのだと思いつつ、おぼろなままで、でていく。中世の僧はテーブルに頭蓋骨《ずがいこつ》をおいて日夜眺めて暮した。私は生温かい亜熱帯の土のなかで腐っていく自身の死体を、蒼白い蠟《ろう》状からはじまって灰いろの粉末となるまでの過程を想像する。

「公園にでもいってみる?」

「それより電車にのってみたいな」

「電車?」

「ここの環状線だよ」

「いいわ」

女は淡い顔をしてたちあがった。

あらゆる駅は灯と色と閃《ひら》めきの誘蛾《ゆうが》燈《とう》だが、その駅だけはちがった。駅に近づくにしたがって通りは暗くなり、店も、灯も、人影も、匂いも分泌《ぶんぴつ》されなくなる。からっぽの溝に女と私の靴音がひびく。ところどころ歩道のコンクリートが裂けて雑草が生えているのが、さびしい茸《きのこ》のようにたつ街燈のとぼしい円光のなかに見える。駅は界隈《わい》《かい》を不感症にしたが、駅そのものも廃墟である。壁は汚れるままに汚れ、ドアは乾割《ひわ》れ、どこからか古い小便の匂いが漂ってくる。女が窓口へよっていって切符を買ったのでやっと人がいるということに気がついたが、それも顔というよりは蒼白い靄のひとかたまりとしか見えない。階段をあがってプラットフォームにでたが、人は誰もいず、ところどころに円光が落ちているだけである。眼のしたに広大な灯と騒音の干潟《ひがた》がひろがっている。女は靴音をひびかせてむこうへ歩いていき、しばらくして円光をよこぎって闇《やみ》からもどってきた。寒そうに首をすくめ、

「ゲーテの詩をごぞんじかしら」

「たくさんあるよ」

「あなたなら知ってるわよ。

なべての頂きに
憩《いこ》いあり

「ここのことをいってるのよ、あれは」

女は組んでいた手をほどいて何となくあたり一帯をさしてみせ、いたずらっぽく低い声で笑った。

やがて電車が闇のなかからあらわれた。何輛《りょう》も連結してあるがどの箱にも乗客は一人か二人いるきりで、なかにはまったくからっぽのもあった。おりる人もいず、乗る人もいない。女と私がドアをこじあけて乗りこむと、電車はギシギシ軋《きし》みながら走りだした。古鉄の箱は老いているけれど頑強で、そして清潔であった。新聞紙もキャンデーの包紙も唾《つば》も落ちていず、リノリウムの床《ゆか》はところどころ剝《は》げて穴となっているが、清潔である。誰も乗らないのだから汚れようがない。つぎつぎと駅につくが、どの駅もこの駅もおなじようにからっぽで、おなじように荒寥《こうりょう》としているので、不動の一つの駅があってそのまえをとめどなく走りつづけているような気がしてくる。まるで幽霊船だった。

しばらくすると女が、

「東に入ったわ」

といった。

またしばらくすると、

「西に入ったわ」

といった。

乗ったままでいると、電車はいつまでも市の上空を旋回しつづけた。〝東〟に入ると、その入口の駅で止まるが、あとはどの駅にも止まらないでかけぬけて、〝西〟に入る。その地区では一つ一つの駅に止まって、やがて〝東〟へいく。各駅停車とノン・ストップのちがいはある。しかし、どの駅もみなおなじ無人境なので、各駅停車もノン・ストップもおなじことである。頑固に、勤勉に、正確に、止まったり、かけぬけたりするが、おなじことだった。入ってきて、人生と叫び、出ていって、死と叫んだ。

女が、

「また、東よ」

という。

しばらくすると、

「西だわ」

といった。

〝東〟は暗くて広く、〝西〟は明るくて広かった。けれど、止まったり、かけぬけたり、止まったり、かけぬけたり、おりていく背も見ず、乗ってくる顔も見ず、暗いのが明るくなり、明るいのが暗くなるのを、固い板にもたれて凝視していると、〝東〟も、〝西〟も、けじめがつかなくなった。〝あちら〟も、〝こちら〟も、わからなくなった。走っているのか、止まっているのかも、わからなくなった。

明日の朝、十時だ。

解説

C・W・ニコル

この解説を書くにあたって、私は本書を四回、読みかえした。勿論《もちろん》、一年かそこらしたら、また書棚から取り出して埃《ほこり》を払い、吐息とともに再びこの中に身を投ずることになるだろう。

これ迄《まで》に私が読んだ日本の小説で、最もすぐれたふたつの作品のうち、そのひとつが本書だということ、ここで私の言いたいのはこれに尽きる。あとの一冊は、やはり同じ作者による『輝ける闇《やみ》』だ。この二冊は今後もそのまま私の書棚にとどまって、同じく作家である私に、すぐれた小説とはいかなるものかを思い知らせてくれることだろう。

開高健の作品で、私が最初に読んだものは『輝ける闇』である。いうまでもなくこれは、ヴェトナムを舞台にした数多《あまた》の小説の中で、最高の位置を占める。鮮烈で、悲劇的で、しかも可笑《おか》しく、見事なまでの構成をもつ作品だ。

本書を読んだのはそのあとだ。どちらを先に読んでもべつに構わないのだが、いずれの場合も、読み終えたあと、残りの一冊を読みたくなるのは必至である。

両者とも、私が読んだのは英訳版であった。日本語に関して、私は聞くほうはかなり理解できるし、読むほうも、十歳の男の子程度——ただし勉強よりはオタマジャクシをとりに出かけるほうが好きといったタイプの——、それくらいな力は持っている。ただ、未《いま》だに漢字だけはオタマジャクシを捕えるよりもはるかに始末が悪い。尻尾《しっぽ》どころか足まで生えて、それらは私の記憶の中を駆けずりまわるのである。

日本を愛する外国人のひとりとして、これまで私は可能な限り多くの日本の作品を読んできた。悲しいかな、しかしそうした日本人による作品のほとんどは、翻訳になったとたん、退屈な、或《あるい》は曖昧《あいまい》な、もしくはいやに感傷的なものに変ってしまう。そんな場合、無論それは翻訳家の罪だ。文章にみがきをかけ、それに輝きを与えるだけのあの魔法の手さばき《マジック・ハンド》が、彼等に欠けているからである。かといって、現状では翻訳家の大部分が大学の先生なのだし、彼等は人間的にはどちらかというと尊大な勿体《もったい》ぶったタイプに属する人達だ。最もみごとな日本の小説のいくつかでさえ、英文に移しかえられるや、それの持つきらめきを失ない、複雑な心理描写のごたごたした羅列になり果ててしまう。その結果は、よほど日本に対して興味を持った人以外は、手を出す気もおこらないほどである。日本の文学作品の英訳本で、本当に売れているものが何故《なぜ》こうも少ないのか、これで納得がいこう。

それでは何故、開高健の作品のみが、かくも傑出しているのか。その理由は、翻訳がすぐれているためばかりとはいえない。なる程、英訳された文章はよどみなく流れ、あくまで透みきった文体には、混乱の跡もない。とばし読みする気になぞ、到底なれないほどだ。英訳を楽しみながらも、日本語の原文がどうなっているのか気になった私は、漢字を辞書でひく手間を惜しんで妻に何節かを声に出して読んで貰《もら》った。当然ながら、原文はさらに素晴らしいものだった。どう言ったらよいのだろう……英訳とくらべて、原文にはもっとガッツがあるのだった。より深いところに根づいた力とでもいえようか。

にもかかわらず、この二冊の英訳本がそれ自体まれにみる傑作だということは確かである。そうなると、その原因は言葉ではない。言葉を操ることに関しては、無比とも言えるこの作家の力量でなくてはならぬ。思うに、それはこの作家が自らの生を真に、徹底して生きぬいてきた姿勢から生み出された力なのではなかろうか。彼こそは真に自分のいいたいところのものを持つ作家であり、イメージと知覚と感情をあざやかに描写し、みごとにそれらを配置することによって、日本人と西洋人の双方がその存在を信じている言葉や文化の障壁をも、超えたのではあるまいか。

さらに、開高健は我々のいう「宿題をきちんとやってきた」男である。ヨーロッパ、ヴェトナム、アラスカ、南米、舞台はどこに移ろうと、彼のもつ知識は、いささかの見栄《みえ》をも伴なうことなく文中に涌出《ゆうしゅつ》する。彼こそは真の意味でみずからの世界を知る人間である。彼はけっして感銘を強《し》いない。彼の知識は、肉体の中、骨の奥深くにまで根をおろしており、ごく自然な形でひとりでにあらわれ出るだけである。

きわめてささいな例を挙げよう。本書の最初のページに、彼はこう述べている。

「寺院の屋根の怪獣は濡《ぬ》れしょびれている。咆哮《ほうこう》しようとして口をあけた瞬間に凝視を浴びせられた姿勢で怪獣は凍りついている」と。

勿論《もちろん》作者には、怪獣が単なる石の彫刻などではなく、教会と天国から追放された邪悪なる存在を象徴する石像だということは承知しているのだ。凝視によって石に変えられたと書き加えたときも、作者は旧約聖書とギリシア神話の故事を思い浮かべている筈《はず》である。彼はしかし、ここで自分の知識を誇示しようとはしない。それはただそっと紛れこむだけだ。こうすることで、ヨーロッパの都会の川のほとり、あの陰気な雨の日の感触がいっそう深められているのだ。この部分を読むとき、私はウォッカを口に味わい、心に倦怠《けんたい》を感じることができる。知識は織りなされて作品という織物に仕上げられる。外国を一度も旅したことのない人でも、安心して読むことができるのである。

だが……、賞賛のみでちりばめられた解説があっていいはずはない。私はべつにこの本の印税も、ましてコミッションも貰っているわけではないのだ。ま、今度開高氏に会った時、酒ぐらいはおごってくれるかもしれないが……。どこか批判できるところはないだろうか。文章については、……ない。構成についても、……ない。ではどこにあるのか。

そう、本書の中で、私の気にそまないところがもしあるとしたら、それは、外国に住む日本人の悲哀にみちた孤立、疎外感《そがいかん》といったものについて、作者の見方が果たして正しかったのか、私に考えさせてしまう点である。日本人としてあくまで確たる立場と自信をくずすことなく、なおかつ同時に別の国、別の文化を愛することは不可能なのか？

この小説に登場する、華やかな才気と魅力にあふれたセクシーな女性――彼女は実際に、あんなに悲劇的である必要があったのだろうか。それとも、作者の内なる願いが彼女をそうさせたのか。

彼女は博士号取得を目前に控えていた。数ヵ国語を話せたし、美しく、その上多くの友人にも恵まれていた。彼女にとって、西洋と日本の両方からうける刺激を喜こばしいものとして楽しむことはできなかったのだろうか。何層にもなった文章の意味を、一枚一枚はがしていこうとすると、それはまるで玉葱《たまねぎ》の皮をむくようで、憂うつという名のきつい臭《にお》いがたちこめてくる。そして、作家が知的でありすぎるがゆえに、直接的には表現しようとはしなかった外国的なものへのきわめて深い嫌悪《けんお》がやがて感じとられてくるのだった。

だが二、三ページさきにすすんだ私は、再び気分が楽になるのを覚える。いま私のやっていることは、自分にも理解できるものだ……或いは霧の湖でカワカマスと格闘し、或いは真紅にそまった山の日没を眺め、シュナップスを味わい、或いはまた、世界を舞台にした小説のヒロインたちのうちでも最も刺激的な女性のひとりを相手に、その肉体と思想とを主人公になりかわって愛撫《あいぶ》する……。

本書を読みおえ、主人公の世界をあとにした私の心に残ったものは、人生へのより深い理解と、そしていつの日かまた再び彼と会いたいと願う気持であった。

（一九八三年四月　長野県黒姫にて、作家）

この作品は昭和四十七年三月新潮社より刊行された。

表記について

新潮文庫の文字表記については、原文を尊重するという見地に立ち、次のように方針を定めました。

一、旧仮名づかいで書かれた口語文の作品は、新仮名づかいに改める。
二、文語文の作品は旧仮名づかいのままとする。
三、旧字体で書かれているものは、原則として新字体に改める。
四、難読と思われる語には振仮名をつける。

なお本作品集中には、今日の観点からみると差別的表現ととられかねない箇所が散見しますが、著者自身に差別的意図はなく、作品自体のもつ文学性ならびに芸術性、また著者がすでに故人であるという事情に鑑み、原文どおりとしました。

（新潮文庫編集部）

新潮文庫最新刊

西村京太郎著
西日本鉄道殺人事件
西鉄特急で91歳の老人が殺された！　事件の鍵は「最後の旅」の目的地に。終わりなき戦後の闇に十津川警部が挑む「地方鉄道」シリーズ。

東川篤哉著
かがやき荘 西荻探偵局2
金ナシ色気ナシのお気楽女子三人組が、発泡酒片手に名推理。アラサー探偵団は、謎解きときどきダラダラ酒宴。大好評第2弾。

月村了衛著
欺す衆生
山田風太郎賞受賞
原野商法から海外ファンドまで。二人の天才詐欺師は泥沼から時代の寵児にまで上りつめてゆく――。人間の本質をえぐる犯罪巨編。

市川憂人著
神とさざなみの密室
女子大生の凛が目覚めると、手首を縛られ、目の前には顔を焼かれた死体が……。一体誰が何のために？　究極の密室監禁サスペンス。

真梨幸子著
初恋さがし
忘れられないあの人、お探しします。ミツコ調査事務所を訪れた依頼人たちの運命の行方は。イヤミスの女王が放つ、戦慄のラスト！

時武里帆著
護衛艦あおぎり艦長 早乙女碧
これで海に戻れる――。一般大学卒の女性ながら護衛艦艦長に任命された、早乙女二佐。胸の高鳴る初出港直前に部下の失踪を知る。

夏《なつ》の闇《やみ》

新潮文庫　か - 5 - 10

昭和五十八年 五 月二十五日 発 行
平成二十二年 七 月十五日 三十五刷改版
令和 四 年 三 月 十 日 四十一刷

著者　開《かい》高《こう》健《たけし》
発行者　佐藤隆信
発行所　株式会社 新潮社
郵便番号 一六二―八七一一
東京都新宿区矢来町七一
電話 編集部(〇三)三二六六―五四四〇
読者係(〇三)三二六六―五一一一
http://www.shinchosha.co.jp

価格はカバーに表示してあります。

乱丁・落丁本は、ご面倒ですが小社読者係宛ご送付ください。送料小社負担にてお取替えいたします。

印刷・株式会社光邦　製本・株式会社植木製本所

ISBN978-4-10-112810-8 C0193